Diogenes Taschenbuch 22781

de
te
be

Brian Moore

Saturnischer Tanz

Roman

Aus dem Englischen von Malte Krutzsch

Diogenes

Titel der 1957 als Atlantic Monthly Press Book
bei Little, Brown and Company, Boston, Toronto,
erschienenen Originalausgabe:
›The Feast of Lupercal‹

Die deutsche Erstausgabe erschien 1964
bei Rütten und Loening, München,
unter dem Titel ›Ein Sühnefest‹
Shakespeare wird nach der deutschen Fassung
von Schlegel/Tieck zitiert;
die Verse aus Shelleys ›To a Skylark‹ nach
der Übersetzung von Alexander von Bernus,
in: Percy Bysshe Shelley, ›Gedichte‹,
Verlag Lambert Schneider, Heidelberg 1958
Umschlagillustration:
Edouard Manet, ›La Viennoise.
Portrait d'Irma Brunner‹, um 1880
(Ausschnitt)

Für meine Mutter

Neuübersetzung

150/95/24/1
ISBN 3 257 22781 7

Die Figuren dieses Romans sind frei erfunden. Jede Ähnlichkeit mit tatsächlichen Personen, seien sie lebend oder tot, ist rein zufällig.

I

Diarmuid Devine, Englischlehrer für die Unter- und Oberstufe, stand am Katheder und ordnete seine Bücher der Größe nach zu einem Stapel. Er klemmte den Rohrstock unter den Ärmel seines Talars und ging zur Tür. In zehn Jahren als Lehrer hatte er gelernt, die jeweils vierzig Minuten einer Unterrichtsstunde abzuschätzen, ohne auf die Uhr zu sehen. Es war soweit. Gleich würde es klingeln. Mit einem letzten Blick ermahnte er die Jungen zur Ruhe. Dann verließ er den Raum.

Im gleichen Moment steckte der Pförtner in seinem kleinen Kabuff an der Seite der Eingangshalle des St. Michan's College einen Schlüssel in den Schaltkasten und drehte ihn um. Eine elektrische Klingel gellte ohrenbetäubend laut durch die Gänge, schellte ungehört in leeren Schlafsälen und echote über nasse Sportplätze hin, um sich in den fernen Nebeln über Belfast Lough zu verlieren.

In der darauffolgenden Stille schien die lange graue Fassade vom St. Michan's zu erbeben. Jungen jeden Alters stürmten auf die Gänge und auf die Treppen, als stünde das Gebäude in Flammen. Priester in schwarzen Soutanen erschienen an Türen und Quergängen, ließen ihre Stöcke sausen, um die Ordnung wiederherzustellen, und trieben Nachzügler auf dem Weg ins nächste Schulzimmer zur Eile an. Es war zehn vor drei. Alle brannten darauf, den Tag zu beenden.

Mr. Devine war diesem Ansturm ausgewichen. Er

nahm die Hintertreppe nach unten zum Hauptkorridor. Schnell auf die Lehrertoilette, Wasser lassen... dann zur letzten Stunde hinüber in die Oberstufe. *Macbeth*, genau. Und ihre Aufsätze einsammeln.

Als er die Toilette betrat, inspizierte Mr. Devine die Türreihe. Nirgends schauten Füße hervor. Er nahm die zweite Kabine und schloß sich ein, froh, einen Augenblick Ruhe zu finden. Aber er hatte kein Glück. Rumms öffnete sich die Flurtür, und jemand ging zu den Waschbecken. Ein Priester? Er hörte den Jemand ein paar Takte aus *Rose von Tralee* pfeifen. Das war ein Lieblingssong von Frank Turley, der Geographie unterrichtete.

Rumms flog die Tür wieder auf. Eine Stimme sagte etwas. Diesmal erkannte er ohne Mühe Connolly, einen der jüngeren Mathematiklehrer.

»Sind Sie das, Frank?«

»Ach, hallo.«

»Dachte doch, ich hätte Sie reingehen sehen«, sagte Connolly. »Sie sind genau der Mann, den ich suche.«

Mr. Devine, eingeschlossen in seiner Kabine, starrte die Wand an. Er fragte sich, ob er husten sollte oder so etwas. Aber dann würde er mit ihnen reden müssen. Und er konnte es überhaupt nicht ausstehen, wenn er gezwungen war, sich beim Wasserlassen zu unterhalten.

Er hörte, wie Turley den Wasserhahn aufdrehte.

»Sagen Sie, Frank«, fragte der junge Connolly in vertraulichem Ton, »haben Sie was von einer Party heute abend bei Heron gehört?«

»Ich? Nein«, sagte Turley.

Mr. Devine nickte mit dem Kopf. *Er* wußte Bescheid. Tim Heron, einer der älteren Laienlehrer, gab am Abend eine Party, um die Verlobung seiner Tochter mit einem jungen Arzt namens Carty bekanntzugeben. Mr. Devine wußte auch, weshalb Connolly nicht eingeladen worden war. Connolly hatte selbst ein Auge auf das Mädchen gehabt. Es wäre nicht eben taktvoll gewesen, ihn zu einem solchen Anlaß einzuladen.

»Sie haben also auch keine Einladung gekriegt?« fragte Connolly.

»Weshalb sollte ich? Heron und ich waren noch nie dick befreundet«, erwiderte Turley.

»Mich hätten sie aber schon einladen können.« Connollys Stimme war empört. »Immerhin gehe ich doch praktisch mit Mary.«

Mr. Devine war bestürzt in seiner Kabine. Der arme Connolly wußte also noch gar nichts. Ach, der Ärmste. Wahrscheinlich hatte Tim Heron es nicht übers Herz gebracht, Connolly zu sagen, daß die Tochter sich mit jemand anderem verlobte. Verdammt leid tat er ihm, der gute Connolly.

»Na ja, wer ist denn überhaupt eingeladen worden?« fragte Turley.

»Devine zum Beispiel.«

»Dann fragen Sie Devine doch mal.«

»Ach, das alte Weib!« sagte Connolly.

Mr. Devine preßte die Lippen zusammen und starrte auf die Klosettschüssel. Altes Weib? Was in aller Welt...? Zu seiner Erleichterung hörte er, daß Frank Turley sich für ihn einsetzte.

»Ich weiß nicht, was Sie meinen«, sagte Turley. »Ich habe immer wieder festgestellt, daß Dev eine sehr anständige Haut ist. Warum fragen Sie ihn nicht?«

»Wie könnte ich denn?« sagte Connolly in entrüstetem Ton. »Der würde bestimmt denken, ich sei auf eine Einladung aus. Am Ende würde er noch Heron erzählen, daß ich mich erkundigt habe. Und das ist das letzte, was ich will.«

»Sie brauchen doch nur zu erklären, warum Sie fragen«, meinte Turley. »Dev ist sehr diskret.«

»Erklären? Der wüßte doch gar nicht, wovon ich rede. Wie soll jemand wie Dev verstehen, was einer für ein Mädchen empfinden kann?«

Mr. Devine hörte Turley lachen: ein kurzes belustigtes Glucksen. Mit glühendem Gesicht starrte er auf die Klosettschüssel und knöpfte seine Hose zu. Er stand still, damit sie ihn nicht hörten, und betete, sie möchten weggehen. Wenn sie ihn jetzt bemerkten, würde er ihnen nicht in die Augen sehen können. Noch nie im Leben hatte er sich so beschämt gefühlt.

»Na, dann fragen Sie Tony Moloney, wenn Sie Dev nicht fragen wollen«, sagte Turley. »Tony weiß Bescheid, der kriegt alles mit.«

»Bei Gott, daran habe ich gar nicht gedacht«, sagte Connolly. »Wo unterrichtet Tony jetzt?«

»Drüben in der Unterstufe«, sagte Turley.

»Ich lauf gleich mal hin.«

»Dann verspäten Sie sich«, sagte Turley.

»Ach, zum Teufel, ich bin doch kein Roboter. Die sollen gefälligst warten!«

Mr. Devine hörte die Tür schlagen. Einen Augenblick später kamen Turleys Füße an seiner Kabine vorbei. Er hoffte, daß Turley nicht...

Aber die Tür schlug ein zweites Mal. Jetzt konnte er raus. Es war alles in Ordnung. Er wartete noch, um völlig sicherzugehen, daß Frank Turley fort war, bevor er aus der Kabine trat. Sein Gesicht war immer noch rot. Er hatte sich sehr aufgeregt.

Er war groß, ohne groß zu erscheinen; nicht jugendlich, und doch irgendwie jung; ein Mann, dessen Äußeres auf eine schmerzliche Unsicherheit hindeutete. Er trug das Jackett und die Weste eines Straßenanzugs, dazu aber eine Flanellhose mit ausgebeulten Knien. Seine schwarzen Golfschuhe bissen sich mit grell glänzenden Socken. Der dicke, militärisch verwegene Schnurrbart stand im Widerspruch zu schwachen, von einer schlechtsitzenden Brille eingerahmten Augen. Ebensowenig vertrugen sich die sandfarbenen Haare – hinter den Ohren lang und zottlig, über der sommersprossigen Stirn gelichtet – mit der viktorianischen Achtbarkeit von Weste, goldener Uhrkette und Siegelring.

Er ging geradewegs zum Waschbecken, um sich in einem beschleunigten Ritual die Hände zu waschen, sie abzuschütteln und zu trocknen, während er schamrot immerzu sein Bild im Spiegel anstarrte. Der junge Connolly war natürlich sauer gewesen. Wahrscheinlich krank vor Argwohn, daß Mary ihn abserviert haben könnte. Von daher war seine unfreundliche Bemerkung vielleicht zu entschuldigen. Aber Frank Turley hatte darüber gelacht, als wäre es allgemein bekannt, daß Devine – komisch war.

Trotzdem hatte er jetzt keine Zeit, darüber nachzudenken. Er kam zu spät in die Stunde. Er stieß die Tür auf und lief, in der Seite einen stechenden Schmerz, mit lauten Schritten über den Terrazzoboden. Höchste, allerhöchste Zeit. Und hör dir das da oben an. Wie sie auf den Putz hauen.

Er kam zur Treppe und nahm zwei Stufen auf einmal. Ein Aufpasser rief warnend: »Dev!« Füße trappten über blanke Dielen, als die Jungen zu ihren Plätzen stürzten. Pultdeckel klappten zu. Der Lärm erstarb zu einem Flüstern, als Mr. Devine das Klassenzimmer betrat. Er legte Stock und Bücher auf sein Pult, nestelte mit der rechten Hand wie ein Staatsanwalt am Kragen seines Talars und überblickte dann mit der vertrauten Miene des streitbaren Lehrers die Klasse. Das Flüstern hörte auf. Er drehte ihnen verächtlich den Rücken zu und schaute auf die Tafel. Er wartete. Als es vollkommen still war, sagte er:

»Daly. Wischen Sie die Tafel ab.«

Ein Schüler aus der letzten Bank, schmutzig im Gesicht und störrisch, ging zur Tafel und wischte sie unter einer Wolke von Kreidestaub sauber. Mr. Devine setzte sich.

»McAvitty. Sammeln Sie die Aufsätze ein.«

Am Abend vorher geschriebene Aufsätze wurden ihm ans Pult gebracht.

Vier externe Schüler hatten keine Arbeit abgegeben. Zwei wiesen eine schriftliche Entschuldigung von ihren Eltern vor. Das genügte Mr. Devine. Er fragte die beiden anderen Schüler nach ihren Gründen.

»Bitte, Sir, ich hatte so viel auf, das konnte ich nicht alles schaffen.«

»Ich auch nicht, Sir.«

Die Klasse wog die Chancen ab. Gestern erst hatte ein Schüler der Unterstufe diese alte und wahre Entschuldigung vorgebracht. Mr. Devine hatte den Jungen nach jeder einzelnen Hausaufgabe gefragt und angemerkt, daß diesmal wirklich extrem viel zusammengekommen sei. Er war selbst ein St.-Michan's-Schüler gewesen und wußte, daß die Arbeit manchmal überhandnahm. Aber als er einen Tag später jetzt die gleiche Entschuldigung in einer höheren Klasse hörte, wurde ihm klar, daß sie in Umlauf kam. Akzeptierte er sie noch einmal, würde das ausgenutzt werden.

Er stieg von seinem Podest herunter und ergriff den langen, dünnen Rohrstock. Mit geübter Sanftheit hob er Frankie Deegans Arm auf Schulterhöhe. Dann zielte er über die Stocklänge hinweg wie ein zum Todesstoß ansetzender Matador, holte nach hinten aus und ließ den Stock pfeifend auf die Handfläche des Jungen niedergehen. Deegan krümmte sich vor Schmerz. Im St. Michan's galt Stoizismus als Dummheit. Bei Stoikern nahm der Lehrer an, er habe vorbeigeschlagen.

»Die andere Hand«, befahl Mr. Devine.

Die Schüler sahen zu, wie Deegan den linken Arm ausstreckte. Alles in allem waren sie froh, daß Dev die Entschuldigung nicht angenommen hatte. Sonst hätten sie ja mit dem Aufsatzschreiben gestern abend ihre Zeit vergeudet.

Noch einmal zielte Mr. Devine und schlug zu. Deegan steckte beide Hände unter die Achselhöhlen und ging flügellahm zu seinem Platz. McAleer, der zweite Missetäter, trat aus der Bank. Mr. Devine strafte, McAleer zeigte, daß er litt, und die Klasse schlug ihre blau eingebundenen *Macbeths* bei der ersten Szene des zweiten Akts auf.

»Also«, sagte Mr. Devine. »Sullivan ist Banquo, O'Hare ist Fleance, und wenn Deegan sich von seiner Folterqual erholt hat, liest er den Macbeth.«

Zufrieden lockerte die Klasse ihre Wachsamkeit. In einer halben Stunde war die Schule aus. Die Externen würden nach Hause fahren und die Internen zwei Stunden frei haben vor dem Abendbrot und der langen Lernzeit.

Aber Mr. Devine konnte sich nicht entspannen... *Das alte Weib!* Seit wann war siebenunddreißig denn alt? Der junge Connolly wollte damit doch wohl nicht sagen, er sei ein Homo oder etwas dergleichen? Nein, daß Connolly das so gemeint hatte, glaubte er nicht. Es sollte wohl eher heißen, daß er ein Trottel sei, unfähig, ein Mädchen zu kriegen. Und dabei hat *er* mir leid getan, dachte Mr. Devine empört. Und Frank Turley hat gelacht, als ob jeder wüßte, daß ich ein Dummkopf sei. Frank ist älter als ich und verheiratet, rief sich Mr. Devine in Erinnerung. Ich hätte nie geglaubt, daß Frank so über mich denkt.

Er starrte auf die hölzerne Trennwand hinter der letzten Bankreihe. Es war verdammt noch mal ein Schock, festzustellen, daß man ausgelacht wurde. Und unfair, dachte Mr. Devine. Unfair. Was ist denn so Tolles dran am Heiraten, wenn ich fragen darf? Seht euch meine Schwester Josie an, die hat sich verheiratet, und jetzt ist sie unglücklich. Gestrandet in Dungannon, mit einem Dutzend angeheirateter Verwandter auf dem Buckel. Wer von uns beiden ist denn da besser dran, bitte schön?

Sein Vater war vor vierzehn Jahren gestorben. Seine arme Mutter war ihm ein Jahr später ins Grab gefolgt. Er und Josie hatten ganz allein dagestanden. Josie hatte geheiratet, und er war in eine Mietwohnung gezogen. Man konnte ihm also schlecht nachsagen, er sei einer von denen, die ewig an Mutters Schürzenzipfel hängen, oder? Er wohnte seit nunmehr dreizehn Jahren zur Miete, davon zehn an seiner jetzigen Adresse. Und er fühlte sich ganz wohl so, besten Dank.

Was Mädchen anging, nun, so war er nie ein Frauenheld gewesen. Er war nicht häßlich, nein, auch nicht zu schüchtern, nein, aber er hatte bei Mädchen noch nie viel Glück gehabt. Das lag an der irischen Erziehung, verdammt, er hatte es schon so oft gesagt. Er war Internatsschüler an eben dieser Schule gewesen, von Mädchen abgeschottet bis fast ins Erwachsenenalter. Und wenn er sich den Haufen schmutziger, ungepflegter Jungen ansah, die jetzt hier vor ihm saßen, fiel es schwer zu glauben, daß sie zu einem großen Teil die Söhne von Akademikern, wohlhabenden Gastwirten und Farmern waren. Sie sahen aus wie Armeleutekinder, ohne auch nur eine verflixte Ausnahme. St. Michan's kümmerte sich wenig um Aussehen und gute Umgangsformen. Kein Wunder, daß die Jungen nicht zum Ausgehen mit Mädchen gerüstet waren, wenn sie die Schule verließen. Dahinter stand schlicht und einfach Unwissenheit.

Sie hatten plötzlich aufgehört, vorzulesen. Er wurde sich der Augen bewußt, die ihn beobachteten.

»Na, was gibt's?«

»Lady Macbeth, Sir, wer liest die Lady Macbeth?«

»So schuldig wie ihr Herr und Gebieter war sie«, sagte Mr. Devine. »Noch schuldiger, den meisten Fachleuten zufolge. Wer also wäre besser für den Part geeignet als Deegans Spießgeselle? McAleer, Sie sind Lady Macbeth.«

McAleer, der noch seine schmerzenden Handflächen pflegte, hatte aufgehört, am Unterricht Anteil zu nehmen. Schließlich hatte er Prügel bezogen, das reichte ja wohl für ein Stündchen. Jetzt suchte er in großer Verwirrung den Anschluß im Text. Jemand flüsterte ein Stichwort. Er begann mit leiernder Stimme:

»Was sie betäubte, hat mich stark gemacht...
Und was sie dämpft'... hat mich entflammt...«

Was aber die Phantasien über Frauen betrifft, überlegte Mr. Devine, so wahr mir Gott helfe, da bin ich völlig normal. Aber wie soll ich denen das beibringen, ohne mich komplett lächerlich zu machen, lächerlich wie Connolly, der sich ausgerechnet auf dem Lokus über meine Privatangelegenheiten ausläßt. Ich habe so viel sündige Gedanken wie jeder andere Kerl hier, da wette ich mein Hemd drauf. Trotzdem Blödsinn, sich von denen ärgern zu lassen. Vergiß es.

Er setzte sich aufrecht ans Pult und wandte seine Aufmerksamkeit dem Text zu. Aha, da hab ich eine Lieblingsstelle der Prüfer übersprungen.

»Einen Augenblick, meine Herren. Auf der gerade gelesenen Seite oben steht der Absatz: ›Ist das ein Dolch, was ich vor mir erblicke?‹ Lernen Sie den auswendig. Er wird bei Prüfungen zum Thema *Macbeth* oft verlangt. Ich bitte Deegan, ihn noch einmal vorzulesen, und gehe dann auf die Bedeutung ein.«

»Ist das ein Dolch, was ich vor mir erblicke?« fragte Deegan-Macbeth.

Als der Monolog endete, ergriff Mr. Devine das Wort. Er entsann sich, daß die Stelle im Jahre '36, '39 und dann wieder '49 und '53 geprüft worden war. Er stimmte seine Erläuterung auf die gängigen Fragen ab. Die Klasse hörte aufmerksam zu. Dev war bekanntlich ein Fuchs in Sachen Amateurtheater. Außerdem hatte er ein gutes Gespür für Prüfungsfragen. Seine Klasse bekam immer gute Noten. Aber nicht deswegen hörten die Jungen zu. Sie hörten zu, weil im St. Michan's kein Lehrer etwas zweimal sagte. In einer Woche wollte er die Erläuterung vielleicht von ihnen hören.

Und schließlich läutete die Schlußglocke. Mr. Devine war wie immer als erster Lehrer an dem Bus, der sie vom Vorort Glengormley zum Zentrum von Belfast brachte. Er lebte auf halbem Weg zwischen Schule und Innenstadt in einer einst sehr ansehnlichen, jetzt aber heruntergekommenen ruhigen Allee. Die kleinen Vorgärten dort wirkten nackt und schäbig ohne die eisernen Gitterzäune, die man während des Krieges entfernt und zur Panzerherstellung verwendet hatte. Die Zäune waren nicht ersetzt worden, die Allee hatte sich nicht erholt. Staubige Rasenvierecke lagen, flach in Stein gefaßt, wie verwahrloste leere Schwimmbassins vor den Häusern. Die einstigen Bewohner der Straße waren in andere Gegenden gezogen und hatten von der Rente lebenden Witwen, auf Provision arbeitenden Vertretern und pensionierten Polizeibeamten Platz gemacht. Die meisten Häuser nahmen Pensionsgäste an, und in einigen war das Kellergeschoß in Wohnungen für alleinstehende Herren umgebaut worden.

Mr. Devine lebte in so einer Wohnung. Er schloß jetzt die Tür auf und betrat einen dunklen Flur, an dem sein Wohnzimmer, sein Schlafzimmer und eine kleine Toilette nebst Besenkammer lagen. Am Ende des Flurs führte eine mit einem Läufer belegte Treppe zur Küche der Wirtin hinauf. Diese Treppe erstieg er wenigstens dreimal am Tag, zum Rasieren, zum Frühstück und zum Abendbrot. Er nahm seine Mahlzeiten im Eßzimmer der Wirtin ein, benutzte aber nicht ihr Wohnzimmer. Mrs. Dempsey hielt auf gebotenen Abstand.

Mr. Devine nahm Hut und Regenmantel ab und betrat seine Höhle. Der Kamin zog, und es war noch nicht dunkel. Eine späte Nachmittagssonne schien durch die eisenvergitterten Souterrainfenster, durch die er den Hintergarten und eine lange Leine mit Wäsche sah. Er hing sehr an diesem Zimmer. Die improvisierten Bücherregale, die staubig zur Decke hochragten, waren sein eigenes Werk. Er selbst hatte den Sessel durch langen Gebrauch zu treuer Nachgiebigkeit erzogen; sein sorgloser Umgang mit Pfeifen und Teegeschirr war verantwortlich für das

Mosaik aus dunklen Ringen, das den runden Mahagonitisch schmückte. Ein Stapel alter Zeitschriften an der hinteren Wand war zusammen mit der Tapete zu einem allgemeinen Braun-in-Braun vergilbt. Die schwere Anrichte und der tragbare Plattenspieler waren alt und vertraut. Sie stammten noch von seinen Eltern.

An der Wand über dem Kamin waren wie im Schaufenster eines Fotografen seine Erinnerungsfotos angeordnet, alle hinter regelmäßig entstaubtem Glas, in glänzenden schwarzen Rahmen. Reihenweise Jungen auf Klassenfotos, die Lehrer mit in die Seite gestemmten Armen in der Mitte. Schnappschüsse aus seiner Studentenzeit an der guten alten National; einige der jungen Männer auf den Fotos waren inzwischen tot, andere weit weg in der Äußeren Mission tätig. Auf dem Ehrenplatz genau über dem Kamin hing ein großes Hochzeitsfoto. Bärtiger Mann, die Schnurrbarthälften geschwungen wie Büffelhörner, die Hände flach auf das steife weiße Hemd gepreßt; Dame in weißem Seidenbrokat, das Gesicht zu einem lang durchgehaltenen scheuen Lächeln erstarrt. Sie zeigten sich von ihrer besten Seite, sein ihm unbekannt junger Vater, seine lächelnde Mutter. Steif dastehend harrten sie in unnatürlicher Pose geduldig ihres Fotografen, als hätten sie die eigenartige Unsterblichkeit des Augenblicks geahnt. Als Huldigung an seine Eltern hatte Mr. Devine einen kleinen silbernen Wappenschild über das Hochzeitsfoto gehängt. Den hatte erstmals vor zehn Jahren eine Laienspielgruppe gewonnen, der er als Inspizient angehörte, die aber immer wieder seinen Namen im Programm abzudrucken vergaß. Fünf Jahre hintereinander hatte die Gruppe den Preis gewonnen. Jedesmal wurde er zwar um Entschuldigung gebeten, und dennoch blieb sein Name unerwähnt. Zum

Ausgleich für das Versehen hatten die anderen ihm den Schild geschenkt. *In perpetua.*

Er setzte sich, zog das Gitter am Kamin auf und schürte das Kohlenfeuer. Dann las er seine Post. Eine Abonnementverlängerung für den *Spectator*, ein Zug in einer Schachpartie, die er mit einem Mann in Manchester austrug, der Kalender einer Lebensversicherung. Sonst nichts. Als er den Schachzug in seine Westentasche steckte, rief eine Stimme aus der Küche im Erdgeschoß: »Sind Sie's, Mr. Devine?«

»Ja, Mrs. Dempsey.«

»Das Wasser ist heiß, soll ich das Bad schon einlassen?«

»In Ordnung.«

Die Küchentür schloß sich. Wieder einmal gereizt, daß sie ihn mit seinem zweimal wöchentlichen Bad zur Eile trieb, ging Mr. Devine ins Schlafzimmer, um sich umzuziehen. Es war ein kleiner Raum. In dem Bett hatte er schon als Junge geschlafen. Auch die Kommode und der Sessel stammten aus dem Haushalt seiner Eltern. Über dem Bett hing eine Kindheitserinnerung, eine große farbige Irlandkarte, auf der mit Rotstift seine Wandertouren eingetragen waren. Er schlüpfte aus seiner schlecht zusammenpassenden Hose und Jacke, zog den warmen wattierten Morgenmantel über das lange weiße Unterzeug, schlappte in Pantoffeln die Kellertreppe hinauf und klopfte an der Küchentür kurz an, bevor er Mrs. Dempseys Terrain betrat. Wie gewohnt begegnete er auf dem Weg zum Bad niemandem. Mrs. Dempsey hatte zwei heranwachsende Töchter. Sie sorgte dafür, daß die Bahn frei war.

Im ersten Stock des Hauses tauchte Mr. Devine in die Dampfschwaden eines altmodischen Badezimmers ein. Er schloß die Tür ab, prüfte das Wasser und überlegte, ob er sich die Haare waschen sollte. War am Ende etwas dran an dem Gerede, daß man von zu häufigem Haarewaschen eine Glatze bekam? Das mußte erblich sein. Sein Vater war mit fünfzig kahl wie ein Ei gewesen.

Er dachte an seinen Vater. Erinnerte sich, daß sein Vater beim Schwimmen nicht gern den Kopf untertauchte. Erinnerte sich an Portstewart; er war damals ein Junge von zehn Jahren gewesen; sein Vater war mit langsamen, kräftigen Zügen aufs Meer hinaus geschwommen und hatte ihn am Strand zurückgelassen. Er hatte geweint – sein Papi schwamm für immer fort! Nach Schottland…

Betrübt dachte Mr. Devine daran, wie er seinen Vater zum letztenmal gesehen hatte. In einem Leichentuch aus braunem Kaschmir lag er auf dem großen Doppelbett, die wächsernen Hände um einen Rosenkranz geklammert, die Füße geschlossen in weißen Kaschmirsocken… Und die häßlichen kleinen Einzelheiten, die ihm nach all den Jahren noch in Erinnerung waren… Die Bänder hinten am Leichentuch waren nicht verschnürt worden, weil sein Vater so schwer zu heben war. Der unsichtbare Rücken war nackt. Die Füße blieben zusammen, weil der Mann vom Bestattungsinstitut sie festgebunden hatte. Ein kleines, unter sein Kinn gelegtes Meßbuch sollte der Totenstarre helfen, den Mund für immer zu schließen. Meßkarten fielen wie Laub auf das Bett, denn viele Leute kannten seinen Vater, Devine senior war Rektor einer großen staatlichen Grundschule gewesen, in einer überschaubaren Stadt, in der noch alle den Schulleiter kannten. Ja, Papa haben mehr Leute gekannt, als mich je kennen werden, dachte Mr. Devine traurig. Und sie vergessen ihn so wenig wie ich. *Der Sturm* heute in der Unterstufe hat ihn mir wieder in Erinnerung gebracht. *Fünf Faden tief liegt Vater dein, sein Gebein ward zu Korallen.* Schön, das mit dem bleichen Skelett unter Wasser. *Nichts an ihm, das soll verfallen...* In Rom hat Trelawney diese Zeile auf Shelleys Grabstein meißeln lassen. Ich muß sehen, wieweit die Jungs mit Shelleys Leben vertraut sind. Danach ist ein- oder zweimal gefragt worden.

Langsam knöpfte Mr. Devine seine Hemdhose auf. Sein Körper war abgeschottetes Land. Die nie gesonnte Haut war blaß, und an Hals und Handgelenken hatten sich scharfe Demarkationslinien gebildet. Es war, als gehörten Kopf und Hände, die Wind und Wetter ausgesetzt waren, nicht zu diesem verborgenen Körper, weiß wie der Bauch eines Bauern. Als er sich jetzt vorsichtig ins Wasser sinken ließ, überzog sich die helle Haut schmerzhaft mit Rot. Er hielt den Atem an und saß still in der dampfenden, siedenden Hitze.

Aber auch sein Vater war den Leuten hier nicht mehr richtig in Erinnerung. Wer dachte dieser Tage denn überhaupt noch an seinen Vater? Selbst Josie und ich denken selten an ihn, überlegte Mr. Devine. Ja, man wird schnell vergessen, wenn man über den Jordan geht. Kinder helfen schon; der alte Tim Heron z.B., zu dem ich heute abend will: Jeden Penny muß er umdrehen, kommt immer grad so mit dem Geld hin, aber er ist ein *Paterfamilias*, verdammt! Sein Sohn Eamon gibt den Namen weiter, und seine Töchter verbinden sein Blut mit dem anderer Familien. Moses und das Schilf. Mich hätten sie ertränkt. Männlich.

In der Wanne stehend, seifte er sich das Hinterteil ein und neigte sein Kinn, um hinunterzuschauen. *Deo gratias*, er konnte ihn noch sehen; es hing noch keine Wampe drüber. Auch wenn er nichts damit anfing. Aber verdammt, schalt er sich, es hat keinen Sinn, morbid zu werden, keinen Sinn, solche Sachen zu denken. Das mit dem Fortbestand des eigenen Geschlechts war ja doch alles Quatsch. Genialität etwa ließ sich nicht übertragen. Siehe zum Beispiel...

Aber aus dem Stegreif fiel ihm kein Beispiel ein. Er stieg hinaus auf die Gummimatte, wischte den beschlagenen Spiegel ab und setzte seine Brille auf, um sein Gesicht wieder einmal zu mustern. Sein Haar dünnte oben ein ganz klein wenig aus. Er entsann sich an Zeiten, da hatte es hochgestanden wie Stechginster. Er zauste es in dem Bemühen, den Ginsterbusch wieder herzustellen. Aber ohne Erfolg. *Sic transit* die Krone des Ruhmes. Nun ja, er sah gar nicht so übel aus; er hatte schon Schlimmere gesehen. Er verneigte sich vor seinem Spiegelbild und zwirbelte die Schnurrbartspitzen forsch nach oben. Schließlich wollte er zu einer Party heute abend. Da waren sicher eine Menge Mädels, sollte man meinen.

Präsentabel und beruhigt sperrte er die Tür auf. Hatte er den Stöpsel rausgezogen? Er horchte. Ja, er hörte, wie ein Rest Wasser noch in den Ablauf gurgelte. Er blickte auf die Wanne, und irgend etwas an ihr – lang, weiß, ruhend – ließ ihn an eine Säulenplatte auf dem Friedhof denken. Verdammt, er war ja wirklich in einer morbiden Verfassung heute! Das Wasser war jetzt fast ganz weg. Als der letzte Rest ablief, gab es ein seltsam keuchendes, fast menschliches Geräusch. Er schloß die Badezimmertür und ging nach unten in seine Wohnung.

2

Ein feuchter Abendwind wehte durch die Cavehill Road und riß Mr. Devine beinahe seinen Hut vom Kopf, als er in die Straße einbog, in der Tim Heron wohnte. Es war eine Straße mit kleinen roten Ziegelhäusern und vorspringenden, den Fremden abweisenden Erkerfenstern; eine Straße, über deren Bewohner die Hinterhöfe mit ihren Wäscheleinen sehr genau Aufschluß gaben. Die jetzt im Bett liegenden Kinder waren den ganzen Tag auf den Gehsteigen herumgetollt und hatten die winzigen Vorgärten mit ihren Spuren übersät: kreidebeschmierte Wände, umgeworfene Dreiräder, klapprige, stehengelassene Puppenwagen. Jetzt war es still, das Geschrei, die Kampfansagen, das Geschimpfe der Erwachsenen waren verstummt. Hier gingen die Leute früh schlafen, standen früh auf und hatten einen anstrengenden Tag.

Aber in Haus Nummer 6 war alles anders. In dem Haus wurde gefeiert. Ein heller orangefarbener Lichtschein fiel von der Lampe im schmalen Hausflur auf die Straße. Und an der offenstehenden Haustür begrüßte Magister Timothy Stanislaus Heron, die Lippen zu einem ungewohnten Lächeln verzogen, immer neue Gäste und half ihnen aus den Mänteln.

»Dev! Immer hereinspaziert. Häng deinen Mantel irgendwo da drüben hin, sei so gut. Und dann komm noch mal, ich will kurz mit dir reden.«

Heute abend war Tim Heron in seinem besten Staat und

bemühte sich nach Kräften, gesellig zu sein. Aber es war ein schwacher Auftritt in einer von ihm nicht einstudierten Rolle. Sein Leben lang hatte er immer nur gefürchtet, übersehen zu werden, und sich immer nur damit beschäftigt, eingebildeten Kränkungen nachzugehen. Mit sechzig merkte man ihm das an; er konnte kein fröhliches Gesicht machen. Sein knochiger Körper war verborgen von den Ticks und Zuckungen unterdrückter Wut, seine stahlblauen Augen flackerten wild, heimliche Angriffe aufspürend. Ständig legte er sich beruhigend die Hand auf die Stirn und strich seine gewellten grauen Haare glatt, die einzeln, jedes für sich an seinem Schädel anlagen, als wären sie mit Bleistift aufgemalt.

»Hast du die Freudenbotschaft schon gehört?« sagte er.

»Nein, Tim, was denn?«

»Der junge Gerry hat sich gerade ein Haus in der Somerton Road gekauft.«

»Oho!« sagte Mr. Devine. »Na, da muß er ja ein begüterter Mann sein, Tim, das neue Mitglied eurer Familie. Die Somerton Road, sieh an.«

»Ach, er ist ein prima Kerl«, sagte Tim Heron. »Ein prima Kerl.«

»Dafür kriegt er auch ein prima Mädchen«, sagte Mr. Devine.

»Das stimmt. Das stimmt. Ach, die jungen Leute haben's gut heutzutage. Die Zeiten haben sich geändert, was, Dev? Wo hätte es das zu unserer Zeit gegeben, daß ein junger Bursche, der gerade mit dem Medizinstudium fertig geworden ist, sich so etwas anschafft?«

Zu unserer Zeit? Mr. Devine sah seinen Gastgeber fragend an. Tim Heron hatte ihm vor Jahren zu der Stelle am St. Michan's verholfen. Und ihn oft zu sich eingeladen. Sie waren alte Freunde, gar keine Frage. Aber was zum Teufel meinte er mit *zu unserer Zeit*? Er ist doch fast doppelt so alt wie ich, überlegte Mr. Devine.

Zu kränken brauchte man ihn trotzdem nicht. Schwamm drüber.

»Allerdings«, sagte er. »Das stimmt.«

»Na ja, meinen Segen haben die zwei«, sagte Tim Heron. »Und du, Dev, willst du jetzt vielleicht was trinken? Drinnen ist es warm, und ich laß dich hier an der Tür stehen.«

»Das macht nichts, Tim. Überhaupt nichts.«

»Jaja, nicht alle sind so rücksichtsvoll wie du«, sagte Tim Heron, die Winkel seines blassen Mundes nach unten ziehend, als ihn der Jähzorn wieder überkam. Er schob sein Gesicht näher heran, und Mr. Devine sah den großen Adamsapfel in Tims dürrer Kehle hüpfen. »Der Direktor ist nicht gekommen, Dev. Er kommt nicht.«

»Ach, daran würde ich mich nicht stoßen, Tim«, sagte Mr. Devine hastig. »Der war noch nie gesellig.«

»Aber ich habe ihn extra eingeladen«, sagte Tim und blinzelte bös mit dem rechten Auge. »Man sollte doch meinen, wenn der dienstälteste Laienlehrer ihn herzlich darum bittet, daß er dann höflicherweise auch erscheint.«

»Er schickt sicher Pater McSwiney. Wird ja langsam zu wacklig, der Ärmste, um selber zu kommen.«

»Meinst du?« Tim Heron dachte schweigend über diese Möglichkeit nach. »Ja, da könntest du recht haben, Dev.«

»Und mit Pater Mac bist du doch auch besser bedient«, sagte Mr. Devine. »Er ist viel umgänglicher.«

»Ja.« Tim Heron nickte mit dem Kopf und strich erneut über sein dünnes Haar. »Pater Mac wird bald selbst Direktor sein, paß nur auf.«

»Bestimmt«, meinte Mr. Devine lächelnd. Er sah, daß seine Äußerung Tim gefallen und den alten Wüterich wieder besänftigt hatte.

»Ja.« Aufgemuntert klopfte Tim Heron Mr. Devine auf die Schulter und komplimentierte ihn ins Haus. »Und jetzt rein mit dir, Dev, die Party wartet.«

»Danke, Tim.«

Als er ins Wohnzimmer kam, blieb Mr. Devine erst einmal kurz stehen, um dem jungen Eamon gute Nacht zu sagen, Tims Sohn, der im St. Michan's in der Oberstufe war. Dann grüßte er Mrs. Sullivan, eine Freundin seiner Schwester aus der Zeit, bevor sie nach Dungannon gegangen war. Auf der anderen Seite des Raumes schirmten Männerrücken einen Tisch mit Getränken ab. Ist da einer, den ich kenne? fragte sich Mr. Devine. Einer, mit dem ich plaudern, einen Whisky kippen, ein bißchen zusammensitzen kann? Wer?

Aber er besann sich. Wenn er jetzt in einer Männerrunde hängenblieb, würde er den Abend doch wieder unter Gleichgeschlechtlichen verbringen. Mit Unbehagen dachte er an Connollys Bemerkung auf der Toilette. Wie wär's, wenn er zur Abwechslung mal eine Frau ansprach?

Drei Frauen saßen im Erker. Die eine war alt, eine um die Vierzig, und eine war ein sympathisch aussehendes junges Mädchen. Wer sie wohl sein mag? Nervös, auf äußerste Unauffälligkeit bedacht, pirschte er sich an den Erker heran. Das Mädchen schaute hoch. Sofort sichtete Mr. Devine einen imaginären Bekannten am anderen Ende des Raumes. Er winkte und lächelte dieser imaginären Gestalt zu. Das Mädchen schaute weg, und die Frauen nahmen ihre Unterhaltung wieder auf.

Tja, wenn ich jetzt einen Teller mit Keksen hätte,

könnte ich hingehen und ihnen was anbieten. Aber Kekse waren nirgends zu sehen. Ich könnte ihnen was zu trinken anbieten. Was möchten die Damen gern trinken? Oder: Darf ich jemand was zu trinken bringen? Ja, das hörte sich gut an. Entschieden trat er auf die Frauen zu.

»Und dann sagte sie, Peggy hätte gesagt, sie kriegen das Haus überhaupt nicht.«

»Ach komm! Aber das erklärt wenigstens, warum Meta am Sonntag nicht mit Peg und mir gesprochen hat, als wir ihr nach der 11-Uhr-Messe begegnet sind.«

Und das gutaussehende Mädchen sagte: »Ach, habt ihr das noch nicht gehört, sie und Peg haben sich doch furchtbar verkracht! Ihr wißt ja, wie sie immer alles anfaßt und nach dem Preis fragt. Da kommt sie also eines Tages zu Peg und ist noch kaum zur Tür rein...«

Sie hatten keine Notiz von ihm genommen. Rufmörderinnen waren sie, die ganze verflixte Bande. Das fiel ihm bei Frauen wirklich auf, sie zogen dauernd übereinander her. Männer waren da viel vernünftiger, sie hielten wenigstens den Mund, wenn sie jemand nicht mochten. Und überhaupt, dachte Mr. Devine, welcher Mann, der bei klarem Verstand ist, hört auf Weibergeschwätz? Zum Beispiel in diesem Raum hier. Jeder Mann hier sprach mit einem anderen Mann, und die Frauen waren sich selbst überlassen. Kein Wunder. Da konnte er ebensogut zu den Jungs gehen und was trinken.

Aber genau in dem Moment kam eine Frau vorbei, eine hochgewachsene Person, die er nicht kannte. Gutaussehend. Er lächelte ungefähr in ihre Richtung, und sofort drehte sie sich um und kam zu ihm.

»Entschuldigen Sie«, sagte sie, »aber sind Sie ein Bekannter von dem jungen Mann?«

»Wie bitte?«

»Dem jungen – na, wie *heißt* er doch gleich? Ich habe ein furchtbares Namensgedächtnis. Sie wissen schon. Der frischgebackene Verlobte von Mary Heron.«

»Oh, den meinen Sie.« Mr. Devine versuchte ein zweites Mal zu lächeln. Hübsch gebaut war sie auch. »Ja«, sagte er. »Er heißt Carty. Dr. Gerry Carty.«

»Wo ist er jetzt? Können Sie ihn mir zeigen?«

»Ach so, ehm, im Augenblick sehe ich ihn leider nicht. Ich bin ihm erst einmal begegnet. Es kann sein, daß ich ihn nicht wiedererkenne.«

»Ich dachte, Sie seien befreundet mit ihm«, sagte sie und sah Mr. Devine an, als hätte sie ihn bei einer Lüge ertappt. »Aber trotzdem vielen Dank.«

Und sie ging davon. Er wollte ihr gerade folgen – schließlich mußte auch er den Verlobten seine Aufwartung machen –, da kam eine ältere Dame zur Wohnzimmertür herein und sagte zu der Hochgewachsenen:

»Ach, Mrs. Reddin, haben Sie einen Augenblick Zeit?«

Mrs... Hätte man sich denken können. Nun, damit war das ein für allemal erledigt. Sie war sowieso zu groß. Er peilte wieder den Tisch mit den Getränken an. Harry Sharkey und Dan Cavanaugh sah er dort stehen. Aber das Gesicht, das sich ihm zuwandte, um ihn willkommen zu heißen, war ihm nicht sehr willkommen.

»Devine, mein Sohn, wie geht's?«

»Kann nicht klagen«, sagte Mr. Devine und versuchte, über die Schulter des Dazwischengetretenen den Blick von Harry Sharkey auf sich zu ziehen. Aber Moloney nahm ihn in Beschlag und bugsierte ihn zu den Getränken. »Ich stehe an der Quelle«, sagte er. »Scotch gefällig?«

»Ein Schluck Whisky wäre ausgezeichnet«, stimmte

Mr. Devine zu. Eigentlich hatte er für Tony Moloney nichts übrig, den er für einen aufgeblasenen Dubliner Gockel hielt, einen Ausbund an Gewöhnlichkeit. Aber Moloney war ein Kollege am St. Michan's; als Kollege mußte man mit ihm leben. Wozu gleich jemand schneiden, bloß weil man sein Benehmen nicht gut fand?

»Haben Sie den Bräutigam schon kennengelernt?« fragte Tony Moloney.

»Marys Zukünftigen? Nein, ich habe ihn noch nicht gesehen.«

Moloney blickte sich um, wobei ihm die Stirnlocke über das rechte Auge fiel. »Junger Medikus«, sagte er. »Der Herr Vater hat ein Geschäft irgendwo im Antrimtal. Geld wie Heu und dumm wie Bohnenstroh.«

Du bist mir der Richtige, dachte Mr. Devine. Aber er sprach es nicht aus.

»Wohlgemerkt, der alte Heron kann heilfroh sein«, sagte Moloney. »Seine Tochter ist doch eine fürchterliche Schreckschraube.«

Mr. Devine blickte erschrocken zu den anderen Gästen und hoffte, daß niemand es mit angehört hatte. »Aber sie sieht doch nicht übel aus, Tony«, murmelte er verlegen.

»Nicht übel? Bei Gott, ist sie in Ihren Augen eine Diva, Devine? Diva-Devine – Spaß muß sein.« Moloney lachte laut. »Haben Sie denn ihre Beine nicht gesehen, Mann?« redete er weiter. »Ein Paar Keulen wie ein Mastrind.«

»So?«

»Wollen Sie sagen, Sie haben noch nie die Beine bemerkt?« Moloney lachte wieder und gab Mr. Devine einen Klaps zwischen die Schulterblätter. »Sie und der junge Ray Connolly brauchen wirklich eine Brille. Ich habe Ray gesagt, er soll sich mal ihre Beine ansehen, und ich dachte, er schlägt mich k. o.«

»Kein Wunder. Er hat sich ja auch um sie bemüht«, sagte Mr. Devine empört.

»Dann muß er blind sein. Mann, die hat doch ein Heck wie die *Queen Mary.*« Moloney hustete über seinem Glas, rot im Gesicht vor Belustigung über den eigenen Witz. »Frauen und Pferde«, sagte er, »beurteilt man von den Hufen aufwärts.«

»Es könnte Sie jemand hören«, flüsterte Mr. Devine. Gott steh uns bei, dachte er, der alte Tim ist keine zwanzig Meter weg. Aber mußte man bei Moloney nicht damit rechnen, daß er solche Reden führte? War es nicht bezeichnend? Es war nicht gut, sich mit dem Burschen abzugeben.

»Warten Sie, Alter, ich bin gleich wieder da«, sagte er, stellte sein Glas ab und verzog sich, ehe Moloney ihn zu fassen bekam. Er eilte auf den Flur hinaus, aber dort stand eine Schar schwatzender Frauen herum. Er sah einen Mann die Treppe hinaufgehen und entschloß sich, ihm zu folgen. Alles war besser, als wieder bei Leuten wie Moloney zu landen. Und wenn er sich's überlegte, hatte Moloneys Äußerung auch einen Hieb auf ihn enthalten – als wäre er zu brav, um einer Frau auf die Beine zu sehen.

Nichts als Beleidigungen kriege ich heute ab, dachte Mr. Devine. Connolly läßt durchblicken, daß ich mich nicht für Frauen interessiere, Moloney meint, ich sei zu brav, um auf Ideen zu kommen, und der alte Heron redet, als ob ich zu seiner Generation gehörte. Das alles an einem Tag!

Aber der Mann, dem er nach oben folgte, war nur zum Pinkeln hinaufgegangen. Mr. Devine blieb unentschlossen stehen, als der Mann das Bad betrat. Sich umblickend, sah er, daß er vor dem oberen Wohnzimmer stand. Das war ein Raum, in dem die Kinder nicht spielen durften, ein Raum nur für besondere Gelegenheiten. Die besten Stücke aus Mrs. Herons Hausrat schmückten ihn; Plüschsofas, wacklige Kommoden, messingne Kaminvorsetzer, silberne Tabletts. Sobald er über die Schwelle getreten war, erkannte Mr. Devine seinen Fehler. Verhärmte, gelangweilte Gesichter wandten sich in seine Richtung und begrüßten die Ablenkung. Jetzt gab es kein Zurück. Er mußte hineingehen.

Hier waren die Alten. Tim Herons Mutter und sein Schwiegervater, ein betagter Onkel, eine einsame Tante. Fünf oder sechs unverheiratete Frauen, dümmlich, ältlich, abgemeldet. Alle waren in ihrem besten Sonntagsstaat und wußten nichts mit sich anzufangen. Sie hatten sich auf den Abend gefreut, und jetzt fanden sie wie üblich doch kein Vergnügen daran. In einem steifen Oval saßen sie auf den Sofas und Sesseln und brüteten unnütze kleine Bemerkungen aus. Sie waren, auch füreinander, die leidigen Verwandten, die man zu jeder Feier einladen mußte, weil sie am wenigsten beachtet wurden und daher am schnellsten beleidigt waren. Jemand hatte ihnen Sherry ausgeschenkt, und auch ein Teller mit ein paar kleinen Keksen war da. Alle warteten aufs Abendessen wie Kinder auf den Geburtstagskuchen.

Sie waren entzückt, Mr. Devine zu sehen ... Ja, wirklich erfreut. Sie kannten ihn alle oder wußten, wer er war; er gab Unterricht am St. Michan's wie Tim, und seine Mutter war doch eine Henry mütterlicherseits – sein Vater war vor einigen Jahren gestorben; alle miteinander hatten sie damals die Traueranzeige gelesen. Sie waren große Leser von Todesanzeigen. Mit ihrem unerschöpflichen genealogischen Wissen hätten sie Mr. Devines Familie über drei Generationen zurückverfolgen können; und als sie ihn hereinkommen sahen, stellten die meisten von ihnen auch die Eröffnungszüge dieses ihres Lieblingsspiels zusammen. Sie lächelten ihn an; er war nicht jung genug, um ihnen unhöflich zu begegnen, nicht alt genug, um einer von ihnen zu sein. Ein stattliches Mannsbild; er hätte einen wunderbaren Priester abgegeben; sehr gebildet war er und auch redegewandt. Ja, hm, ja... Die alten Damen tuschelten untereinander wie die Mäuslein, erinnerten sich, woher sie ihn kannten, schauten ihn sich noch einmal an, lächelten scheu mit blutleeren Lippen, strahlend weißen falschen Zähnen... Ach, guten Tag, Mr. Devine, wie geht es Ihnen? Sie werden mich nicht kennen, mich und meine Schwester – das ist meine Schwester Minnie –, aber wir haben Ihren Vater gekannt, Gott hab ihn selig, und auch Ihre Mutter. Sie war eine Heilige, die Frau Mutter. Ach ja. Und kennen Sie Mrs. Clery? Mrs. Kane und Mr. McGurk? ...Jawohl, sagte Mr. McGurk und hustete den Tabakrest aus seinem Hals. Sie unterrichten zusammen mit Tim am St. Michan's, wie? Ja, die Zeiten haben sich geändert, ich bin als Junge noch auf die alte Schule gegangen. Das war nur ein Haus damals, das sogenannte Priesterhaus, und es war noch mitten auf dem Land. Rings um das Schloß nichts als Felder. Jaja, hm... Und das ist Miss Lacy... O ja, ich kenne Mr. Devine, aber er kennt mich bestimmt nicht mehr, wir sind uns mal bei Mr. McAlister begegnet. O ja, Sie kennen mich nicht, aber ich, du meine Güte, ha, ha, ich habe das Gefühl, ich kenne Sie ganz gut, mein kleiner Neffe redet immer von Ihnen. Mangan heißt er, ein wunderbares Kerlchen. Er geht in die erste Klasse im St. Michan's... Ach, und Mr. Devine, das ist Tims Mutter –

Sie kennen sich schon? ... Allerdings, und wie geht's, Mr. Devine? Gut schauen Sie aus. Ich muß feststellen, ihr Junggesellen werdet mit jedem Tag jünger, mhm...

Und nachdem das gesagt war, gab es nichts mehr zu sagen. Sie saßen und warteten darauf, daß *er* etwas sagte – und nach einigen Augenblicken der Stille wandten sich die alten Damen einander zu; das Tuscheln der Mäuse begann, leise, winzige Stimmen gegenüber dem Gelächter und der Lebhaftigkeit im unteren Stockwerk. Die ausgesperrten Greise und alten Jungfern hier erwarteten, daß Mr. Devine ihnen die Party näherbrachte, und als er das nicht tat, wünschten sie, er würde gehen, denn dann könnten sie über *ihn* reden, ihn zum Ausgangspunkt nehmen für die vertraute verbale Pilgerfahrt vom unbefriedigenden Jetzt in die allen bekannte Vergangenheit. Und bald würde es Abendbrot geben. Ein gutes Abendessen. Auch darüber könnten sie reden. Also warteten sie, beobachteten ihn, wollten ihn weghaben. Und da er das spürte, trank Mr. Devine seinen Sherry aus und sagte, er müsse einmal das glückliche Paar suchen und ihm gratulieren, haha. Sie seien unten, sagte man ihm. Ja, Miss Lacy hatte sie gesehen, das Inbild junger Liebe, im hinteren Flur. Mr. Devine dankte Miss Lacy und sagte, das müsse er mit eigenen Augen sehen. Haha. Ja, wirklich.

Nun, das war ein Patzer gewesen! Genau ins Fettnäpfchen war er getreten. All diese armen Fossilien. Er entsann sich, daß auch seine Mutter zuletzt so gewesen war. Einsam und alt. Alt und unnütz. Leute, mit denen niemand reden wollte.

Betroffen über diesen Blick in die eigene Zukunft, blieb er im Halbdunkel des Ganges stehen. Das war das Los aller Menschen, zu altern, zu sterben. *Tempus fugit, irrepa-*

rabile tempus. Er wünschte, er wäre heute abend nie da hineingegangen. Nahm man es zu all den anderen kleinen Hieben heute hinzu, war es doch ein Omen, oder? Die ganze Verlobungsfeier war ein Omen. Er konnte sich an Tim Herons Tochter noch als kleines Mädchen im Schulkleid erinnern. Und im nächsten Jahr würde sie wahrscheinlich Mutter sein. Da schluckte doch jeder erst mal.

Er beugte sich über das Geländer und sah auf die Köpfe in der Diele hinunter. Ein eingeöltes rotes Haupt, das adrett auf schwarzen Schultern saß, strebte, vom beifälligen Nicken anderer Köpfe begleitet, im Triumphzug dem Salon zu. Mr. Devine erkannte Pater Alphonsus McSwiney, St. Michan's Dekan für Disziplin. Tim Heron wird sich freuen, dachte er, daß nun auch ein offizieller Vertreter des College die Gesellschaft mit seiner Anwesenheit beehrt. Waren manche Leute nicht leicht zufriedenzustellen? Und Parties waren sowieso immer ein Witz, eine Ansammlung von Leuten, die sich bemühten, nett zueinander zu sein. Behandle deinen Nächsten so, hat Christus gesagt, wie du von ihm behandelt werden möchtest. Ob Er dabei an Parties gedacht hat? sinnierte Mr. Devine.

Eine Tür öffnete sich: Licht fiel auf den Gang und blendete ihn mit seiner Helligkeit. Ein junges Mädchen kam aus dem Zimmer, drehte das Licht aus und schrak zusammen, als sie ihn plötzlich sah.

»Oh!«

»Entschuldigen Sie«, sagte er und trat zur Seite.

»Nein, nein, ich war nur nicht darauf gefaßt, daß jemand vor der Tür steht. Beinah wäre ich mit Ihnen zusammengestoßen.«

Er konnte sie jetzt besser sehen, da ihn das Licht nicht mehr blendete. Sie trug ein blaues Partykleid und hochhackige Lackschuhe. Ihre Haare waren braun und kurz geschnitten, und sie hatte einen rebellischen und jungenhaften Zug im Gesicht. Sie war blaß, sie trug kein Rouge, und ihre Augen waren groß und dunkel. Wer war sie?

»Habe ich Sie erschreckt?« fragte er.

»Nein, nein. Das geht in Ordnung.«

Am besten, man ließ es dabei bewenden. Lächeln, zur Seite gehen, Punkt. Aber er hatte sich doch vorgenommen, aus dem Trott auszubrechen, und jetzt stand ein Mädchen vor ihm. Biete ihr was an, Limonade oder so. Rede!

»Darf ich Ihnen vielleicht etwas zu trinken holen?« hörte er sich in steifem Ton sagen.

»Aber die Getränke sind doch unten. Ich sollte das wissen, ich habe geholfen, den Tisch herzurichten.«

»Ach, sind Sie mit den Herons verwandt?«

»Eine Nichte bin ich. Ich wohne hier.«

Ja, Teufel, Mr. Devine hatte Tim Heron noch nie etwas von einer Nichte sagen hören, schon gar nicht von einer, die bei ihm wohnte. Und der alte Tim schwieg sich über seine Angelegenheiten doch sonst nicht aus, im Gegenteil. Es war komisch, daß er das Mädchen nie erwähnt hatte.

»Ich bin aus Dublin«, sagte sie. »Ich will hier in die Krankenpflege gehen.«

»So?«

Sie lachte, da sie ihm offensichtlich Rätsel aufgab.

»Ich heiße Una Clarke«, sagte sie.

»Freut, ehm, freut mich, Sie kennenzulernen. Mein Name ist Devine.«

»Und Ihr Vorname?«

»Ah, der ist, ehm, Diarmuid.«

»Diarmuid Devine. Ich hab schon von Ihnen gehört –

Sie sind Lehrer am St. Michan's, nicht wahr? Man nennt Sie Dev.«

»Ja.«

»Das ist ulkig«, sagte sie. »Ich hätte Sie nie für einen Schullehrer gehalten.«

Nichts ist interessanter als die Meinung anderer Leute über einen selbst: Mr. Devine gierte nach mehr. »Wirklich? Was dachten Sie denn?«

»Ach, ein Arzt vielleicht. Oder ein Geschäftsmann.«

Er war froh, daß er seinen besten Anzug angezogen hatte. Er blickte auf ihre Hände und sah, daß sie leicht gerötet waren. Frostbeulen? Irgendein Ring? Dazu war sie natürlich zu jung. Aber Donnerwetter, hier stand er und flirtete mit einem Mädchen. War doch nett, oder? Sehr sogar.

»Hm...«, sagte er. »Ich hätte Sie wohl auch nicht für eine Krankenschwester gehalten, wenn ich's mir überlege.«

»Ich bin auch noch keine Krankenschwester. Ich möchte hier am Memorial unterkommen, aber die stellen erst in einem Monat wieder jemand ein. Jetzt warte ich quasi auf die Vorstellungsgespräche und den ganzen Zirkus.«

Sie war also gerade erst angekommen. Das erklärte auch, warum er noch nichts von ihr gehört hatte. Aber das Memorial war ein protestantisches Krankenhaus. Darüber grübelte er noch, als sie sagte: »So, jetzt muß ich aber runter, ich muß in der Küche helfen.«

Sie wollte an ihm vorbeigehen. Er faßte sie am Ellbogen und hielt sie zurück. Aber sowie er ihre glatte, bloße Haut berührte, geriet er in Verlegenheit. Was war nur in ihn gefahren, was sollte sie von ihm denken? Und wie eine ansteckende Krankheit übertrug sich die Verlegenheit. Er sah sie auf ihrem Gesicht gespiegelt. Sofort ließ er ihren Arm los, und in seinem Kopf überschlugen sich die Ausreden: »Oh, Entschuldigung, ich dachte, Sie würden stolpern. Also vielleicht könnte ich ja mit runtergehen und Ihnen helfen, ehm, Ihnen was abnehmen?«

»Wenn Sie möchten...«

»Herzlich gern.« Er schrie es beinah.

Mit heißem Gesicht folgte er ihr nach unten und fragte sich, was um Himmels willen auf einmal mit ihm los war. Er wußte es nicht. Er spürte einen fürchterlichen Drang, Pater McSwiney auf den Rücken zu klopfen, als er in der Diele an ihm vorbeikam. Er mußte sich beherrschen; das wollte doch nichts, gar nichts besagen, wenn sie sich von ihm helfen ließ. Aber sie war ein Mädchen. Ein hübsches Mädchen.

Er folgte ihr in die Dunkelheit der hinteren Diele und von dort zur Küche, wo drei Frauen mit zerzausten Haaren und Schürzen über den Partykleidern hin und her wirbelten und sich unter regem Austausch von Befehlen und Anweisungen plagten, um ein zwangloses Abendbrot für die Gäste auf den Tisch zu bringen.

»Wo hast du gesteckt, Una?« fragte Mrs. Heron ungehalten. Dann sah sie Mr. Devine. »Oh, guten Abend, Dev, Sie müssen entschuldigen –«

»Keine Ursache, Maeve. Ich wollte nur sehen, ob ich vielleicht was tragen kann.«

»Aber nein, wir kommen schon zurecht.«

»Ich mach's gern. Wirklich.«

Mrs. Heron sah unsicher auf das schon zubereitete Essen. Kleine Dreiecksschnitten, Marmeladebrötchen, Wurstpastete, eine große silberne Schüssel mit Biskuitdessert und Teller mit Zuckertörtchen... »Na gut«, sagte sie, »die Dessertschüssel ist ein bißchen schwer. Sie müßte ins Eßzimmer gebracht werden. Una zeigt Ihnen, wohin.«

Mr. Devine hob die silberne Schüssel wie eine Monstranz hoch, und Una belud sich mit Sandwichplatten. Durch die dunkle hintere Diele ins Eßzimmer, wo eine mit weißem Leinen gedeckte Tafel wartete... Mr. Devine stellte die Schüssel in die Mitte. Er legte Messer und Gabel auf nach Unas Anweisungen, die er befolgte wie ein Schuljunge. Dann holte er weitere Leckereien aus der Küche, und er war nicht nur mit Eifer bei der ungewohnten Sache, sondern, wie er merkte, sehr glücklich dabei.

Als alles fertig vorbereitet war und Mrs. Heron selbst es besichtigt und für gut befunden hatte, öffnete man die Tür des Eßzimmers und gab Bescheid. Eine Kleinigkeit zu essen. Die Gäste ließen ihre Getränke stehen, strömten einzeln, zu zweit oder zu mehreren herein und lobten erst einmal den prächtigen Anblick, der sich ihren Augen bot. Pater Alphonsus McSwiney, der offizielle Vertreter vom St. Michan's, Pater Rowe, der Gemeindepfarrer der Herons, und Pater Fullon, ein mit dem Bräutigam befreundeter Hilfspfarrer, steckten die weisen Häupter zur Tür herein und grüßten alle freundlich lächelnd. Als Priester hatten sie Vorrang, und die Damen eilten herbei, um ihren Appetit zu wecken. Ein Stückchen hiervon, Pater, oder lieber davon? Nur mal kosten, das tut Ihnen nicht weh. Ach, gehen Sie, Pater, Sie sind doch ganz und gar nicht dick! Priesterlich kosteten sie, machten Komplimente und begaben sich an den warmen Kamin. Die anderen Gäste wurden bedient. Und mittendrin im Gewühl Mr. Devine. An der Seite des Mädchens reichte er Teller weiter, und er lächelte ihr zu und sie ihm. Seit Jahren hatte er sich nicht mehr so gut unterhalten; er fühlte sich draufgängerisch und verwegen; er wollte ihr zeigen, wie glänzend er aufgelegt war. Als ihm dann jemand sagte, Pater Rowe brauche Zucker und Milch, wandte er sich augenzwinkernd dem Mädchen zu. »Wo ich herkomme, gehen die Damen vor«, sagte er. »Die Geistlichkeit kann warten, bis sie an der Reihe ist.«

Sie lachte. »Sie sind ein schrecklicher Kerl«, sagte sie, »aber Sie haben recht, das schadet denen auch mal nichts.«

He, hast du das gehört? sagte er zu sich selbst. Die hat ganz schön Mumm, nicht wie die meisten Mädchen, die gleich schockiert sind, wenn man was über die Priester sagt... Schmunzelnd beugte er sich vor, um der Tante von irgend jemandem Milch und Zucker anzubieten. War das eine tolle Party! Da sah man wieder mal, daß ein Typ mit einem Mädchen mehr Spaß haben konnte als in männlicher Gesellschaft. Anderen Spaß. Aufregend.

Mrs. Heron erschien gewohnt hektisch vor ihnen. Sie flüsterte Una etwas zu, und Una nickte. Mrs. Heron eilte in die Küche zurück. Una reichte Mr. Devine ihren Teller mit Gebäck. »Bin im Nu wieder da«, sagte sie. »Ich soll Tee machen.«

»Aber Sie kommen wieder?« hakte er nach.

»Ja.«

Sie sagte: »Entschuldigen Sie mich«, und ging an ein paar Leuten vorbei, und dann war sie nicht mehr zu sehen. Prompt kam er sich arg blöd vor mit der Kuchenverteilerei. Er setzte den Teller ab und ging durch die Verbindungstür nach vorn ins Wohnzimmer. Moloney, allein zwischen den Whiskyflaschen, winkte ihn zu sich.

»Göttlicher Devine, der Mustermann, der Gast, den jede Hausherrin sich wünscht.« Ein spöttisches Lächeln lag auf Moloneys Gesichtszügen, und er deutete eine kleine Verbeugung an. »Ich habe Sie gesehen, Sie Kater, die Pfoten voll Zucker und Milch.«

Mr. Devine lächelte. Dann hatte Moloney auch das Mädchen gesehen. Vielleicht erzählte er es morgen sogar den anderen Lehrern. *Dev hat gestern abend einem umwerfenden Mädel den Hof gemacht.* Ich hoffe, er sagt es dem jungen Connolly.

»Hätten Sie Lust auf ein bißchen was Stärkeres?« fragte Moloney.

»Auf einen kleinen. Irisch am besten.«

»Nun denn«, sagte Moloney und goß ihm eine große Portion Jameson mit ein wenig Wasser ein. »Sie haben ja schnell geschaltet bei der kleinen Clarke.«

»Kennen Sie sie, Tony?«

»Ob ich sie kenne?« Moloney verdrehte die Augen zur Decke. »Ich weiß, wer sie ist«, sagte er bedeutungsvoll. »Sie war immer in Dublin. Ich wußte nicht, daß sie herkommt. Na ja, wird Dublin ärmer, wie man sagt...«

»Was, ehm, wie meinen Sie das?«

»Hören Sie«, sagte Moloney. »Gefällt sie Ihnen?«

Mr. Devine hob warnend die Hand, wie ein Polizist, der den Verkehr anhält. »Pscht!« flüsterte er. »Reden Sie leise, Mensch.«

Moloney tänzelte näher heran, das offene karierte Sakko flatterte ihm wie bunte Flügel um die schmalen Hüften. »Antworten Sie mir. Ist sie nicht so richtig zum Knuddeln?«

»Also wirklich, Tony, ich hab sie doch gerade erst kennengelernt –«

»Ganz heiß«, sagte Moloney. »Ein Freund von mir in Dublin ist immer mit ihrer Schwester ausgegangen. Das vergißt der nie.«

»Pscht!« flehte Mr. Devine, und seine erschrockenen Blicke huschten im Wohnzimmer umher.

Moloney zwinkerte. Er öffnete den Mund und sagte nach Sträflingsart, mit kaum sich bewegenden Lippen: »Die hier haben sie bestimmt nach Belfast geschickt, um sie loszuwerden. Sie hat in dem Jahr, als sie von der Schule abging, was mit einem verheirateten Mann gehabt.«

Mr. Devine fand tappend wie ein Blinder den Tisch und setzte sein Glas darauf. Seine Hände verschränkten sich miteinander, als ob sie Trost suchten, und trafen sich in einer vertrauten Geste, als er mit Daumen und Zeigefinger den Siegelring am kleinen Finger der linken Hand drehte. Er war bestürzter, als wenn er so eine Geschichte über die eigene Schwester gehört hätte. Denn bei seiner Schwester hätte er sie nicht geglaubt. Aber Una Clarke war eine Fremde. Informationen über Fremde werden nicht gesiebt. Sie zählen ohne Gegengewicht, voll und ganz. Was hatte sie für einen guten Eindruck auf ihn gemacht! Und jetzt so etwas. Eine tiefe Traurigkeit befiel ihn, als wäre gerade jemand, der ihm nahestand, gestorben. Da war er endlich mal von Anfang an mit einem Mädchen ausgekommen, hatte nicht mal versucht, sie einzuwickeln, hatte ihr nichts vorgelogen, hatte das Gefühl gehabt, sie mochte ihn. Jung und hübsch war sie auch. Aber bewies das nicht gerade, daß da etwas nicht stimmte? Es hatte sich toll angelassen: Es mußte schiefgehen.

»Sie sehen aus, als ob Sie mir nicht glaubten«, sagte Moloney.

»Ich, ehm, ich habe keinen Grund, Ihnen nicht zu glauben.« Er spähte in das überfüllte Eßzimmer und hoffte, daß sie noch nicht gleich wiederkam. Und dann drängte sich ihm unversehens ein nachträglicher Gedanke auf, der ihn fragen ließ: »Aber sie ist doch katholisch, oder?«

»Katholisch? In keinster Weise. Der alte Tim ist doch konvertiert, wußten Sie das nicht?«

Ja klar, Tim hatte sich bekehrt. Das war nur schon so lange her, wahrscheinlich dreißig Jahre, überlegte Mr. Devine. Aber jetzt wurde auch verständlich, wieso sie gesagt hatte, sie wolle ans Memorial-Krankenhaus gehen. Herons Verwandte waren Protestanten. Das änderte alles.

In Mr. Devines Welt nämlich waren Protestanten die feindselige Führungsschicht, Bosse mit schottischen und englischen Nachnamen, knallharte Geschäftsleute, die einen fragten, welche Schule man besucht habe, und auf die Antwort hin die Anstellung verweigerten. Er fürchtete sie, wie ein spanischer Protestant vielleicht die Kardinäle fürchtete: Ihre Macht war groß, ihre Intoleranz absolut. Für sie waren die Katholiken eine verhaßte Minderheit, die ihre Machtstellung bedrohte.

Mr. Devine hatte allerdings auch gehört, daß die Protestanten von Ulster atypisch seien: In England oder in Dublin lägen die Dinge nicht gar so schlecht. Dort sollten die Protestanten unbekümmerte Heiden sein, die Freiheiten genossen, wie Katholiken sie niemals dulden würden. Dieser Welt des heidnischen Protestantentums mußte Una Clarke, die Dublinerin, wohl angehören. Das änderte alles. Alles. Unter solchen Leuten war auch eine Affäre mit einem verheirateten Mann möglich. Alles war möglich.

»Sie ist wohlgemerkt noch ein Kind«, sagte Moloney. »Aber für ein Kind –« Er unterbrach sich, sein Mund erstarrte. »Drehen Sie sich nicht um«, murmelte er. »Gleich hinter Ihnen.«

»Da sind Sie ja«, sagte Una Clarke. »Ich hatte mich gewundert, wo Sie geblieben sind.«

»Ach, ich wollte nur, ehm, schnell was – kennen Sie Tony Moloney?«

»Ich hatte noch nicht das Vergnügen«, sagte Moloney, sein Gesicht eine Maske argloser Freundlichkeit.

»Sie sind Dubliner«, sagte sie.

»Ah, Sie haben den Akzent erkannt. Sie müssen auch aus Dublin sein.«

Moloney schob sich näher heran und bot ihr etwas zu trinken an. Er begann auf eine Art zu reden, um die ihn Mr. Devine beneidete, so herzlich, so ungezwungen. Er brachte sie zum Lachen. Und Mr. Devine wartete zwischen den beiden, faßte an den Stein seines Siegelrings, drehte ihn, schob ihn wieder zurück. Unnütz, unerwünscht, überflüssig. Könnte sie ebensogut allein lassen.

»Stimmt's, Dev?«

»Entschuldigung, wie bitte?«

»Hat man so was von Bescheidenheit schon gesehen?« sagte Moloney. »Ich habe Miss Clarke gerade erzählt, daß Sie eine große Nummer beim Laientheater sind.«

»Aber nein. Im Gegenteil.«

»Ist er doch, Miss Clarke, hören Sie nicht auf ihn. Er ist der Mann hinter den Kulissen, der Mann, der sich aus dem Rampenlicht heraushält. Er war eine große Stütze bei *Mulligans Testament*, einem Stück, das wir voriges Jahr aufgeführt haben. Da war er der Inspizient. Ich hatte die Hauptrolle.«

»So?« sagte sie, Moloney anlächelnd.

»Ja«, sagte Moloney. »Mit der Trinity-Truppe.«

»Das muß ja aufregend sein. Wie gern wäre ich Schauspielerin. Ich war schon immer bühnenbegeistert.«

Bühnenbegeistert! Mr. Devine drehte sein langes Gesicht düster den auf dem Tisch aufgereihten Flaschen zu. Das hätten wir dann gemeinsam. Aber nichts da: Sie war Protestantin. Außerdem war sie erst zwanzig; wahrscheinlich fand sie ihn für sich zu alt. Er mußte dankbar sein, daß nicht alles noch schlimmer stand. Zum Glück hatte er es rechtzeitig erfahren. Dabei konnte nichts Gutes herauskommen.

»Schade, daß wir *Mulligans Testament* nicht noch mal bringen konnten«, sagte Moloney. »Ich weiß, daß der Dekan gerade wieder ein Stück für eine Wohltätigkeitsveranstaltung sucht.«

»Würden Sie mich entschuldigen?« sagte Mr. Devine zu dem Mädchen. »Ich muß gehen.«

»Jetzt schon?«

»Ich, ehm, ich habe noch zu arbeiten.«

»Es tut mir leid, daß Sie schon gehen.« Sie sah auch wirklich betrübt aus, und sofort war er bereit, alles zurückzunehmen. Aber er hatte gesagt, er müsse gehen, also mußte er gehen. Er lächelte und sagte noch einmal gute Nacht.

Sein Mantel war unter Lagen anderer begraben. Er zerrte und zog an dem wackligen Kleiderständer und hoffte, Tim Heron würde nicht merken, daß er sich so früh absetzte. Er hatte noch nicht mal den Verlobten seine Aufwartung gemacht. Nun ja, seine Glückwünsche würde man nicht vermissen. So wenig wie die der alten Leute oben. Allen gleichgültig, dachte er traurig. Ich fehle keinem.

Und so war es auch. Niemand rief hinter ihm her, als er die Haustür zuwarf. Auf der Straße war es dunkel und kalt. Der Wind drückte ihm die Hutkrempe sacht gegen die Stirn, als er vornübergebeugt zur Bushaltestelle in der Cavehill Road eilte. Es war kalt. Kein Bus zu sehen. Er ließ die Hände durch die Schlitze an den Taschen seines Regenmantels in die Hosentaschen gleiten und wärmte die Finger an seinem Bauch, während er auf den Bus wartend hin und her ging, an das Erlebnis vom Abend dachte und es für sich einordnete. Es erinnerte ihn an die erste Party, die er überhaupt besucht, an das erste Mädchen, das er kennengelernt und mit dem er einen Abend verbracht hatte. Und doch hatten ein paar unfreundliche Worte alles verdorben. Moloneys Verleumdungen und Moloneys Informationen. *Ganz heiß. Protestantin.* Drei Wörter, die alles änderten. In der Erinnerung sah er ihr Gesicht noch einmal vor sich. Ein blasses Statuengesicht, dem die bemalten Lippen einen besonderen Reiz gaben. Jungfräulich rein oder Scheinheiligkeit? Es kam darauf an, was man von ihr wußte. Protestantische Mädchen waren leichtlebig.

Unter der Straßenlaterne erschienen kleine schwarze Punkte auf dem Gehsteig, die wie Insekten aus der abendlichen Dunkelheit fielen. Die Tropfen wurden dichter und legten einen Kettenpanzer aus Nässe zwischen Lampe und Gehsteig. Die Augen zusammenkneifend, sah Mr. Devine in der Ferne zwei gelbe Augen funkeln. Hell erleuchtet kam der Bus heran, und der Fahrer beugte sich vor, um an dem gleichmäßig hin und her schwingenden Scheibenwischer vorbei auf den Mann an der Haltestelle zu schauen.

Noch war Zeit umzukehren. Den Bus durchzuwinken, zurück zu Heron zu laufen, den Mantel auszuziehen und sich wieder ins Gewühl zu stürzen. Sie hatte ihn gemocht, sie hatte es bedauert, daß er gegangen war. So etwas geschah nicht alle Tage.

Weit draußen auf dem Belfast Lough blökte das Nebelhorn eines Schiffes wie ein leidendes Tier. Achtung: *Kehr um.* Er hätte nicht weglaufen sollen. Sie mochte ihn. Das Nebelhorn blökte ein zweites Mal: *Kehr um.*

Aber der Busfahrer hatte den Wartenden gesehen. Er fuhr an den Straßenrand, und die Fahrgäste hüpften wie Marionetten auf ihren Plätzen, als der Bus anhielt. Der Schaffner wartete darauf, daß Mr. Devine einstieg, sein Finger lag ungeduldig auf dem Summer. Das Nebelhorn, weit fort, blökte ein drittes Mal. Aber der Schaffner wartete. Der Bus hatte seinetwegen angehalten. Mr. Devine stieg ein.

3

Am Fenster des Warteraums im Priesterhaus stehend, beobachtete Mr. Devine am nächsten Morgen zwei Gruppen von Jungen beim Fußballtraining auf dem großen Platz. Die jüngeren Schüler, denen die Tore versperrt waren, hatten sich mit Jackenbündeln selbst welche abgesteckt und spielten jetzt trotzig quer durch die Partie der älteren. Die Älteren würden gleich eine Keilerei anfangen. Mr. Devine wandte sich ab: Er hatte schließlich Mittag. Es ging ihn nichts an.

Von der Wand gegenüber erteilte die Jungfrau Maria in blau-weiß-goldenem Gewand dem Besucher ihren Segen, und das Kind auf ihren Knien tat es ihr mit kindlichem Ernst nach. Beide hatten das traurige Aussehen betrogener Gottheiten, ihre Augen waren eine beständige Rüge des menschlichen Eigensinns. Mr. Devine schaute in diese Augen und dann auf den Teppich. Es war rücksichtslos von Pater McSwiney, ihn warten zu lassen.

Als hätte er den verärgerten Gedanken gespürt, betrat der Dekan für Disziplin fast im gleichen Augenblick das Zimmer. Er war groß und elegant in seiner neuen schwarzen Soutane, an deren umgelegtem Schulterkragen man das Seidenfutter sah. Er neigte den geölten Kopf zum Gruß und streckte im Näherkommen seine große weiße Hand aus. Händeschüttelnd drängte er seinen Besucher nach hinten. »Tut mir leid, daß Sie warten mußten, Dev. Nehmen Sie bitte Platz.«

Mr. Devine setzte sich. Pater McSwiney kramte ein Päckchen Player's Number 3 aus den Falten seines schwarzen Rockes. Wortlos bot er Mr. Devine eine Zigarette an, zückte ein Feuerzeug und setzte sich ihm dann gegenüber, die Hände auf den Knien, das lange Gewand in die Breite gezogen.

»Sie haben wahrscheinlich noch nicht gegessen, Dev. Oder? Nun, ich werde Sie auch nicht lange aufhalten. Ich brauche Ihren Rat in einer Angelegenheit, die mir Sorgen bereitet.«

»Ja, Pater?«

»Ich bin doch im Geldbeschaffungsausschuß für das Missionswesen im Ausland. Nun hatten wir für nächsten Monat einen Tanzabend angesetzt, die Karten schon gedruckt, den Saal gebucht und so weiter. Aber jetzt müssen wir das im letzten Moment abblasen, weil es mit einer großen Gemeindefeier kollidiert. Der langen Rede kurzer Sinn, ich habe Tony Moloney von meinem Dilemma erzählt, und er hat eine Theateraufführung vorgeschlagen.«

»Aber da müssen Sie sich doch an Kevin Cooke wenden«, sagte Mr. Devine. »Er ist unser Regisseur.«

»Ja gut, mit Kevin habe ich heute früh gesprochen. Kevin hat mich an Sie verwiesen, Dev. Auf Sie fällt doch die ganze Arbeitslast. Sie seien eine große Stütze, meint Kevin.«

»Ach was, ich bin bloß Inspizient«, sagte Mr. Devine. Dennoch war es schmeichelhaft zu hören, daß Kevin so von ihm gesprochen hatte. Als er bei der Gruppe angefangen hatte, war er nur eine Hilfskraft gewesen – Bühnenmaler, Handlanger für die Beleuchtung und Kulissenschieber. Und jetzt war er tatsächlich der Organisator – er machte die ganze Dreckarbeit, wie Kevin es nannte. Termine, Säle, Karten und alles. Er studierte mit den Leuten sogar die Rollen ein, wenn Kevin zuviel zu tun hatte.

»Sie sind zu bescheiden, Dev«, sagte der Dekan. »Kevin hat das ganz Ihnen überlassen. Er sagt, wenn was daraus werden soll, dann müssen Sie es machen.«

»Wir proben aber doch für den Schauspielpreis. Hat Kevin gesagt, welches Stück ihm für Sie vorschwebt?«

»Er meinte, Sie würden mir schon sagen, was in Frage kommt.«

Kevin hatte sich wie üblich aus der Affäre gezogen, dachte Mr. Devine. Treffe ich die falsche Wahl, geben alle mir die Schuld. »Nun, wir proben gerade ein gutes Stück, Pater. Das für den Wettbewerb.«

Pater McSwiney zog eine feuchte Zigarette aus feuchten Lippen. »Und was für ein Stück ist das?«

»Die Quelle der Heiligen.«

»Korrigieren Sie mich, wenn ich irre, Dev, aber das ist doch von Synge?«

»Ja, Pater.«

»Also das wäre vielleicht doch nicht das Richtige. Ich hatte mehr an ein Lustspiel gedacht.«

»Ich fürchte, das Komische liegt uns nicht so, Pater.«

»Mulligans Testament«, sagte Pater McSwiney. »Das war doch ein Lustspiel. Damit sind Sie auch angekommen, wenn ich mich recht entsinne.«

Mr. Devine schwieg. Das war natürlich Moloneys Vorschlag. Moloney wollte ihnen heimzahlen, daß sie den Synge ohne ihn inszenierten. Um wieder im Rampenlicht zu stehen, wollte er sie zwingen, diese alte Klamotte wieder auszugraben.

»Nun, Dev?« fragte der Dekan in vorsichtigem Ton.

»Das Stück ist miserabel«, sagte Mr. Devine. »Wir haben es nur einmal gezeigt. Es ist bloß ein Küchenschwank.«

Der Dekan lächelte. »Küche?« sagte er. »Eine Küche kommt auch bei Synge in manchen Stücken vor, wenn ich mich recht entsinne. Und im übrigen haben viele Leute keine so hohe Meinung von Ihrem Synge.«

»Man kann Synge nicht mit Geseich wie *Mulligans Testament* vergleichen, Pater.«

»Da bin ich mir nicht so sicher. *Ein wahrer Held* zum Beispiel. Ein Stück, das dem irischen Volk wohl kaum Ehre macht. Und lebensecht ist es meines Erachtens auch nicht.«

»Ja«, sagte Mr. Devine verlegen. »Trotzdem ist *Mulligans Testament* kein Vergleich.«

Das Lächeln verschwand aus dem großen blassen Gesicht des Dekans. Er sah Mr. Devine an wie einen Erstkläßler, der es gewagt hatte, ihm zu widersprechen. Er befeuchtete seine schon feuchten Lippen und sagte: »*Mulligans Testament* füllt die Kassen. Ihr Synge füllt sie nicht.«

Quatsch mit Soße! dachte Mr. Devine bitter. Jeder weiß doch, was in so einem Fall die Kassen füllt. Der Klerus sagt, kauft, und die Leute kaufen. Wohltätigkeit, nicht Geschmack.

»Außerdem«, sagte der Dekan, »haben Sie das *Testament* schon gespielt; da läßt sich das leicht wieder aufpolieren.«

»Das habe nicht ich zu entscheiden, Pater. Ich müßte die anderen fragen.«

Aber er merkte, daß er an Boden verlor. Der Dekan wischte seinen Einwand beiseite, indem er den geölten roten Schopf kurz schüttelte. »Ich bin sicher, daß Sie uns helfen, Dev. Trinity ist eine katholische Truppe, und es dient einem sehr guten Zweck. Bleibt die Frage des Saales. Ich möchte Ihnen sofort einen Saal besorgen.«

»Aber ich weiß doch noch gar nicht, ob wir das Stück spielen, Pater.«

»Vorbereitung kann jedenfalls nicht schaden. Wir sollten uns zeitig anmelden. Fergus Deegan hat versprochen, sich um einen Saal für uns zu kümmern. Er ist ein großes Tier bei den Barmherzigen Brüdern – kennen Sie ihn?«

»Ja, Pater.«

»Er kennt Sie auch, wie er sagt. Und heute nachmittag um vier wird er in Campbell's Coffee Shop sein. Er hält nach Ihnen Ausschau. Ist Ihnen das recht?«

Verlegen hob Mr. Devine die Augen, um dem Dekan ins Gesicht zu sehen. Der Anschein der freien Wahl hatte sich erledigt. In seiner gut geschnittenen Soutane, umgeben vom Weihrauch priesterlicher Autorität, erschien Pater McSwiney als ein unbezwingbarer Gegner, ein Gespenst aus der Kindheit, überlebensgroß. Es bestand keine Aussicht, diesen autoritären Kopf umzustimmen.

»Ja, Pater«, sagte er.

»Das ist sehr anständig von Ihnen, Dev. Dann will ich Sie nicht länger aufhalten. Sie sterben sicher schon vor Hunger.«

»Ich bitte Sie, Pater.«

Der nun wieder lächelnde Dekan erhob sich und streckte freundschaftlich die Hand aus. »Danke, Dev. Vielen herzlichen Dank.«

Mit Handschlag und Klaps auf den Rücken rasch verabschiedet, ging Mr. Devine verwirrt die Eingangsstufen vom Priesterhaus hinunter. Das war Moloneys Werk. Moloneys Revanche dafür, daß er keine Rolle in dem Synge bekommen hatte. So wenig Anlaß auch bestand, ihn da hineinzunehmen. Für *Mulligans Testament* hatten sie ihn nur wegen seines Dubliner Dialekts genommen, unbegabter kleiner Prahlhans, der er war!

Es hatte aber auch keinen Zweck, Moloney zum Sündenbock zu machen. Ich bin selbst schuld, daß ich mich vom Dekan habe über den Tisch ziehen lassen, dachte Mr. Devine. Die Selbstvorwürfe kamen hoch, als er in den von Bäumen eingefaßten Weg einbog, der sich Priesterweg nannte. Es gab ein Dutzend Laiengruppen, die gern für den Dekan einen Schwank eingeübt hätten. Aber das war dem nicht gut genug: Es mußte die einzige katholische Truppe sein, die sich höhere Ziele gesteckt hatte.

Mr. Devine ging weiter und klagte sich selbst an. Verdammt, er war doch längst erwachsen, warum kam er sich gegenüber einem Priester immer noch wie ein kleiner Junge vor? Wieso hatte er Angst vor Pater Mac? Er hätte glatt ablehnen sollen, er war aus dem Alter heraus, wo man sich so herumschubsen ließ. Nun, sagte er sich, noch ist nichts gewesen. Ich gehe nicht zu Fergus Deegan. Ich kann mich doch anders besinnen, oder nicht? Deegan kann bei Campbell's warten, bis er schwarz wird, von mir aus. Ich gehe nicht hin.

Er würde nicht hingehen. Dieses eine Mal würde er es ihnen zeigen. Er war es leid, sich herumkommandieren zu lassen.

Doch um zwei Minuten vor vier stand Mr. Devine, den Rücken zum häßlichen Klotz des Rathauses, am Donegal Square und wollte den Platz überqueren. Er hatte bereits Kevin Cooke angerufen und gefragt, welchen Saal er haben wolle, aber Kevin hatte es ihm überlassen: Er habe keine Zeit, sagte Kevin, er könne erst zu den Proben kommen. Aber die Zeit, seinen Namen aufs Programmheft zu setzen, während ich die ganze Arbeit mache, die hat er, dachte Mr. Devine. Trotzdem war Kevin kein übler Kerl. Kevin konnte er nicht zum Vorwurf machen, was passiert war.

Die Ampel war rot. Hinter ihm schaute Königin Victoria mit leerem Blick auf ihre gleichgültigen irischen Untertanen. Unter ihrer steinernen Beleibtheit verkauften flinke, penetrante Blumenhändler bunte Sträuße in weißem Seidenpapier. Weiter weg, auf dem Gehsteig, boten heisere Stimmen die *Picture Post* und den *Daily Mirror* an. Pennies landeten auf Zeitungsstapeln, und ein zerrissenes Nachrichtenplakat flatterte die Straße entlang. Da es sich an Mr. Devines Schuh verfing, schaute er hinunter und las:

DIE ROSSE DES ZESAREWITSCH

BERLINER STADTGESPRÄCH...

Schwach leuchtete das Grün der Ampel in der Herbstsonne auf. Mr. Devine befreite seinen Fuß von dem Plakat und ging über die Straße, stieß auf der anderen Seite mit einer Frau zusammen, tippte an seinen Hut, hastete weiter. Es war so viel Betrieb heutzutage in der Stadt, man konnte sich kaum noch bewegen. Er würde zu spät kommen, und Deegan würde verärgert sein. Deegan war ein hohes Tier; Leute wie Deegan mochten es nicht, wenn man sie warten ließ.

Um eine Minute nach vier stieß Mr. Devine die Tür von Campbell's Coffee Shop auf und tauchte in eine Vielfalt ofenfrischer Düfte ein; Hausfrauen suchten Kuchen aus;

Mädchen in gestärkten Uniformen packten weißes Brot in Tüten. Hut in der Hand, männliches Wesen auf weiblichem Terrain, suchte Mr. Devine nach Deegan. Der saß doch wohl so, daß man ihn sehen konnte? Aber vielleicht war er auch in dem Raum im ersten Stock. Mr. Devine ging eine Etage höher. Das Neonlicht war ausgefallen, und die Gäste an den Tischen bei den großen Fenstern waren schwarze Scherenschnitte vor dem hellen Hintergrund des Rathauses auf der anderen Straßenseite. Einer der Scherenschnitte winkte ihn zu sich:

»Hallo, Dev.«

Als er mit zusammengekniffenen Augen in das weiße Fensterlicht schaute, sah Mr. Devine auch die andere Person am Tisch. Eine Frau, das Gesicht im Profil, verschattet, unsichtbar ... Der Winkende sagte in dem unverkennbaren Dialekt Tony Moloneys: »Setzen Sie sich zu uns.«

Mr. Devine rührte sich nicht. Mit dem Hut in der Hand blieb er stehen, und die Vermutung wurde zur Gewißheit, als seine Augen sich an das Licht gewöhnten und er den abgewandten Kopf des Mädchens betrachtete.

»Sie erinnern sich natürlich an Una.«

»Jaja. Guten Tag, Miss Clarke.«

Jetzt sah sie ihn an und lächelte. Moloney stand auf und zog einen häßlichen Stuhl aus Chrom und rotem Leder heran. »Setzen Sie sich einen Moment, Dev.«

»Na gut, aber ganz kurz. Ich suche jemanden.«

Sie trug ein schwarzes Barett und einen grauen, gegürteten Mantel, der ihr nicht zu passen schien. Er kannte viele Leute, die sie überhaupt nicht schön gefunden hätten. Sie war jung und hatte etwas Wildes und Unfertiges an sich, als liefe sie seit dem letzten Sommer erst mit Nylons und Lippenstift herum und hätte sich noch nicht daran gewöhnt. Aber als sie ihn ansah, war er der Befangene: Er kam sich täppisch und ihrer nicht würdig vor. Er sah zu, wie sie auf dem rotkarierten Tischtuch mit ihren Handschuhen spielte. Er wußte nichts zu sagen.

»Kaffee oder Tee?« fragte Moloney.

Er sah hin. Sie tranken Kaffee. »Kaffee wäre prima, danke.«

Moloney sagte, er werde ihn holen.

Mr. Devine setzte sich und legte den Hut zwischen seinen Füßen auf den Boden. Moloney war ungemein entgegenkommend, fiel ihm auf. Aber er dachte sich nichts dabei. Er durfte jetzt hier nicht sitzen wie ein Ölgötze. Sie wartete darauf, daß er etwas sagte.

»Es ist, ehm, furchtbar nett, Sie noch mal zu treffen, Miss Clarke. So ein Zufall, was?«

Sie sah an ihm vorbei zur Theke, wo Moloney um Kaffee anstand. Dann sagte sie, als müßte sie es schleunigst loswerden:

»Das war kein Zufall. Ihr Freund Tony hat gewußt, daß Sie herkommen.«

»So?«

Sie wich seinem Blick aus. »Ja«, sagte sie. »Allmählich sehe ich, wie der Hase läuft. Gestern abend hat Tony gesagt, er könne mir eine Rolle in einem Stück besorgen. Heute hat er mich angerufen und zum Tee eingeladen. Bis wir hier waren, hat er kein Wort davon gesagt, aber dann meinte er, es hinge davon ab, ob ich Sie überzeugen kann, daß ich in Frage komme.«

»Was? Ich verstehe nicht…«

»Er sagte, eine Rolle sei frei geworden, aber das wüßten Sie noch nicht. Ich erzähle Ihnen das, weil ich so Touren nicht leiden kann. Es scheint mir hinterhältig, Sie im Ungewissen zu lassen.«

Ihre Offenheit frappierte Mr. Devine. Verdammt, so ehrlich hätte er selber nie mit der Sprache herausrücken können. In seine plötzliche Bewunderung mischte sich Verwirrung. Moloney mußte sie angelogen haben, dachte er. Ich bin nur Inspizient, Kevin ist für die Besetzung zuständig. Wäre ich so ehrlich wie sie, würde ich ihr das erklären. Und dennoch – man konnte Kevin ohne weiteres bitten, ihr eine Rolle zu geben. Er hatte Kevin noch nie um einen Gefallen gebeten, da konnte er ihm das kaum abschlagen. Welche Rolle war denn eigentlich frei?

»Ich finde es besser, bei so etwas offen zu sein«, sagte sie. »Das macht es für alle Beteiligten einfacher. Aber Tony ist nicht der Meinung. Deswegen mein Entschluß, es Ihnen jetzt zu sagen, wo er nicht dabei ist.«

»Verstehe«, antwortete Mr. Devine. »Und Sie haben auch ganz recht. Sehr anständig, daß Sie mich, wie man sagt, ins Bild gesetzt haben. Wobei ich Ihnen, ehm, geheime Absprachen natürlich auch nicht zugetraut hätte.«

»Scht!« sagte sie. »Da kommt er. Bleibt das unter uns?«

»Ja. Auf alle Fälle.«

Moloney kam, das rechte Auge von der Schmachtlocke verdeckt, vorsichtig mit drei Bechern schaumigen Kaffees heran. Er setzte sie auf dem rotkarierten Tischtuch ab. »Ich habe auch Kuchen bestellt. Der wird noch gebracht.«

Mr. Devine blickte sie unauffällig an. Sie war ebenso verlegen wie er. Herrgott, das Mädchen konnte doch nicht verdorben sein. Auch da mußte Moloney wieder geflunkert haben.

»Hatte nicht erwartet, Sie hier zu sehen, Dev«, sagte Moloney. »Das ist doch keine Ihrer Stammkneipen, oder?«

»Wir inszenieren jetzt ein Stück für die Missionsarbeit«, erwiderte Mr. Devine. »Ich treffe mich hier mit Fergus Deegan, der uns einen Saal besorgen soll.«

»An was für ein Stück denken Sie?«

Als Moloney das sagte – unschuldig, neugierig –, sah Mr. Devine rasch noch einmal das Mädchen an. Ihre beunruhigten Augen baten ihn: *Verraten Sie mich nicht.*

»*Mulligans Testament*. Pater McSwiney will es so.«

Moloney konnte seine Freude nicht verbergen. »Mit mir als Mulligan?«

»Ja.«

»Und ist Deegan schon hier? Haben Sie ihn gesehen?«

»Scheint nicht dazusein«, sagte Mr. Devine und beobachtete mit Genuß, welchen Kummer das Moloney bereitete. Er riskierte einen Seitenblick auf das Mädchen. Sie wirkte heimlich belustigt.

»Vielleicht ist Deegan in die zweite Etage gegangen«, sagte Moloney. »Da oben sind schließlich auch Tische.«

»Möglich.«

»Es ist besser, ich sehe mal nach.« Moloney stand von seinem Stuhl auf und blickte im Café umher. In diesem Moment tauchte aus dem Treppenschacht ein rosa und weißes Gesicht auf, ein gestreiftes Hemd, gestreifte Krawatte, ein dunkler Nadelstreifenanzug. Moloney packte Mr. Devine am Arm. »Da ist er, Dev. Das ist er doch, der da grad raufkommt?«

Mr. Devine drehte sich langsam auf seinem Stuhl um. Es war tatsächlich Deegan, und er hatte ihn noch nicht gesehen. Ein plötzlicher Widerwille überkam ihn. Warum sollte er Moloney das Mädchen überlassen? Warum sollte er weggehen und mit einem Fatzke wie Deegan über Gemeindesäle reden?

»Soll ich ihn rufen?« fragte Moloney besorgt. »Er hat uns nicht gesehen; er geht nach oben.«

»Warum gehen *Sie* nicht zu ihm, Tony?« sagte Mr. Devine zu seiner eigenen Überraschung. »Sagen Sie ihm, wir möchten St. Finber's, den Rosenkranzsaal oder St. Iona's. Und wir brauchen den Saal so etwa in sechs Wochen.«

»Ich?« Moloney legte sich die Hand flach auf die Brust. »Wieso ich? Er ist doch mit Ihnen verabredet.«

»Ich habe jetzt keine Lust, mit Deegan zu reden«, sagte Mr. Devine.

»Und was ist mit Pater Mac, Dev? Mit dem Stück?«

»Das Stück ist mir völlig schnuppe«, sagte Mr. Devine. »Gehen Sie nur, wenn Sie das so interessiert.«

Mr. Fergus Deegans nadelgestreifte Kehrseite war auf der Treppe nicht mehr zu suchen. Moloney zögerte, sichtlich nervös. »Soll ich ihm sagen, daß wir *Mulligans Testament* aufführen?«

»Genau«, sagte Mr. Devine.

»Na gut, Dev. Ich übernehme das für Sie.« In dem erhebenden Gefühl, sich durchgesetzt zu haben, stürzte Moloney zur Treppe; die Pepitajacke blähte sich wie ein Spinnaker am dünnen Mast seines Körpers. Mr. Devine sah das Mädchen an und überraschte sich zum zweitenmal an diesem Nachmittag: Er zwinkerte ihr zu.

»Den haben Sie aber schwer schmoren lassen«, sagte sie. »Geschieht ihm recht.«

»Mögen Sie ihn nicht?«

Das war die Sorte Fragen, die Mr. Devine fürchtete. Es hatte doch keinen Sinn, sich Feinde zu machen, oder? Man konnte nie wissen, ob eine Bemerkung nicht weitergetragen wurde. Deshalb wich er aus. »Mögen *Sie* ihn nicht, Miss Clarke?«

»Ich habe Sie zuerst gefragt.«

»Nun ja, ehm, er ist wahrscheinlich kein übler Kerl.«

»Ich habe ihn gestern abend erst kennengelernt«, sagte sie. »Da mag es unfair sein, ihn zu beurteilen. Aber ich kann mir nicht helfen, ich finde, er hat etwas Verschlagenes an sich.«

»So?« Mr. Devine lächelte glücklich. »Offen gestanden«, sagte er, »mir scheint, Sie haben völlig recht, Miss Clarke. Ich hab das auch schon oft gedacht.«

»Sagen Sie nicht Miss Clarke zu mir«, bat sie. »Das hört sich an, als wäre ich fünfzig. Ich heiße Una.«

Mr. Devine drehte seinen Siegelring unter dem Tisch hin und her, als sollte er ihm einen unausgesprochenen Wunsch gewähren. »Übrigens«, sagte er, »was hat denn Tony gemeint, welche Rolle frei ist?«

»Die Tochter. Das Mädchen, das sie seinerzeit gespielt hat, bekommt ein Baby.«

»Und haben Sie – ehm – haben Sie Schauspielerfahrung, Una?«

»Nur vom Schülertheater. Ich bin ja erst zwanzig. Ich fürchte, ich hab noch in gar nichts Erfahrung.«

»Hm... Es ist ja ein Jungmädchenpart... Wir könnten es mit Ihnen probieren.«

Auf alle Fälle, so überlegte er, könnte ich Kevin anrufen und ihm klarmachen, daß es keine Mehrarbeit für ihn bedeutet, daß ich sie selbst in die Rolle einarbeiten kann. Vielleicht werde ich dann auch ausnahmsweise mal zum Regieassistenten gekürt oder so. Kevin dürfte es egal sein, der macht sich sicher nichts aus einem Stück, das zwei Abende in einem Gemeindesaal aufgeführt wird. Aber das Mädchen war so ehrlich, da wäre es schon unfair, ihr nicht zu sagen, daß Kevin das letzte Wort hatte.

»Wahrscheinlich passe ich gar nicht in die Rolle«, murmelte sie und legte ihre Handschuhe auf dem Tisch zusammen und wieder auseinander.

Er staunte. Sie hatte Angst vor ihm; sie ahnte nicht, wie schrecklich er erst vor ihr zitterte. Er freute sich, wenn auch schuldbewußt, über ihre Scheu, ihre Arglosigkeit. Beides machte seinen nächsten Vorschlag möglich.

»Ich könnte Ihnen Unterricht geben«, sagte er. »Ich habe schon viel an Schauspielerei gesehen. Ich könnte Sie gezielt unterrichten.«

»Aber würde Sie das nicht eine Menge Zeit kosten?«

»Ach was!« Er spürte, wie sich sein Gesicht bei der Vorstellung erwärmte. Allein mit ihr proben. Junge Protestantin. Leichtlebig. Hübsch. »Ich täte es gern.«

Einen Augenblick lang hatte er das beängstigende Gefühl, sie könnte ihn aus Dankbarkeit anfassen, vielleicht sogar küssen. Aber eine Kellnerin trat zwischen sie und stellte vier Schokoladeneclairs auf den Tisch.

»Warn die für Sie?« fragte sie anklägerisch, im besten Belfaster Dialekt.

»Ja.«

»Zwo Shilling.«

Er zahlte. Der Augenblick war vorüber. Wahrscheinlich war es nur wieder seine wilde, sündhafte Phantasie. Er bot ihr ein prall gefülltes Eclair an. Und Moloney kam an den Tisch geeilt.

»Deegan will wissen, ob nächsten Monat der Achtzehnte okay ist. Ein Donnerstag. Ich sagte ihm, ich würde Sie anrufen. Er weiß nicht, daß Sie hier sind. Hoffentlich sieht er Sie nicht beim Rausgehen.«

Mr. Devine starrte ihn an, hörte kaum zu. »Gut«, sagte er. »Sagen Sie ihm, der Achtzehnte geht in Ordnung.«

»Okay. Und ziehen Sie den Kopf ein, wenn er hier vorbeikommt«, ermahnte ihn Moloney, drehte sich um und eilte, zwei Stufen auf einmal nehmend, die Treppe hinauf.

Mr. Devine, der hinter ihm her sah, wurde klar, daß er nicht mehr lange mit ihr allein sein würde. Er mußte etwas in die Wege leiten, ehe Moloney wiederkam. Er durfte sich dieses Mädchen nicht wieder entgehen lassen wie so viele schon.

»Die, ehm, die Gaiety-Truppe spielt hier nächste Woche«, sagte er. »Die haben Sie als Dublinerin bestimmt schon oft gesehen?«

»MacLiammoir und sein Verein? Ja. Was spielen sie denn?«

»Shaws *Heilige Johanna*. Die Inszenierung soll sehr gut sein.«

»Ich habe sie nicht gesehen.«

»Na ja, möchten Sie gern hingehen? Ich meine, ich könnte Karten besorgen.«

»Sehr gern. Vielen Dank.«

»Ehm, wäre Ihnen Montag abend recht?«

»Jeder Abend«, sagte sie. »Ich habe nichts zu tun, bis ich ans Memorial gehe.«

»Dann könnte ich, ehm, kann ich Sie anrufen?« Seine Stimme steigerte sich fast zu einem nervösen Schreien.

»Nein, es ist besser, ich rufe Sie an«, sagte sie. »Stehen Sie im Telefonbuch?«

»Ja.«

»Dann rufe ich Sie übermorgen an. Ihr Vorname ist doch Diarmuid?«

»Ja.«

Sie blickte an ihm vorbei und hob warnend ein wenig die Hand. Mr. Devine, der ihrem Blick folgte, sah Moloney und Fergus Deegan die Treppe herunterkommen. Sie hatten ihn nicht gesehen. Er duckte sich auf seinem Platz und blickte starr aus dem Fenster auf die andere Straßenseite, wo sich Leute für einen Bus anstellten. Er hörte Deegans Stimme, als die beiden Männer den Raum durchquerten und hinunter ins Erdgeschoß gingen.

»Die Luft ist rein«, sagte Una Clarke. »Sie sind weg.«

»Gut.«

Er lächelte ihr zu und sie ihm. Dann schauten sie beide wieder verlegen aus dem Fenster und beobachteten die Passanten unten auf der Straße. Sie wußten nicht, was sie zueinander sagen sollten. Sie waren froh, als Moloney wiederkam, der seinen Stuhl heranzog, sich rittlings daraufsetzte und ihnen rasche, argwöhnische Blicke zuwarf, weil er sich fragte, was los war.

»Alles geregelt«, verkündete Moloney schließlich. »Wir bekommen den Rosenkranzsaal. Scheint ein anständiger Kerl zu sein, der alte Deegan.«

»Warum auch nicht?« fragte Mr. Devine. »Wir tun *ihm* doch einen Gefallen.«

»Stimmt auch wieder, Dev. Das stimmt.« Moloney holte tief Luft und schwieg. »Übrigens, Dev, da wir gerade von Gefallen sprechen, Sie könnten noch jemandem einen Gefallen tun.«

»So?«

»Ja. Wußten Sie, daß Peg Shea nächsten Monat ein Kind bekommt?«

»Ist das wahr?«

»Ich habe mich gefragt...«, sagte Moloney leise, »... was Sie wohl von Una hier als Ersatz halten würden.«

Doch Mr. Devine und Una Clarke brachen in Gelächter aus. Moloney schnappte ein wenig ein. Was zum Teufel war daran so komisch, wieso war Dev heute so groß-spurig? Angabe war das, er gab vor ihr an. Bei Gott, die müßte ihn mal so kennen wie ich, dachte Moloney verächtlich, das ist doch bloß ein Hasenfuß, der sich andauernd überschlägt, um es den anderen recht zu machen. Was finden die so lustig?

Er brauchte nicht lange zu raten. Mr. Devine faßte sich an den Schnurrbart und glättete ihn selbstzufrieden.

»Also Tony«, sagte er, »um die Wahrheit zu sagen, wir haben die Angelegenheit schon besprochen. Ich probe die Rolle mit Una.«

4

Als Mr. Devine an diesem Nachmittag das Kaffeehaus verließ, war er von einer unbändigen Freude erfüllt. Er lächelte in die erschrockenen Gesichter fremder Leute, ging bei Rot über die Donegall Street und beförderte per Fußtritt eine Apfelkitsche in die klassischen Blumenbeete am Rathausplatz. Als er in seinen Bus stieg, hielt der Schaffner ihn für angetrunken. Ohne dessen warnenden Blick zu beachten, nahm Mr. Devine lächelnd seinen Stehplatz ein und formte, am Halteriemen hängend, lautlose Sätze mit den Lippen, als sei er in ein lebhaftes, unhörbares Gespräch vertieft.

Diese fröhliche Rekapitulation, diese Freude, die ihm zu Kopf stieg, ließ ihn an seiner gewohnten Haltestelle vorbeifahren. Erst als der Bus eine unerwartete Steigung nahm und eine Reihe Schaufenster draußen vorbeizog, merkte er, was passiert war. In großer Eile drängte er sich an den anderen Stehenden vorbei zur Plattform, und der Schaffner, der seine Befürchtungen vollauf bestätigt sah, ließ den Betrunkenen aussteigen. Draußen verging Mr. Devine das Lächeln. Er war sechs Stationen zu weit gefahren.

Es war schon dunkel. Die Straßenlampen brannten, und die Leute eilten zur Teemahlzeit nach Hause. Feuchtkalte Luft, aufkommender Nebel, verschleierte Häuser auf der anderen Straßenseite. Kein Wetter zum Trödeln. Mr. Devine ging schnell und nahm eine Abkürzung über die Seitenstraßen, um möglichst dem Stoßverkehr auszuweichen.

Montag abend also würde er mit ihr ins Theater gehen. Morgen würde er die Karten kaufen. Die besten Plätze. Loge. Noch heute abend würde er Kevin Cooke anrufen und zusehen, daß Kevin und vielleicht Kathleen Boland am nächsten Dienstag zu einer Probelesung kamen. Vielleicht konnte er den Text vorher mit Una durchgehen. Das wäre schon gut. Was Moloney anging, Donnerwetter, den hatte er glatt ausgestochen. Und Deegan – mit Deegan hatte er gar nicht erst geredet. Alles nur, weil sie mir gegenübersaß, dachte er. Erstaunlich, was für ein Selbstvertrauen sie mir gegeben hat; ich war ein anderer Mensch. Geschieht Moloney recht mit seinem schmutzigen Gerede über sie. Das hat er davon!

Andererseits war er selbst auch nicht viel besser, oder? Andere Zeiten, andere Mädchen zogen leise tadelnd an ihm vorbei. Im Geist, wenn auch nicht in der Tat, war er genauso schlecht gewesen wie Moloney. Er schämte sich, mit was für Gedanken er gespielt hatte bei anständigen, ganz normalen Mädchen, die er kannte. Ihm fiel ein Foto ein, das er mit einer Boxkamera im Hinterhof eines anderen Jungen von sich geknipst hatte. Darauf trug er eine bauschige Fliege und starrte böse in die Kamera, bemüht, so unberechenbar und irre auszusehen wie Baudelaire auf einem Foto, das er bewunderte. Er hatte einige Nuancen hinzugefügt: eine Meerschaumpfeife, eine Samtsmokingjacke von einem Kostümverleih. Zweck des Fotos war es gewesen, eine Brieffreundin zu beeindrucken, ein Mädchen, das in England lebte. Er lernte sie nie kennen, und das Foto verbrannte er, statt es abzuschicken. Ja, er hatte sich seinerzeit für einen irischen Baudelaire gehalten, einen Mann, der ein gottloser Sünder werden, zuletzt aber in den Schoß des Glaubens zurückkehren würde. Diarmuid Devine: Es war der Name eines Dichters. Mit zwanzig schrieb er Gedichte, über die er heute errötet wäre. Einige davon hatte er längst verbrannt. Sie waren zu sinnlich. Und Mädchen machten sich nichts aus Gedichten, hatte er festgestellt. Sie wollten einen männlichen Typ. Also hatte er sich eine zweite Pfeife gekauft, eine gediegene Bruyère, nur um festzustellen, daß ihnen an Männlichkeit auch nichts lag. Sie wollten Typen, die gute Tänzer waren. Die einzige Möglichkeit, ein guter Tänzer zu werden, war, viel zu tanzen. Und hatte ein Mädchen sich einmal von ihm ausführen lassen und einen Abend lang sein mathematisches Geschiebe und sein Fußbeifuß ertragen, hatte es nie ein zweites Mal gegeben. Tänzer!

Wenn man kein guter Tänzer war, brauchte man eine gute Masche. Noch heute zuckte er bei dem Gedanken an einige dieser Maschen zusammen. Er entsann sich an den Tip von Niall Coyne, jedem Mädchen zu sagen, daß sie ihn an einen Filmstar erinnere. Er hatte einem Mädchen aus Armagh gesagt, sie erinnere ihn an Hedy Lamarr. Das Mädchen war in Tränen ausgebrochen, weil sie dachte, er mache sich über sie lustig. Danach war sie nicht mehr mit ihm ausgegangen. Und dann hatte ihm jemand geraten, den Mädchen zu sagen, er sei ein großes Tier beim Laientheater und das Gate wolle jemand vorbeischicken, um sich seine nächste Inszenierung anzusehen. Also sagte er einem Mädchen, das er auf einem Schwof kennenlernte, sie habe Schauspieltalent. Sie könne sogar im Londoner Westend landen oder in New York, auf dem Broadway, sagte er. Worauf sie meinte, sie sei schon auf dem Broadway – dem Belfaster Broadway, der Fall's Road. Und sie rannte herum und erzählte die Story, bis alle ihn auslachten. Maschen! Das Dumme war, daß keiner von uns wirklich wußte, wie man Mädchen anspricht, dachte er. Maschen!

Als er sein Studium am University College in Dublin abschloß, wußte er alles über Baudelaire und Rimbaud und Verlaine und Orgien. Aber er war bei Mädchen noch nicht übers Küssen hinausgekommen. Eines Sommers hatten er, Jack Healey und Sean Rourke sich in Portrush mit drei ihnen noch unbekannten Sekretärinnen verabredet. Jetzt oder nie würde es passieren. Die Mädchen seien ganz toll, hatte Jack gesagt. Sie tranken viel, und sein Mädchen war bald blau, so blau, daß sie, nachdem er ihr den Eintritt ins Palais gezahlt hatte, beim zweiten Tanz mit einem Typen verschwand, den er noch nie gesehen hatte. Er kam sich gelackmeiert vor. Damals beschloß er, sich künftig mit sündhaften Gedanken zu begnügen. Seither hatte er so manche schockierend sündhafte Gedanken gehabt. Schockierend!

Und ich habe sie immer noch. Ich habe mich nicht geändert. Auch heute nachmittag kam mir für einen Augenblick ein sündhafter Gedanke in den Sinn. Über sie und mich, allein bei der Probe. Aber das war der einzige schlechte Gedanke, und es sollte der letzte sein, schwor er sich. Was er für sie empfand, war anders. Es hatte nichts Sinnliches, es war rein, es war unschuldig. Überhaupt hatte er sie gar nicht als Frau wahrgenommen, bis auf den einen Augenblick. Und das war der Unterschied zwischen Liebe und Lust, wie ein Prediger einmal gesagt hatte. Liebe war rein. Liebe war Achtung. Nun, er achtete Una wirklich, ihm schwoll der Kragen, wenn er daran dachte, wie Moloney über sie geredet hatte. Was fällt ihm ein, dem elendigen Schandmaul!

Er war in seiner Straße angelangt. Sie lag dunkel und still da. Unter einer Laterne spielten zwei Kinder ein Hüpfspiel. Am Ende eines Reihenhauses kam ein Mann nach draußen und sah in den Abendhimmel. Die laublosen Bäume der Allee ächzten leise im Wind, als er bei Nummer 8 einbog. Der Wind brachte die ersten Tropfen des nächsten Schauers. Er kam gerade rechtzeitig nach Hause. In seiner Wohnung brannte kein Licht. Niemand wartete auf ihn. Es war unnatürlich, zu so einer dunklen Bude heimzukommen und bis zum Morgen dann allein zu liegen. Und würde ein Mädchen in so eine Kellerwohnung ziehen, ohne Kochgelegenheit, ja ohne Bad? Una würde sich niemals darauf einlassen.

Auch nicht auf ihn. Als er die Flurbeleuchtung andrehte, überraschte ihn sein Gesicht im Garderobenspiegel. Körperlos, eingerahmt von diesem kleinen Rechteck, starrte es ihn an: lang, traurig, bebrillt. Der dicke Schnurrbart machte ihn alt, stellte er fest. Er gehörte einer anderen Spezies an als die hübschen Männer, die tagtäglich von der Zigaretten-, Rasiercreme- und Haarwasserreklame auf ihn herunterschauten. Würde er auf einem Kinoplakat nicht lächerlich aussehen? Das müßte schon ein Klamaukfilm sein. Und seine Kleider erst. Alte Flanellhose und Vaters Uhrkette an der Weste. Er sah mittelalterlich aus. Ein junger Mann sollte eine Armbanduhr tragen, dachte er. Wie muß ich ihr vorgekommen sein? Wie eine Abnormität.

Am Kamin schnürte er seine Schuhe auf und nahm die Pantoffeln aus dem Holzkasten neben der Kohlenschütte. War es ein Wunder, daß er bei Mädchen nicht ankam? Er war noch jung, aber er hatte die Gewohnheiten eines alten Einspänners angenommen. Seh sich einer dieses Zimmer an. Ein Museum aus Zeitungen, Büchern, Pfeifen und Pullovern. Nicht mal ein Radio war da, geschweige denn ein Fernseher. Nichts, womit ein Mädchen sich unterhalten konnte, nicht mal eine Illustrierte. Und zwei Heiligenbilder an der Wand. Was würde sie von ihm denken?

Ein Bild stellte das Jesuskind von Prag dar, mit dem Gewand eines Prälaten um den kleinen Leib. Vor zwanzig Jahren hatte ein *Irish-Sweepstake*-Gewinner erklärt, der Derbysieg, der ihm seinen Totogewinn beschert habe, sei dem Jesuskind von Prag zu verdanken. Mrs. Devine, die davon las, kaufte sofort ein Bild dieses erstaunlichen Kindes, und die ganze Familie betete von Stund an regelmäßig, daß auch ihrem Haus solches Glück zuteil werden möge. Aber das Jesuskind wiederholte sein Wunder nicht, und ein Mitglied des Haushaltes wußte auch, warum. Ein Mitglied, das sich durch heimliche, wollüstige Gedanken versündigte. Dieses Mitglied nahm Jahre später aus einem unklaren Bedürfnis, Buße zu tun, das Bild in seine neue Mietwohnung mit. Aber für all das konnte man von einer jungen Protestantin kein Verständnis erwarten. Es mußte verschwinden.

Das zweite Bild war eine Reproduktion von *Ecce Homo*, einem faden Barockgemälde von Guido Reni, das Mr. Devines Vater sehr bewundert hatte. Wenn ihn seine Migräneanfälle plagten, sah man den älteren Devine nicht selten vor dem gequälten Antlitz seines Leidensgenossen knien. Der Sohn fand es etwas überspannt, eine Migräne mit den heftigen Schmerzen zu vergleichen, die eine Dornenkrone verursachen mußte. Als sein Vater starb, erinnerte sich der Sohn an diesen unwürdigen Gedanken. Die Migräne konnte schließlich sehr schmerzhaft gewesen sein. Und so nahm er das Bild und hängte es in frommem

Gedenken in seiner Mietwohnung auf. Als er jetzt zum erstenmal seit Jahren wieder das weibische Leidensgesicht betrachtete, fand er, daß das Leiden seines Vaters diese gemalte Qual zur Farce machte. Das Bild hängenzulassen, war sinnlos. Es mußte weg. Jetzt gleich.

Er nahm das staubige Bild von der Wand. Ein blasses Oval auf der Tapete zeigte, wo es gehangen hatte. Egal. Er stopfte das Bild hinter eine Reihe von Büchern unten im Regal.

»Entschuldigen Sie, Mr. Devine.«

Wie ein beim Plündern des Altars erwischter Dieb fuhr Mr. Devine herum, die staubigen Finger ein Schuldbeweis. Mrs. Dempseys älteste Tochter, deren schielendes Auge auf seine spezielle Art achtlos an ihm vorbeizustarren schien, stand in der Tür.

»Ja?«

»Mama sagt, Ihr Abendbrot ist fertig, ob Sie's jetzt haben wollen?«

»Ja. Ich komme gleich hoch.«

»O-kay.«

Sie drehte sich um und ging die Kellertreppe hinauf. Hat sie mich gesehen, die scheeläugige Petze? Na und wenn schon, was soll's!

5

Am blaßgoldenen Himmel der runden Decke schwebte ein Kristallüster als verschleierte Sonne in einer Wolke von Zigarettenrauch. Darunter trugen vorsichtige Hände Whisky, Gin mit Orange und Sherry über die Köpfe der Menge hinweg sicher ans Ziel: Danke, Sir, Ihr Wechselgeld, Sir. Pfundnoten winkten: Zwei Irish mit Wasser bitte, Miss, ich wollte Scotch, Miss. Also, MacLiammoir ist nicht mehr ganz der alte, aber das Mädchen, das die Johanna spielt, ist hinreißend... Und die Glocke ertönte zum erstenmal, die älteren, schwarzgekleideten Serviererinnen liefen mit schmerzenden Beinen zur Registrierkasse. Danke, Sir. Und Sie, Sir? Gin und... kommt sofort! Ihre Füße taten entsetzlich weh, aber das waren sie gewohnt; gleich kam der letzte Akt, leere Gläser, leere Flaschen überall, der Qualm zog ab, man räumte auf und ging nach Haus. Einen Power, sagten Sie? Augenblick, kommt sofort. Und einen Sherry dazu? Zwei Sherry...

Mr. Devine, Kleingeld in der Hand, Gläser hoch erhoben, darauf bedacht, nichts zu verschütten (Entschuldigung, darf ich mal vorbei?), war in den letzten zehn Minuten schon zweimal zur Theaterbar gepilgert. Er hätte nicht gedacht, daß Una überhaupt trank, und jetzt war sie wie eine gestandene Schluckschwester bereits beim dritten Glas des Abends. Natürlich bewies das überhaupt nichts, oder? Trotzdem hatte er zu der Serviererin gesagt: Nicht so viel Gin diesmal, Miss, nicht so viel Gin.

Als er endlich wieder dahin vorgedrungen war, wo er sie zurückgelassen hatte, unterhielt sie sich mit einem jungen Kerl, einem oberflächlich wirkenden Typen in einem teuren Tweedsakko und dunkelgrauer Hose.

»Dev, das ist Ronnie Irwin«, sagte sie. »Wir waren in Dublin auf derselben Schule.«

»Guten Tag«, sagte Irwin und sah ihn dabei kaum an.

»Du bist nicht mehr am Trinity?« fragte Una. »Wieso?«

»Mein Vater ist in das gottvergessene Loch hier versetzt worden. Irgendein doofes Treueprinzip stand dahinter. Magst du mich, magst du auch meinen Hund. Um also seine Liebe zu Belfast zu beweisen, hat er mich dazu gebracht, vom Trinity an die armselige Uni, die sie einem hier anbieten, zu wechseln. Sie sind wohl aus Belfast, Mr. Devine?«

Mr. Devine verspürte sofort eine heftige Abneigung gegen den jungen Mann. Aber er sagte nur: »Ja, ich muß zugeben, ich bin hier geboren. Aber studiert habe ich in Dublin.«

»Trinity?« Das Gesicht des jungen Mannes hellte sich auf.

»Nein. National.«

»Oh.«

Mehr gab es nicht zu sagen. Irwin legte Una die Hand auf den Arm. »Also ich bin mit ein paar Leuten hier, und jemand hält mein Glas warm. Aber ich muß dich mal anrufen, wenn du länger in der Stadt bist.«

»Ja, tu das, Ronnie… Das ist die vierundvierzig eins fünfundfünfzig.«

Irwin schrieb die Nummer in ein kleines saffiangebundenes Notizbuch und steckte das Buch wieder in die teure Tweedjacke.

»Deine Jacke gefällt mir«, sagte Una zu ihm.

»Ja? Hab ich mir hier machen lassen. Also dann Wiedersehn, Una. Ach... Wiedersehn, Mr. Devine.«

Wortlos reichte Mr. Devine Una ihren Gin mit Orange... So einem eingebildeten kleinen Laffen gibt sie ihre Telefonnummer, und ich habe sie nicht anrufen dürfen. Er ist natürlich Protestant, genau wie sie. Und vermögend, nach dem Äußeren zu urteilen.

Aber gerade in dem Moment stieß ihn von hinten jemand an, und er wiederum stieß gegen Una. Er roch ihr Parfum, seine Hand war nur Zentimeter von ihrer bloßen Schulter entfernt, sein Bauch und die Seite seines Oberschenkels drückten rauhe Serge gegen glatte Partyseide. Er zwang sich zurückzuweichen. »Entschuldigung, tut mir leid.«

»War Johanna von Orleans nicht ein wunderbarer Mensch?« sagte sie, ohne auf ihren Körperkontakt einzugehen.

»Im nächsten Akt bekommt sie sehr viel Unannehmlichkeiten«, sagte Mr. Devine düster.

»Ja, aber das hat sich gelohnt. Also ich bewundere Leute wie sie. Leute, die anderen die Stirn bieten und das tun, was sie für richtig halten. Sie nicht?«

»Doch, schon.«

Das Klingelzeichen ertönte. Zweiter Aufruf. Sie hakte sich bei ihm ein, als sie die Bar verließen. Auf dem Gang kam ein Priester an ihnen vorbei, drehte den Kopf, machte eine kleine Verbeugung. Mr. Devine sagte: »Guten Abend, Pater.«

»Guten Abend, Dev.«

»Wer war das?« fragte sie.

»Pater Creely. Er unterrichtet am St. Michan's.«

»Der hat sich aber gut gemerkt, wie ich aussehe«, sagte sie.

Mr. Devine drehte sich so rasch um, daß er sich fast den Hals ausrenkte. Doch Pater Creely war verschwunden. Was meinte sie damit – warum hatte Pater Creely sie angestarrt? Unbehaglich dachte er daran, daß die Schulleitung das Ganze vielleicht gar nicht so harmlos fand; auch der alte Tim Heron fand es vielleicht nicht so harmlos. Er hatte es vermieden, Tim von dem Schauspiel und so weiter zu erzählen. Der gute Tim neigte zu Überreaktionen, er ging immer so leicht hoch. Nun ja.

Die Lichter gingen aus. Der dritte Akt begann. Er war dankbar für die Dunkelheit.

Im Rosenkranzsaal war die Bühnenbeleuchtung eingeschaltet, und drei Leute saßen auf Küchenstühlen in den Kulissen. Sie hatten Mäntel an, die Schauspieler ebenfalls, denn es war sehr kalt. Hinter dem Rampenlicht lag der Zuschauerraum wie ein dunkler Schacht, widerhallend und leer.

»Alles klar dann«, sagte Kevin Cooke. »Wir machen weiter mit der Szene im zweiten Akt, wo die Tochter Mulligan sagt, daß er ein Vermögen geerbt hat.« Er blickte zu den drei sitzenden Juroren. »Das gibt uns Gelegenheit zu hören, wie Miss Clarke ein paar komische Zeilen liest.«

Er deutete auf Anthony Moloney, der in der Bühnenmitte stand, neben einer dünnen Frau mit einem Fuchsschwanz um den Hals. »Sie und Mrs. Hanlon spielen Ihre Rollen weiter, damit sie besser reinkommt.«

Moloney sagte mit lauter Bühnenstimme: »Hörst du was, Ma?«

»Das ist der Wind«, sagte Mrs. Hanlon. »Nur der Wind.«

Una Clarke, die ein Manuskript in der Hand hielt, begann zu lesen. »Oh, Mista Mulligan, sind Sie da?«

»Siehst du misch denn nischt, Kind? Haben alle hier im Haus den Verschtand verloren?«

»Oh, Mista, mein Pappa möscht' Sie im Laden sehen.«

Über das Buch gebeugt, als prüfe er den Text, beobachtete Mr. Devine seine Mitjuroren. Dan Cavanaugh, einer der Gründer der Truppe, sah ganz zufrieden aus. Aber Kathleen Boland hatte die Lippe hochgezogen. Sie war ein alter Hase, Kathleen, sie hatte am Abbey gespielt, bevor sie heiratete und nach Belfast kam. Daher war sie schwer zu beeindrucken. Der Nachteil war, daß in punkto schauspielerisches Können alle auf Kathleen hörten. Besorgt blickte Mr. Devine zu Una. Sie las holprig, und der Akzent war falsch. Aber was konnte man von einer ersten Lesung auch erwarten? Sie war nicht nervös und hatte eine kräftige Stimme. Sie konnte lernen.

Einige Minuten später hob Kevin Cooke die Hand. »Das genügt«, sagte er. »Tony, gehen Sie mit Miss Clarke mal an die frische Luft? Ich rufe Sie gleich wieder rein.«

»In Ordnung, Kevin.«

Als sich die Saaltür schloß, wandte Mr. Devine sich besorgt den Juroren zu. »Und?«

»Sie müßten mit ihr üben«, sagte Kevin. »Ich habe für Anfänger im Moment keine Zeit. Was meinen Sie denn selbst, Dev?«

»Ich denke, sie kriegt das hin. Sie hat eine gute Stimme, und sie ist nicht scheu.«

»Bedeutet das mehr Proben für die anderen?« fragte Dan Cavanaugh.

»Nein, nein«, sagte Mr. Devine. »Ich bringe ihr die Feinheiten schon bei.«

»Na gut. Was meinen Sie, Kevin?«

Kevin zog an seiner Nasenspitze. »Es war Devs Idee. Wenn er die Arbeit übernimmt, habe ich nichts einzuwenden.«

Mrs. Hanlon schnüffelte und lächelte dann. »Denke ich auch. Ich habe großes Vertrauen zu Dev.«

»Kathleen?«

Kathleen Boland lehnte sich auf ihrem Stuhl zurück und blies einen Strahl Zigarettenrauch in die kalte Dunkelheit empor. Ihre Stimme war erstaunt, gedehnt, theatralisch. »Hat denn niemand bemerkt, daß das Mädchen einen *ausgeprägten* Dubliner Akzent hat?«

»Ein leichter Einschlag ist mir aufgefallen«, sagte Dan Cavanaugh.

»Mir auch«, räumte Kevin Cooke ein.

»Können wir kein Mädchen von hier bekommen, Kevin?« fragte Kathleen Boland. »Es ist doch gerade entscheidend, daß in dem Stück nur einer mit Dubliner Akzent vorkommt. Und zwar Moloney als Mulligan. Nichts gegen Dev, aber er ist Inspizient.«

Kevin Cooke schaute auf seine Fingernägel, bevor er antwortete. »Also, um die Wahrheit zu sagen, Dev ist schon mehrmals für mich eingesprungen, wenn ich verhindert war.«

»Aha?« Kathleen blickte bedeutungsvoll zu Dan Cavanaugh und Mrs. Hanlon. »Also daher weht der Wind? Das ist ja ganz was Neues. Trotzdem ist es mit dem Mädchen nicht weit her. Kein Gesicht, keine Erfahrung und der falsche Akzent.«

»Einen Moment mal! Einen Moment!« Mr. Devines

Stimme steigerte sich zu einem jähen, nervösen Schreien. »Finden Sie nicht, daß sie zumindest hübsch ist? Wir wollen doch fair bleiben. Was sagen denn Kevin und Dan zu ihrem Aussehen?«

»Sie ist schon hübsch«, sagte Kevin.

»Nicht übel«, sagte Dan.

Mrs. Hanlon nickte. »Jung. Aber ein nettes kleines Ding.«

Alle drei schauten den alten Dev bedauernd an. Keiner wollte derjenige sein, der seinen Schützling abwies. Sie fanden, das sei Kathleens Sache. Schließlich kam ja der Einspruch von ihr. Aber nachdem sie den Wirbel ausgelöst hatte, sagte Kathleen jetzt lediglich: »Na ja, es wird wohl schwer sein, so kurzfristig jemand anders zu finden. Wenn Dev es mit dem Mädchen so acht Tage probieren will, schön und gut. Würden Sie das tun, Dev, und uns dann hören lassen, was dabei herausgekommen ist? Wir überlegen inzwischen, was wird, falls Sie keinen Erfolg haben.«

»Hört sich gut an«, meinte Dan Cavanaugh.

Die anderen nickten. Mr. Devine stand auf und sagte, er werde hinausgehen und Miss Clarke mitteilen, daß sie es mit ihr versuchen wollten. Sie blickten ihm nach, als er einsam zwischen den dunklen Sitzreihen hindurchging, und erst als sich die Tür schloß, sagte Kathleen Boland:

»Was haltet ihr denn davon, Kollegen?«

»Ihm scheint sehr viel daran zu liegen, daß die Kleine eine Rolle kriegt«, sagte Kevin.

»Nicht nur das, Kevin. Ist euch nicht aufgefallen, wie gekränkt er war, als ich sagte, sie sei nicht hübsch?«

»Ach, Blödsinn«, widersprach Dan Cavanaugh. »Dev ist kein Frauenheld. Außerdem macht er hier die ganze

Kuliarbeit und findet null Anerkennung dafür. Wenn er sie in einem Stück haben will, soll er sie haben, sage ich.«

»Was heißt denn kein Frauenheld?« sagte Mrs. Hanlon. »Er ist ein junger Kerl; es wäre doch völlig normal, daß er sich für ein Mädchen interessiert.«

Kevin schüttelte den Kopf. »Armer alter Dev. Er ist zu gutmütig, da liegt sein Problem. Wenn ich auch nicht weiß, warum ich ihn alt nenne. Er ist jünger als ich.«

Sie lachten. Kevin war empfindlich, was sein Alter anging. »Sie sind Peter Pan«, erklärte ihm Kathleen Boland. »Sie werden nie erwachsen.«

»Mal im Ernst«, sagte Dan Cavanaugh, »ich kann nicht glauben, daß Dev in die Kleine verknallt ist.«

»Und wieso nicht?« wollte Kathleen wissen. »Stille Wasser sind tief.«

Und dann fingen sie alle an, von der Kälte im Saal zu reden, weil die Saaltür sich öffnete und sie Dev mit Moloney und dem Mädchen zurückkommen sahen.

Der Küster kam durchs Seitenschiff der Kirche, seinen Staubwedel geschultert wie ein Soldat das Gewehr. Sein griesgrämiges altes Gesicht blickte finster und selbstgerecht drein. »Sie sind zu früh, Mr. Devine. Ich bin hier noch nicht fertig.«

»Entschuldigung. Ich wußte nicht, daß ich zu früh bin. Vielleicht können Sie mir ja den Schlüssel geben, und ich bringe ihn Ihnen zurück, wenn wir fertig sind. Dann, ehm, dann brauchten Sie auch nicht extra noch mal rauszukommen, um hinter uns abzuschließen.«

»Nein.« Unwillig schüttelte er den grauen Kopf. Er war zu eifersüchtig auf sein Privileg. »Pater Malahide möchte nicht, daß ich die Schlüssel aus der Hand gebe. Warten Sie hier, dann hole ich meinen Mantel.«

Er hörte sich die weiteren Entschuldigungen des Lehrers an, ohne sie in irgendeiner Weise zu quittieren, ging wieder den Gang hinauf, öffnete die Chorschranke und trat in die Sakristei. Er hängte den Staubwedel in einen Schrank und gab erst frisches Wasser in die Blumenvasen, bevor er einen alten schwarzen Regenmantel überzog, der einmal Pater Prout gehört hatte. Sollte der Lehrer ruhig warten, das würde ihm nichts schaden; manche Leute kannten keine Rücksicht, die rissen einen mitten aus der Arbeit. Jeden Nachmittag waren sie in der vergangenen Woche zum Proben angetanzt, die zwei. Einmal waren sie abends sogar noch mal wiedergekommen. Und jedes verflixte Mal hatte er sich bei dem, was er gerade machte, unterbrechen müssen, um ihnen den Saal aufzuschließen und, wenn sie fertig waren, wieder abzusperren.

Der Küster knöpfte seinen Regenmantel zu und ging durch eine Seitentür hinaus. Es regnete wieder, das hieß, nach der Abendandacht würde die Kirche dreckig sein… Dabei hatte er nun gerade die Gänge geputzt. Das nimmt kein Ende, brummte er verärgert, als er hinten um die Kirche herum eilte und die beiden vor dem Eingang des Rosenkranzsaals erblickte.

Sie gingen auf und ab. Sie hörten auf zu reden und sahen zu, wie er die Tür aufschloß. Der Lehrer dankte ihm, und sie gingen allein hinein. Der Küster sah das Mädchen den Lichtschalter andrehen, bevor er die Tür schloß. Komische Proben sind das, dachte er, die zwei so allein. Dahinter steckt der Vikar, Pater Kennedy, der erlaubt ihnen, den Saal zu benutzen, mit Kircheneigentum aast der immer. Aber gern, aber gern, sagt er; was ich damit für Arbeit hab, kümmert ihn nicht, heute Hokus, morgen Pokus, Whistturniere, Vorträge, Theater. Das hängt den Leuten doch alles zum Hals raus, die würden viel lieber ins Kino gehen.

Wieder zurück im Schutz der Sakristei, zog er seinen Regenmantel aus. Niemand da. Pater Malahide machte heute nachmittag Krankenbesuche. Da konnte man eigentlich eine schmauchen. Er legte ein Stück Stangentabak auf seinen harten Handteller und kratzte mit einem kurzen stumpfen Messer eine Portion ab. Er steckte seine schmutzige Stummelpfeife an und blies eine Fahne stechenden, blauen Dunsts in Richtung der durcheinandergeworfenen Heiligenfiguren hinter der Tür. Er dachte wieder einmal über die Arbeit eines Küsters in einer Protestantenkirche nach. Bei denen war das sicher eine Halbtagsbeschäftigung. Aber er hatte noch keinen Protestanten gut genug gekannt, um ihn danach zu fragen. Wollte er auch nicht. Er nahm einen Kelch und begann ihn zu putzen.

Im Rosenkranzsaal, unter einer einzelnen Glühlampe, saß Mr. Devine mit hochgestelltem Mantelkragen auf einem nach hinten gekippten Stuhl und hörte zu, wie Una ihren Text sprach. Trotz der Kälte hatte sie ihren Tweedmantel abgelegt und stand jetzt in schwarzem Pullover, grünem Rock, die Strümpfe schlammbespritzt, allein zwischen Dekorationsstücken im Bühnenhintergrund. Sie hatte keinen Puder aufgelegt und brauchte es auch nicht. Wieder einmal faszinierte ihn die bleiche Anmut ihres Statuengesichts, der üppige Mund, der aussah, als hätte ein respektloser Schuljunge ihn mit Rotstift aufgemalt. Wie konnten sie abstreiten, daß sie schön war? Dahinter steckte Kathleens Eifersucht, meinte er. Kathleen würde nie mehr eine solche Reinheit, solche Unschuld besitzen.

Und doch blieben ihm Zweifel. Sah er sie so, wie andere sie sahen? War Liebe ein Zuschreiben von Eigenschaften, die der geliebte Mensch nicht besaß? Und zweifelnd begann er sie aus der Sicht eines Fremden zu beurteilen. Sie hatte ihren Text gut gelernt, betonte ihn aber falsch. Ihr Vortrag war gespreizt und unecht. Er hob eine behandschuhte Hand.

»Nein, nein, die Tochter fürchtet sich vor Mulligan. Die Furcht wird deutlicher, wenn Sie sich beim Sprechen hinter dem Tisch verschanzen. Also – noch mal von vorn!«

Es war die siebte Probe, und sie war nicht besser als die dritte. Una konnte sich in den Part nicht einfühlen, aber wie denn auch? Sie war ja kein einfältiges, täppisches Mädchen vom Land; sie war ein ganz ungewöhnliches Mädchen. In gewisser Hinsicht tat es ihm nicht leid. Sie würde eben nie als Schauspielerin Karriere machen. Trotzdem hätte er sich gewünscht, sie wäre ein kleines bißchen besser gewesen.

Als ihr Lehrer unterbrach er sie noch einmal. »Nein, nein, jetzt ist Mulligan wütend. Wenn er Sie bei den Schultern packt und Sie schüttelt, wird ihm klar, daß er Sie liebt. In der Reaktion darauf müssen Sie Ihre Liebe zu erkennen geben. Ich lese jetzt Mulligans Text noch mal, und Sie antworten.«

Knurrend wie Mulligan begann er zu lesen. Aber mittendrin blickte er auf. Sie stand in der Bühnenmitte, die Hände auf ihrem Gesicht, den dunklen Kopf vorgebeugt, als litte sie Schmerzen. »Das ist aussichtslos«, sagte sie. »Aussichtslos.«

»Versuchen Sie's noch mal.«

»Ich kann nicht. Ich kann nicht vor einer leeren Wand spielen. Was nützt es, wenn Sie da unten sitzen und die

Rollen lesen, und ich stehe hier oben allein. Ich brauche einen, der mitspielt, nicht liest.«

»Denken Sie nicht an die anderen Rollen. Denken Sie an Ihre.«

»Ich kann nicht. Ich *kann* nicht.«

»Ein bißchen Geduld, bitte«, sagte er. »Versuchen Sie's noch mal.«

»Aber wozu, Dev? Was soll's? Ich habe kein Geschick. Ich lerne das nie.«

Sie beugte wieder den Kopf vor, und er begriff, daß sie weinte. Verlegen stand er von seinem Platz am Gang auf und ging zu ihr auf die Bühne. Dabei bewegte er die behandschuhten Hände auf und ab wie ein Dirigent, der die Musik ausblendet. Doch er wagte nicht, sie zu berühren. »Aber, aber«, sagte er. »Das ist nicht wahr, Una. Wenn die anderen Schauspieler dabei sind, geht es besser. Sie werden sehen.«

»Ja, dann *spielen* Sie doch mit mir, statt da unten zu sitzen wie ein Richter.«

»Ehm... um die Wahrheit zu sagen, ich habe noch nie richtig Theater gespielt. Ich bin, haha... so einer, der hinter den Kulissen bleibt.«

»Aber Sie verstehen was vom Schauspielern. Sie betreuen mich doch.«

»Nun ja, ich, ehm... ich habe Kevin und den anderen ein paar Kniffe abgeguckt. Das ist etwas anderes, als selbst zu spielen.«

»Bitte!« sagte sie. »Ausnahmsweise.«

»Na gut«, sagte Mr. Devine nervös. Er legte das Manuskript weg. Den Text kannte er zwar, aber ihn zu spielen, das war eine Sache für sich. Er trat näher zu ihr und packte sie bei den Schultern. »Was soll das heißen, Mädel?« blaffte er und schüttelte sie derart, daß ihr Vortrag schon durch die konkreten Umstände, unter denen sie jetzt sprach, realistischer wirkte. Sie hatte recht, dachte er, man mußte das durchspielen. Und während er sie schüttelte und sich ihren Text anhörte, dachte er plötzlich, daß er sie im wirklichen Leben niemals grob anfassen würde; er würde ganz sanft, ganz zärtlich zu ihr sein. Sie war leicht unter seinen Händen, und er hob sie fast in die Luft. Klein, leicht, reizend. Aber immer noch in der Rolle des Mulligan, schleuderte er sie zur Seite.

»Ich bin ruiniert«, brüllte er. »Ruiniert!«

»Nein, bist du nicht.« Sie lief auf ihn zu, rot im Gesicht von der Erregung des Rollenspiels. Er fühlte ihre Arme um sich.

»Ich liebe dich, Louis, ich liebe dich«, flüsterte sie und hob ihr Gesicht zu dem im Buch vorgesehenen Kuß. Doch Mr. Devine wich zurück. »Nein, nein«, sagte er.

»Du liebst mich auch«, sagte sie. »Du liebst mich, Louis Mulligan.«

Mulligan mußte sie an sich drücken und noch einmal küssen. Verdammt, das konnte er nicht. Das wäre vielleicht kein Schauspielern mehr, sondern etwas völlig anderes. Aber sie wartete. Wenn sie jetzt schauspielerte, steckte ein Leben in ihr, das er nicht für möglich gehalten hätte. Zögernd nahm er sie in die Arme. Er vergaß den Text.

»Sagen Sie: ›Ich liebe dich‹«, flüsterte sie.

»Ich liebe dich. Ja, das war der Text. Entschuldigung. Machen Sie da weiter.«

»Ich liebe dich«, sagte sie. »Ich möchte dich heiraten, ja wirklich.«

Mr. Devine stand regungslos. War das der Text? Ja, richtig. »Es geht doch«, sagte er. »Meinen Sie, Sie können jetzt wieder allein weitermachen?«

Der Küster stellte den Hostienteller, den er mit einem Lappen kurz abgewischt hatte, wieder in den Schrank mit den Meßgefäßen. Er verschloß den Schrank und schaltete das Licht aus, bevor er die Sakristei verließ. Draußen war es dunkel. Er eilte an der Außenwand der Kirche entlang und blickte kurz zum Pfarrhaus hinüber. In Pater Malahides Arbeitszimmer brannte Licht. Der Küster dachte an sein Abendbrot, als er zur anderen Seite der Kirche kam und das Licht im Rosenkranzsaal sah. Immer noch da. Pech für die beiden. Sechs Uhr vorbei. Für solche Leute verschob man doch nicht sein Abendessen. Von wegen. Da ging man rein und sagte, Feierabend. Dann schloß man ab und ging nach Haus.

Er stieß die schwere Eingangstür des Saales auf, und als er den Vorraum betrat, in dem Plakate auf Rosenkranz-Aktionen und kirchliche Tanzveranstaltungen hinwiesen, hörte er Stimmen nebenan auf der Bühne. Leise öffnete er die Innentür, blieb hinten im Saal stehen und sah den beiden zu.

Das Mädchen hatte die Arme um ihn gelegt. Der Lehrer sagte: »Das stimmt nicht. Ich liebe dich, glaub mir.«

Es ist nur Theater, dachte der Küster. Aber sehr natürlich gespielt. Der Lehrer taugt was.

»Liebe«, sagte das Mädchen. »Du weißt ja gar nicht, was Liebe ist.«

»Du doch auch nicht. Du willst nur an mein Geld«, sagte der Lehrer. Er wandte sich ab, und der Küster sah sein Gesicht. Gequält. Das ist ein toller Schauspieler, aber wirklich, dachte der Küster.

Jetzt wollte das Mädchen ihn küssen. Aber der Lehrer hielt die Hand hoch. »Na also«, sagte er mit seiner normalen Stimme. »Das war gut.«

»Finden Sie, Dev? Ungelogen?«

»Schon viel besser. Gehen wir zur nächsten Szene?«

Liebe Leute, daraus wird nichts! Er marschierte durch den Mittelgang und ließ die Stiefel auf den Holzfußboden knallen. Der Lehrer schaute in den dunklen Saal hinein. »Wer ist da?«

»Ich bin's, Sir. Wir haben nach sechs.«

»Schon? Oh, das tut mir leid. Dann wollen Sie abschließen?«

Der Küster schaltete die Bühnenbeleuchtung aus, während der Lehrer dem Mädchen in den Mantel half. »Möchten Sie irgendwo essen gehen?« hörte er den Lehrer sagen. Das Mädchen erwiderte, das wäre großartig.

Nehmen die mich auf den Arm, oder was? fragte sich der Küster. Merkwürdige Proben sind mir das, er und sie allein hier und mimen ein Liebespaar. Als sie den Vorraum erreichten, eilte er voraus, um ihnen die Tür aufzuhalten. Er sah sich das Mädchen an, als sie vorbeiging. Hübsche Beine hat sie, Gott verzeihe mir!

»Danke«, sagte sie und lächelte ihn an.

»Nichts zu danken, Miss.«

Als Mr. Devine in der offenen Tür stehenblieb und seine Hand in die Tasche steckte, schöpfte der Küster Hoffnung. Doch er nahm kein Geld heraus, sondern ein Taschentuch, mit dem er seine Brille wischte. Der Küster schaute hin und sah, daß der Lehrer feuchte Augen hatte. Was war los mit ihm? Hatte er etwas Schlimmes erfahren? Er zögerte auf der Schwelle, und der Küster sah ihn stolpern wie einen gebrochenen Mann.

Den Küster scherte es nicht, daß der Lehrer durcheinander war. Eine Menge Leute waren durcheinander, der Küster hatte schon zu viele Beerdigungen erlebt, um sich darüber Gedanken zu machen. Aber irgendwas war komisch an dem Lehrer. Ja, das ist es, sagte der Küster bei sich. Ich wußte doch, daß sich da was geändert hat. Er trug früher einen Schnurrbart, der Mr. Devine. Muß er sich abrasiert haben.

Im Speisesaal des Midland Hotels war die Atmosphäre ruhig und vornehm. Wohlhabende unionistische Geschäftsleute aßen dort mit ihren Frauen. Die Kellner, die das weiße Leinen und das Silber hüteten, waren altgedient, gleichmütig, selbstbewußt. Einer von ihnen wartete, einen kleinen Schreibblock in der Hand, mit gezücktem Bleistift auf die Bestellung.

Mr. Devine entschied sich für Chicken Maryland.

»Gern, Sir, und dazu vielleicht eine kleine Portion Rosenkohl?«

Ja, in Ordnung. Und würde er bitte den Weinkellner herüberschicken?

»Sehr wohl, Sir. Sofort, Sir.« Er händigte einem Hilfskellner einen kleinen Zettel aus. Er lächelte der jungen Dame zu und entschwand.

Mr. Devine hatte von Wein keine Ahnung, aber es war sicher das Richtige für so einen Anlaß. Schließlich war er noch nie mit ihr ausgegangen. Er war noch nie auf dem Kontinent gewesen, aber Wein war romantisch: Man las immer mal von Liebespaaren, die in Restaurants in Paris Wein tranken. So etwas beeindruckte ein Mädchen, so etwas machte sicher auch dieser junge Typ, Irwin, um Eindruck zu schinden. Nun, er konnte sich das ebensogut leisten wie so ein kleiner Aufschneider vom Trinity. Er ging sparsam mit seinem Geld um: Die eine oder andere Extravaganz konnte er sich daher jederzeit gestatten. Aber was für einen Wein sollte er bestellen? Welcher paßte?

Die Sorge um den Wein kam ihm gerade recht, war sie doch weniger beunruhigend als die Erinnerung an den Ablauf des Abends. Vor einer Stunde auf der Bühne war all das, was er nicht zu denken gewagt hatte, ausgesprochen worden. Natürlich als Illusion, im Rollenspiel von ihnen beiden. Aber er hatte sie in den Armen gehalten: Er hatte sie sogar geküßt. Und nichts war passiert. Wäre sie in ihn verliebt gewesen, hätte die Situation sie verlegen gemacht. Sie konnte also nicht in ihn verliebt sein: Sie ahnte nicht, was er empfand. Ich hätte es ihr sagen sollen, dachte er. Ich hätte mir ein Herz fassen sollen. Aber der Mesner war hereingekommen, und dann war es zu spät. Zu spät.

»Was ist los, Dev? Sie sind so still heute abend. Bedrückt Sie etwas?«

»Nein, nein.«

»Bestimmt nicht?«

Er sah beunruhigt hoch. »Was, ehm, was meinen Sie denn, Una?«

»Vielleicht habe ich nur ein schlechtes Gewissen«, sagte sie. »Ich wollte Sie nämlich die ganze Zeit schon was fragen. Aber ich war zu feig.«

Schlimmes befürchtend, hielt er die Luft an. Sie hatte es also gemerkt: Jetzt würde sie es zur Sprache bringen. Sofort bekam er Angst. Er hätte alles gegeben, um nicht darüber sprechen zu müssen. Denn sicher würde sie sagen, es sei aussichtslos, sicher würde sie sagen, sie müßten die Sache beenden. Er legte die Hände unter dem Tisch zusammen, und seine Finger drehten den Siegelring, wieder und wieder, und konnten nicht aufhören. Er wartete.

»Es geht um mich«, sagte sie. »Seit ich Sie kennengelernt habe, frage ich mich, ob Sie es wissen. Tony Moloney weiß es, glaube ich. Vielleicht hat er es Ihnen ja gesagt.«

»Bitte?« Aus dem Konzept gebracht, starrte Mr. Devine sie verdattert an. Was zum … wie kommen wir denn jetzt auf Moloney …?

»Ich war in Dublin etwas in Schwierigkeiten«, sagte sie. »Es hat mir keine Ruhe gelassen, ob Sie das wissen. Wissen Sie's?«

»Was?« Enttäuscht sank er in sich zusammen. Sie hatte doch nichts gemerkt. Es war die Geschichte mit dem verheirateten Mann. »Nein«, sagte er, »um was ging es denn?«

»Um mich und einen Mann. Hat Moloney bestimmt nichts davon gesagt?«

»Ich hör das jetzt zum erstenmal«, sagte Mr. Devine rasch.

»Dann sollte ich Ihnen, glaube ich, die ganze Geschichte erzählen«, sagte sie. »Es ist mir lieber, Sie hören sie von mir als von jemand anderem.« Sie neigte den Kopf, so daß er ihr Gesicht nicht sehen konnte, und verschob beim Reden nutzlos ihr Gedeck. »Vorigen Sommer, als ich in Greystones Ferien machte, habe ich mich in einen Mann verliebt. Er ist Buchhalter, ein Freund meines Cousins. Das Unangenehme ist, er ist verheiratet.«

Mr. Devine drückte fest an seinem Ring, als wollte er den goldenen Kreis zerbrechen. Er zerbrach nicht.

»Anfangs wußte ich nicht, daß er verheiratet war«, sagte sie. »Seine Frau war in England, und er hat sie nie erwähnt. Ich habe mich lächerlich gemacht, ich war zum erstenmal verliebt irgendwie. Ich dachte, er wäre es auch. Er sagte, er sei es. Es wurde ziemlich ernst.«

Ernst? Hieß das etwa... O Gott, er ertrug nicht einmal den Gedanken an das, was sie da andeutete; es war zu ekelhaft, ein verheirateter Mann, der sie überall betatschte. Und sie, sie sollte sich schämen, ihm davon zu erzählen, als wäre überhaupt nichts dabei.

»Der gehört erschossen, der Mann!« fuhr Mr. Devine auf, und es geriet ihm fast zu einem nervösen Schreien.

»Er war nicht allein schuld, Dev. Als ich erfuhr, daß er verheiratet ist, war ich zu vernarrt in ihn, um Vernunft anzunehmen. Ich habe mich auch nach der Rückkehr seiner Frau weiter mit ihm in Dublin getroffen. Er versprach mir, er würde sich von ihr scheiden lassen.«

Er saß regungslos, und Angst verdrängte seinen Zorn. Scheidung. Wenn dieser Kerl sich scheiden lassen konnte, wenn sie den Kerl noch heiraten konnte – dann handelte es sich hier nicht bloß um ein williges Bekenntnis alter Sünden. Die Sache lief noch. Er mußte sie wegbringen von dem verdammten Buchhalter.

»Herzlich wenig Aussicht, daß der sich scheiden läßt«, sagte er. »Ich kenne diese verheirateten Schürzenjäger.«

»Hätten Sie das vor ein oder zwei Monaten gesagt, hätte ich Ihnen dafür eine geknallt, Dev. Aber Sie haben recht. Er hat die Scheidung nicht eingereicht. Seine Frau hat das mit uns herausgefunden und sich an meine Mutter gewandt. Sie hat fürchterlich Stunk gemacht. Da haben sie mich nach Belfast geschickt, um mich von Michael wegzubringen.«

Michael hieß er also. Den müßte ich mal in die Finger kriegen, dachte Mr. Devine grimmig. »Weiß Ihr Onkel Tim davon?« fragte er.

»Leider! Er ist ja schrecklich prüde, als Katholik –. Na, jedenfalls stehen er und meine Mutter sich sehr nah. Mein Vater ist tot, müssen Sie wissen. Onkel Tim hat den Vorschlag gemacht, daß ich nach Belfast kommen und hier bleiben soll, bis das Memorial mich einstellen kann.«

»Verstehe.«

»Ich hatte gehofft, hier wüßte niemand von der Sache«, sagte sie. »Aber Moloney hat versteckt darauf angespielt, als ich ihn neulich abends auf der Party bei Onkel Tim kennengelernt habe.«

Mr. Devine seufzte und blickte zu den anderen Gästen im Lokal. Diese Leute aßen und unterhielten sich, und die Kellner bedienten sie. Sie benahmen sich, als wäre überhaupt nichts passiert. Als wäre alles normal. Neben sich hörte er Unas Stimme. »Eine ganz verfahrene Geschichte, Dev. Es ist nicht fair, Sie damit zu langweilen.«

»Ich bin doch nicht gelangweilt. Ich meine, im Gegenteil. Aber da wird schon Gras drüber wachsen. Das ist immer so.«

»Ich wünschte, es wäre so einfach, Dev. Vielleicht liebe ich Michael immer noch. Ich bin mir bloß nicht sicher.«

Gott sei Dank sah sie ihn nicht an, als sie das sagte. Er nahm seine Brille ab und wischte geflissentlich mit dem Daumen über die Gläser. »Ich, ehm, ich hoffe in Ihrem Interesse... also ich meine, es wäre besser für Sie, wenn es vorbei wäre. Ich bin sicher, daß der Mann in seinen Gefühlen für Sie nicht aufrichtig ist.«

»Wie können Sie das sagen? Sie kennen ihn doch gar nicht.«

Mr. Devine setzte seine Brille wieder auf und schirmte sein Gesicht mit der Hand ab. »Ich – ehm – ich will sagen, wenn er es ehrlich meinte, dann wäre er doch bereit, seine Frau zu verlassen. Dann sollte er kein Risiko scheuen.«

»Meinen Sie wirklich?« Er hörte plötzlich Hoffnung in ihrer Stimme. »O Dev, ich glaub, da haben Sie den Finger auf die Wunde gelegt. Das beschäftigt mich die ganze Zeit schon. Bei der Geschichte war ich diejenige, die alle Risiken getragen hat.«

»Natürlich. Wenn er, ehm, bei seiner Frau geblieben ist, dann, ehm, dann hat er sie ja doch wohl lieber.«

»Vielleicht. Er sagt nein. Aber Mut hat er jedenfalls nicht bewiesen. Er ist genau wie viele andere Iren, die ich kenne. Gibt sich als wilder Kelte, hat aber Angst, irgendwas zu tun, was den Nachbarn nicht gefällt.«

»Ja«, sagte Mr. Devine verwirrt. Er konnte ihrem Gedankengang nicht ganz folgen, aber zumindest kamen sie von dem verfluchten Buchhalter weg und mehr zum Allgemeingültigen hin. »Um die Wahrheit zu sagen«, setzte er hinzu, »ich dachte gerade, daß ich in dem Fall –«

»Wir sind uns also einig«, unterbrach sie. »Auch das gefällt mir an Ihnen, Dev. Sie sind ehrlich. Sie würden zu Ihren Grundsätzen stehen.«

»Ja, Una. Dann sehen Sie, wenn ich der wäre –«

»Natürlich sind Sie auch älter als ich«, sagte sie. »Sie haben mehr Erfahrung, Sie kennen das Leben. Mit Jungen in meinem Alter verhält sich's umgekehrt. Gegen die komme ich mir alt vor. Mit denen kann ich nicht reden.«

Er schob den schwarzen Gedanken beiseite. *Erfahrung*. Meinte sie damit…? Was sonst konnte sie meinen? Er sagte: »Männer reifen langsamer. Nehmen Sie mich zum Beispiel –«

»Oh, Sie sind allerdings reif«, sagte sie. »Aber wir wollen nicht mehr von der Liebe reden. Sie ist so aussichtslos, die Sache, von der ich Ihnen erzählt habe.«

»Ich, ehm, ich fand's schon interessant. Ich meine, es tut mir leid, daß Sie so eine mißliche Erfahrung gemacht haben, aber Sie sind jung, Sie werden das vergessen. Ich glaube, mit der Liebe hat jeder so seine Probleme. Auch ich.«

»Ja. Und deshalb muß ich jetzt auch aufhören, von mir zu reden, Dev. Sonst würden Sie mich nur bedauern, und die Folge wäre, daß ich mir selber leid tue, und dann würde ich die ganze Nacht überlegen, ob Michael mich noch liebt oder mich jemals geliebt hat. Und das wäre schlecht. Sie verstehen doch, was ich meine?«

»Ja. Aber ja«, sagte er unglücklich.

»Reden wir also von etwas anderem. Gehen Sie gern tanzen?«

»Tanzen?«

»Nein?«

»Doch, ja«, sagte er. »Ja. Aber im Moment habe ich Schuhe mit Gummisohlen an. Da ist das ein bißchen ungünstig.«

»Ich meinte ja nicht, daß wir heute abend tanzen gehen sollen«, sagte sie irritiert. »Eigentlich dachte ich daran, ins Kino zu gehen. Das mache ich immer, wenn ich deprimiert bin.«

»So? Vielleicht wäre das ja was; ich meine, vielleicht könnten wir zusammen gehen.«

»Nun, es läuft ein Film mit Gregory Peck. Den mag ich, und Sie?«

»Mmm«, machte Mr. Devine.

»Sie mögen ihn nicht, das seh ich Ihnen an.«

»Ach was, Unsinn. Ich würde gern reingehen.«

»Gut.« Sie richtete sich kerzengerade auf ihrem Stuhl auf, als wäre alles abgemacht. »Tanzen gehen können wir ein andermal«, sagte sie. »Wenn Sie wirklich wollen?«

Es blieb ihm nichts anderes übrig, als zu lügen. Mädchen mochten Männer, die gern tanzten. Also versicherte er ihr, er wolle es gern. Sehr gern.

»Und das Kino heute abend geht auf meine Rechnung«, sagte sie. »Schließlich sind wir Freunde. Und es war meine Idee.«

»Unsinn«, sagte er. »Ich, ehm, ich sehe vielleicht nicht gerade vermögend aus, aber ich bin auch nicht arm. Haha.«

»Na schön. Essen wir und dann los. Ich habe einen Mordshunger.«

Sie kostete und begann zu essen. Aber Mr. Devine ließ Messer und Gabel unangerührt liegen, und seine Gedanken kehrten zu ihrer Unterhaltung zurück, zu der Geschichte, die sie erzählt hatte. Was für Chancen hatte er, wenn sie noch immer halb verliebt war in den Burschen? Was für eine Chance, wo sie ihn von seinen Gefühlen erst gar nicht hatte sprechen lassen? Wann hatte sie das Gespräch abgebogen, an welchem Punkt hatte sie ihn gebremst? Sie konnte doch nicht vorausgesehen haben, was er sagen wollte? *Oder etwa doch?*

»Wein, Sir?«

Er schlug die ledergebundene Weinkarte auf. Roten zu Fleisch, hieß das so? Was würde sie gern trinken? Er schaute sie über den Tisch hinweg an, sie war so reizend, so jung, es konnte doch nicht wahr sein, oder? Und er dachte an sich selbst und wie er ihr vorkommen mußte. Unschick, häßlich, unzulänglich. Trotz des abrasierten Schnurrbarts wirkte er sicher viel älter als die Jungen, die sie kannte. Älter und schäbiger als dieser Irwin zum Beispiel. Er mußte sich neue Sachen kaufen. Ja, es wäre riskant gewesen, sie zu fragen, wie sie zu ihm stand; schon gut, daß er es nicht aufs Tapet hatte bringen können. Laß dir Zeit. Warte.

6

Am nächsten Morgen um zehn kam ein Collegediener in die vierte Unterstufenklasse und sagte, Mr. Devine werde am Telefon verlangt. Dem Lehrpersonal war es ausdrücklich untersagt, während des Unterrichts private Telefongespräche entgegenzunehmen. Es mußte ein Notfall sein. Aber was für einer? Mr. Devine stellte seinen Schülern eine Übungsaufgabe und eilte hinunter in die Pförtnerloge.

Der alte John Harbinson, der, die großen roten Hände auf dem Schoß seiner weißen Schürze gefaltet, unter der Schuluhr saß, nickte höflich, als Mr. Devine eintrat. Der Hörer des Wandtelefons baumelte an seiner langen Schnur, wartete. Mr. Devine ergriff ihn.

»Mr. Devine am Apparat.«

»Dev? Ach, ich dachte, ich erreiche Sie nie. Hier ist Una.«

Unwillkürlich zog er die Schultern hoch und wölbte die Hand über dem Mundstück. Der alte John war zwar schwerhörig, aber verdammt, er saß keine anderthalb Meter entfernt.

»Ja«, sagte er leise. »Was gibt's?«

»Können Sie reden?«

»Ich habe Unterricht. Kann ich Sie zurückrufen?«

»Nein, ich mußte sagen, es sei ein Notfall, um Sie an die Strippe zu kriegen. Also hören Sie zu, ich erzähl's Ihnen schnell.«

Mr. Devine blickte besorgt zu John und sah das Gesicht

des alten Pförtners im Profil. Es hatte etwas Stumpfes, eine heitere Gelassenheit, wie sie die Schwerhörigen umgibt.

»Es geht um das Stück«, sagte sie. »Ich hatte Onkel Tim mit keinem Wort gesagt, daß ich dafür probe. Ich dachte, ich warte erst mal, bis wir auch sicher sind, daß ich den Part bekomme.«

»Ja?«

»Nun, als ich gestern abend vom Kino heimkam, haben er und Tante Maeve mich mit Donnerhagelgesichtern erwartet und wollten wissen, wo ich gewesen bin. Wenn man die so hörte, hätte man denken können, es sei vier Uhr morgens.«

»Jaja«, sagte Mr. Devine ungeduldig, mit heiserer Stimme.

»Also sagte ich, ich sei mit Ihnen ausgewesen, weil ich dachte, das würde sie beruhigen. Aber das Gegenteil ist passiert. Es hat sie fast umgehauen! Sie sagten mir, ich müsse aufhören, mich mit Ihnen zu treffen, ich dürfe in dem Stück nicht mitspielen und was weiß ich noch alles.«

»Aber wieso?«

»Ach, die haben Angst, meine schlimme Vergangenheit könnte hier ans Licht kommen. Ich habe mich nicht getraut, ihnen zu sagen, daß Sie darüber schon im Bilde sind. Sie wissen ja, wie mißtrauisch Onkel Tim ist. Der legt jeden Mist so ungünstig wie möglich aus.«

»Ja«, sagte Mr. Devine unglücklich. Tim würde in der Tat eine möglichst ungünstige Auslegung finden. Deshalb hatte er Tim ja auch nichts von dem Ganzen erzählt. Das war ihm klüger erschienen.

»Jedenfalls hat er gesagt, er will heute mal mit Ihnen reden«, fuhr sie fort. »Deshalb wollte ich Sie vorwarnen.«

»Verstehe.«

»Er sagt, daß Sie ein Freund von ihm sind und mich aus dem Stück rausnehmen, wenn er Sie drum bittet. Das tun Sie doch nicht, Dev?«

»Aber nein. Natürlich nicht.«

»Das wollte ich nur wissen. Er hat nicht über mich zu bestimmen, denken Sie dran.«

»Ja, Una.« Mr. Devine blickte, als ihm der Name herausgerutscht war, wieder zum alten John. Mein Gott, wenn der Apparat nun einen Nebenanschluß hat? Wenn der Direktor oder der Dekan mithören?

»Wir scheren uns also nicht um ihn, Dev?«

»Natürlich nicht.«

Ein Finger tippte ihm auf die Schulter. Der alte John zeigte mit sorgenvoll gerunzeltem Knittergesicht auf die Wanduhr. Er kehrte die Handflächen nach oben, wie um anzudeuten, er habe keine Wahl. Dann setzte er sich hin und drehte den Schlüssel im Schaltkasten. Das elektrische Läutewerk, unerträglich schrill, ohrenzerreißend, ließ den Raum erzittern. Vom Lärm betäubt, lehnte Mr. Devine sich gegen die Wand und umklammerte den Hörer.

»Was? Ich kann nicht –«

»Warten Sie!«

Endlich wurde der Schlüssel herausgezogen. In der Stille klang Mr. Devines Stimme laut wie ein Schrei. »Una? Hallo, Una?«

»Ich bin noch da. Was war das für ein Krach? Ist bei euch Feuer ausgebrochen?«

»Nein. Das war nur die Schulglocke.«

»Jedenfalls muß ich jetzt Schluß machen«, sagte sie. »Bis heute nachmittag.«

»In Ordnung.«

Der Finger berührte ihn wieder. Er hängte den Hörer ein und drehte sich zu John um, der Entschuldigung heischend mit den Händen fuchtelte.

»Verzeihen Sie die Klingel, Mr. Devine, Sir, tut mir sehr leid. Aber ich habe meine Anweisungen, Sir, die Klingel muß sein.«

»Ja.«

»Wollen entschuldigen, Sir, daß ich Sie unterbrochen habe, Sir, ich meine Ihren Anruf, Sir.«

»Schon gut. Danke, John.«

Das hängt sicher auch mit der Schwerhörigkeit zusammen, dachte Mr. Devine, daß er alles zweimal sagt. Man müßte sich in Zeichensprache mit ihm unterhalten.

Aber er hatte keine Zeit mehr, über Schwerhörige nachzudenken, es war ohnehin zu spät. Er eilte den Korridor entlang zur vierten Unterstufenklasse, doch als er dort ankam, war Mr. Turley schon da und schrieb ein physikalisches Problem an die Tafel. Auf Zehenspitzen hineinschleichend (»Entschuldigen Sie, Turley«), raffte Mr. Devine Bücher und Rohrstock zusammen und eilte zur zweiten Oberstufenklasse, die sich bereits in einem Zustand lärmender Unordnung befand. Er züchtigte zwei Jungen, die nicht auf ihren Plätzen gesessen hatten, schrieb einen zusammengesetzten Satz an die Tafel und wies die Klasse an, ihn zu analysieren und grammatisch aufzugliedern. Er mußte sie beschäftigen. Er brauchte Zeit zum Nachdenken.

Während er an seinem Pult saß, bog er den Rohrstock zu einem Kreis um seinen Kopf und brachte Griff und Spitze vor seinem Kinn zusammen. Er merkte nicht, was für ein seltsames Bild er abgab, und seine Schüler, die den Ausdruck in seinen Augen sahen, wagten nicht zu kichern.

Denn der olle Dev war neuerdings etwas von der Rolle. Beim geringsten Anlaß ging er auf einen los.

Das stimmte. Seit vierzehn Tagen war er reizbar und zerstreut. Normalerweise lenkte er seine Worte und Handlungen ähnlich wie ein Dirigent ein Orchester leitet: Sein Verhalten in der Schule folgte einem festen Schema und war so angelegt, daß es bei Schülern, Kollegen, Priestern die gewünschte Reaktion hervorrief. Als Lehrer an einem katholischen College hatte man gewissen Erwartungen zu entsprechen. Es galten ungeschriebene Regeln. Ein Mann wie er setzte sich der Kritik aus, wenn er eine zwanzigjährige Protestantin zum Essen ausführte, wenn er ihr ohne die Einwilligung ihrer Familie Unterricht gab. Natürlich war das alles völlig harmlos, doch den Oberen würde es nicht harmlos erscheinen. Der Mensch wurde sündhaft geboren, er mußte allen zur Sünde einladenden Gelegenheiten aus dem Weg gehen. Die Leute, die das St. Michan's unterhielten, glaubten nicht an Ehrenworte, sie glaubten nicht, daß menschlicher Vorsatz gegen die Lockungen des Teufels ankam. Nein, Gewalt mußte man mit Gewalt begegnen. Vor allen Gelegenheiten zur Sünde hatte man rigoros auf der Hut zu sein, war das nicht klar? Wieso gab er als Lehrer der Jugend dann ein so schlechtes Beispiel? Die Oberen würden sagen, er habe eine Gelegenheit zur Sünde gesucht; er habe es riskiert, Anstoß zu erregen. Er war blind gewesen für seine prekäre Lage, erkannte er jetzt. In den letzten vierzehn Tagen hatte er in einem Vakuum gelebt: in der nach innen gewandten Welt eines Verliebten.

Er ließ den Rohrstock auseinanderschnellen, packte ihn wieder und bog ihn so, daß er einen ovalen Rahmen um sein Gesicht bildete. Er hätte Tim Heron darauf hinweisen sollen, daß er seiner Nichte Unterricht gab. Jetzt sah es aus, als hätte er das aus zweifelhaften Beweggründen verschwiegen. Deine Sünden holen dich immer ein, wie es auf den Plakaten der Temperenzler hieß. Nun, Tim hatte ihn eingeholt. Und Tim unterrichtete in diesem Augenblick keine hundert Meter entfernt. Da konnte einem ganz schön mulmig werden.

Angenommen, Tim Heron ging mit der ganzen Angelegenheit zum Direktor, was würde Dr. Keogh dazu sagen? Ein grober Verstoß. Diese junge Person scheint mir als Umgang völlig ungeeignet, Mr. Devine. Aber Dr. Keogh, ungeeignet oder nicht, ich bin in sie verliebt. Kann ich etwas dafür, daß sie Protestantin ist? Ich kann nur wahrheitsgemäß sagen, daß ich sie liebe, daß ich in einem Alter bin, in dem ein Mann heiraten sollte, und daß ich glaube, wir würden sehr glücklich miteinander werden. Ich versuche ehrlich zu sein, Dr. Keogh.

Er ließ den Rohrstock wieder schnellen. Materialistische Werte, Eigenliebe, Vernachlässigung Ihrer Pflichten als Katholik... Oh, er konnte sich Dr. Keoghs Antwort schon ausmalen. Mischehe, Gefahr für den Glauben aller Nachkommen und so weiter. Trotzdem war es sinnvoller, man ließ die Dinge auf sich zukommen. Vielleicht sah er zu schwarz. Vielleicht hatte Tim Heron gar nicht vor, mit irgendwem darüber zu reden. Und sollte er mich darauf ansprechen, gab es nicht eine ganz klare, einfache Antwort? Ich könnte ihm sagen, es gehe mir nur darum, eine geeignete Darstellerin für ein Stück zu finden, das St. Michan's Dekan für Disziplin zu wohltätigen Zwecken aufführen lassen wolle. Was konnte Tim dagegen einwenden? Nichts. Und unwahr war es auch nicht. Sinnlos also, etwas anderes zu sagen. Sinnlos, böses Blut zu machen.

Und dabei fiel ihm eine Frage ein, die einmal bei einer Abschlußprüfung als Test für das Allgemeinwissen aufgetaucht war. Sehr passend. Er klopfte mit dem Stock an sein Pult, um die Aufmerksamkeit der Schüler auf sich zu lenken.

»Einen Augenblick. Wer von Ihnen kann den folgenden Vers in eine bekannte Redensart übersetzen?«

Sie warteten argwöhnisch, während er aus dem Kopf zitierte:

»Wenn *somnolent* du je am Weg gewahrst
ein haarig Vierbein der *Caniden*-Art,
schau, daß *Irritation* du ihm ersparst,
auf daß *in situ* es verharrt.«

Er sah, wie sie nervös wurden. Ein Junge aber hob die Hand.

»Also?«

»*Schlafende Hunde soll man nicht wecken*, Sir.«

»Richtig«, sagte Mr. Devine. Und genauso würde er es halten. Tim Heron ging immer zum Mittagessen nach Hause. Ausgeschlossen also, daß man ihm im Speisesaal begegnete, und während der Schulstunden konnte man ihm ohne weiteres aus dem Weg gehen. Una würde am Nachmittag zu ihrem Unterricht kommen wie sonst auch. *Schlafende Hunde…* Ja.

Der Speisesaal von St. Michan's war riesengroß, kahl und kalt wie die steingewordene Mesalliance der Entwürfe für einen Flugzeughangar und eine Konzerthalle. Er war in Zeiten der Materialknappheit erbaut und als Projekt von untergeordneter Bedeutung nie ganz fertiggestellt worden. Man hatte sich bemüht, die Stahlträger an der Decke vergessen zu machen, indem man die Wände darunter mit großen, dilettantischen Kopien nach Werken Tiepolos, Tizians und Domenichinos behängt hatte – Bilder, die im klerikalen Bewußtsein die Erinnerung an frühere Freigebigkeit wachriefen, waren sie doch vor über hundert Jahren in Rom zum Dreifachen ihres wirklichen Wertes erstanden worden. An jüngere Ereignisse erinnerte das hölzerne Podium am hinteren Ende des Saals. Es war in der halbherzigen Absicht erbaut worden, den Saal als Forum für Schuldebatten und religiöse Bühnenstücke zu benutzen. Jetzt standen dort, gedeckt mit weißem Leinen, hinausgehoben über die Köpfe der gemeinen Schülerschaft, zwei hochheilige Tische, an denen das Lehrpersonal speiste. Und das hierarchische Gefälle wurde noch betont durch die lebensgroßen Ölporträts von vier ernsten, festlich gewandeten irischen Bischöfen, die vom Podium in den Saal hineinstarrten, als ob sie jeden bösen Buben erblicken wollten, der es wagte, aufzuschauen.

Als Mr. Devine am Mittag dieses Tages den Speisesaal betrat, empfing ihn ein zoologisches Geschnatter von den langen hölzernen Klapptischen her, die sich in gefängnismäßigen Reihen vom Eingang bis zum Podium erstreckten. Die Lesung des Tages hatte noch nicht begonnen, und die Schüler nützten die kurze Redefreiheit voll aus. Collegediener in langen rohweißen Schürzen liefen auf und ab und gaben Kartoffeleintopf aus. Die nach ihrem Rang plazierten Geistlichen auf dem Lehrerpodium waren mit der Vorspeise fertig und warteten aufs Fleisch. Am Laientisch schlürften vier Lehrer noch ihre schottische Graupensuppe. Tim Heron war nirgends zu sehen.

Mr. Devine setzte sich an das freie Ende des Laientischs und legte ein Buch neben sich, um darauf hinzuweisen, daß er in Leselaune sei. Als ihm die Suppe aufgetragen wurde, verstummte das Schülergeplapper. Pater McSwiney, der Dekan für Disziplin, hatte den Saal betreten. Er bestieg das Lesepult und schlug eine ledergebundene Ausgabe von *Das Leben des Père Damien* auf. Ellbogenstöße warnten die Unachtsamen. Der Dekan überblickte den Speisesaal und sah über die Köpfe der Schüler hinweg wie ein nach Land Ausschau haltender Seemann. Dann hämmerte er, obwohl es still im Raum war, auf das Lesepult und schrie: »Ruhe!«

Er wartete. Gequält schloß er die Augen, als nebenan in der Küche krachend eine Ladung Geschirr zu Bruch ging. »Ruhe!« brüllte er. »Jeder Junge, den ich schwatzen sehe, meldet sich nach dem Essen in meinem Arbeitszimmer.«

Er suchte nach Meuterern. Dekan für Disziplin. Die Schüler saßen so still, als würden sie fotografiert.

»Die Verunstaltung von Pulten, von Wänden und Aborten, kurzum die mutwillige Zerstörung von Schuleigentum, weitet sich mehr und mehr zu einem offenen Skandal aus. Wie kommt das? Einige von Ihnen scheinen der irrigen Auffassung zu sein, daß man seine Tüchtigkeit an diesem College mit Holzschnitzereien unter Beweis stellen kann.«

Am Priestertisch quittierten einige Gesichter die Ironie des Dekans mit einem Lächeln. Aber Mr. Devine sah zum Direktor. Pater McSwiney hatte das Protokoll nicht beachtet. Er hatte den Direktor nicht um die Erlaubnis zu sprechen gebeten. Hat der alte Knabe das bemerkt? fragte sich Mr. Devine.

Er hatte. Zitternd erhob er sich, so daß das Lächeln der Geistlichen gefror. Der Dekan drehte sich um.

»Ja, Dr. Keogh?«

Seine Hochwürden Daniel Keogh, Doktor der Theologie, war etwas über ein Meter fünfzig groß und hatte einen so mächtigen Kopf, daß es den übrigen Körper beleidigte. Seine Soutane – die Schultern von Schuppen bereift, Gesäß und Ellbogen zu schimmerndem Glanz poliert – stand in perfektem Gegensatz zur klerikalen Eleganz des Dekans. Sein Schädel war von grauen Stoppeln eingerahmt, die wie eine Hautkrankheit beide Wangen übersäten und an der Spitze seines fliehenden Kinns zusammentrafen. Ein schmutziges Stück fleischfarbenes Klebeband hielt die kompromißlose Stahlbrille auf dem Rücken seiner roten Hakennase zusammen. Man sagte ihm nach, er sei zu seiner Zeit ein hervorragender Dozent gewesen, und er hatte am Irischen Kolleg in Rom und in Maynooth gelehrt. Doch er war alt. Sein Kopf zitterte von irgendeinem unbestimmten Leiden. Er galt als zerstreut und leicht schwerhörig. Seine Kritiker, der Dekan eingeschlossen, fanden, es sei höchste Zeit, daß er sich zur Ruhe setze.

»Danke, Pater McSwiney«, sagte er. Er hob den Kopf und spähte zu den Stahlträgern hinauf, als stünde dort ein Text geschrieben. Dann begann er in besänftigendem Ton:

»Chrm, chrm! Mir kommt da ein Sprichwort in den Sinn, ein Sprichwort, das ich einmal von einem meiner Onkel gehört habe, wenngleich ich damals, noch sehr jung an Jahren – ja, es muß kurz vor meiner Firmung gewesen sein –, nicht seine ganze Tragweite erfaßte. Ich bekam es zu hören, als ich im Garten meines Onkels sorgfältig mit einem eher stumpfen Gegenstand die Anfangsbuchstaben meines Namens in ein Holztor gekerbt hatte. Wehe mir, ich war einer von Ihnen, meine Herren.«

Der Direktor zog die Nase kraus und schubste seine Brille wieder rauf.

»Mein Onkel sagte an diesem lang vergangenen Tag zu mir: ›Junge, *le nom d'un fou se trouve partout.*‹ Womit ich, des Französischen beklagenswert unkundig, wie ich es damals war, überhaupt nichts anzufangen wußte. Notgedrungen bat ich ihn, es mir zu übersetzen. Doch er lehnte das ab und meinte, ich müsse selbst herausfinden, was es bedeute. Aus Neugier schrieb ich es auf. Aus Neugier verfolgte ich das Zitat bis zu einem französischen Gelehrten zurück. *Fou!* Ja, das Wort ist eigenartig lautmalerisch, finden Sie nicht? Gar kein Zweifel. Und seit mir der Sinn des Spruches aufgegangen ist, habe ich meinen Namenszug nur noch auf Papier gesetzt und stets nur, wenn es nötig war. Und nicht nur das, sondern ich habe sorgfältig darauf geachtet, meinen Namen oder meine Initialen nicht unter ein Dokument von zweifelhafter Gültigkeit zu setzen. Wer von Ihnen schon einmal ein Zeugnis gesehen hat, weiß, was ich meine. Das ist alles, meine Herren. Diejenigen von Ihnen, die kein Französisch haben, können gewiß ebensoviel Erbauung finden wie ich damals, wenn sie den noch offenen Fragen weiter nachgehen. Und nun hoffe ich, daß Pater McSwiney, der mich auf die Angelegenheit aufmerksam gemacht hat, uns die Ehre antut, wieder etwas aus dem Leben des Père Damien von Molokai vorzulesen, dessen Name unauslöschlich in die ewige Ehrentafel der Soldaten des Allmächtigen Gottes eingegraben ist!«

Mr. Devine schaute, ob seine Kollegen dazu etwas zu sagen hatten. Aber Moloney und der junge Connolly erörterten Irlands Chancen in der Rugby-Endrunde. Turley (Geographie) und Cavan (Geschichte) hatten ein geopolitisches Gespräch angefangen, das sich bereits zu einem Streit auswuchs. Blieb noch Goehegan, der Turnlehrer, ein Mann ohne jede Bedeutung, dessen dreiste Gewohnheit, mit den Höhergestellten zusammen zu essen, den meisten Laienlehrern ein solcher Dorn im Auge war, daß sie regelmäßig schworen, mit einer gemeinschaftlichen Eingabe dagegen vorzugehen. Mr. Devine, der ungern irgend jemandes Gefühle verletzte, brachte es nie übers Herz, Goehegan in seine Schranken zu weisen, und so kam es, daß Goehegan mit der Hartnäckigkeit eines armen Verwandten seine Gesellschaft suchte. Jetzt eben zog der Turnlehrer sein Augenmerk auf sich und setzte zu einer langen und öden Litanei über die Krankheit seines jüngsten Sprosses an.

Ein Teller Kartoffeleintopf wurde vor ihn hingestellt. »Preisfrage: Wo ist das Fleisch?« sagte Mr. Devine. Goehegan lachte. Ja, der war gut, der Witz, wo ist das Fleisch, hm? Hatten alle gehört, was Dev gesagt hatte? Die anderen ignorierten ihn. Kleinlaut wandte er sich wieder Dev zu und erflehte ein wenig Freundschaft. Mr. Devine erkundigte sich nach Mr. Goehegans Ältestem, der im Staatsdienst war. Dankbar ging Goehegan darauf ein.

Schließlich kam das Dessert, ein undefinierbarer brauner Pudding, auf den Tisch. Mr. Devine griff zum Löffel, um davon zu kosten, und hörte eine unwillkommene Stimme sagen:

»Kann ich dich mal unter vier Augen sprechen?«

Mr. Devine legte sofort seinen Löffel nieder. »Ja, Tim«, sagte er.

»Iß erst deinen Pudding. Ich warte im Gang auf dich.«

Mr. Devine sah mit Widerwillen auf die braune Pampe. Er hatte keinen Hunger mehr.

»Trinken Sie nicht eine Tasse Tee mit uns, Mr. Heron?« fragte Mr. Goehegan demütig.

Tim Heron sah den Sportlehrer an, als hätte er Suaheli gesprochen. Dann fragte er: »Möchtest du Tee, Dev?«

»Nein, nein.«

»Dann komm.«

»Schon dabei, Tim.«

Tim Heron stieg vom Podium hinunter und ging rasch zwischen den langen Sitzreihen der Jungen durch. Als er am Lesepult vorbeikam, sah der Dekan von seinem Buch auf. Auch Mr. Devine ging vorbei. Wieder blickte der Dekan auf. Die Lesung ging weiter. Heron kam als erster zur Tür des Speisesaals und öffnete sie leise. Sie knallte hinter ihm zu, als Mr. Devine sie gerade erreichte. Alle schauten ihn an. Er eilte auf den stillen Gang hinaus, wo Heron mit dem Rücken zum Fenster stand; die Ecken seines Klappkragens waren hochgebogen, sein Gesicht war hager und grau, als wäre er, ohne sich zu rasieren, von zu Hause fortgegangen.

»Hier können wir nicht reden«, sagte er abrupt. »Komm mit.«

Er ging mit langen Schritten durch den Korridor, dicht gefolgt von Mr. Devine. Vor der Tür zur Lehrergarderobe blieb er stehen, schaute nach links und rechts und bugsierte dann Mr. Devine mit einer raschen Armbewegung hinein. In der Garderobe war es warm und feucht von der Hitze eines undichten Heizkörpers unter dem Fenster. Tim Heron blickte an der Reihe olivgrüner Spinde entlang, um sich zu vergewissern, daß sonst niemand dort war. Dann knallte er die Tür zu.

»Ich nehme an, du weißt, weshalb ich dich sprechen will?« fragte er.

»Ich, ehm –« Das hoffnungsvolle Lächeln Mr. Devines gefror beim Anblick von Tim Herons Gesicht. »Nein«, sagte er. »Was gibt's denn, Tim?«

»Es ist wegen meiner Nichte. Wenn ich recht verstehe, gehst du mit ihr aus.«

»Ach, na ja, so würde ich das nicht direkt ausdrücken, Tim. Ich studiere mit ihr probehalber eine Rolle in einem Theaterstück ein, das Pater McSwiney zur Unterstützung der Missionsarbeit aufführen lassen will.«

»Davon höre ich jetzt zum erstenmal«, sagte Heron, und sein rechtes Auge begann mit dem vertrauten Zornesblinken.

»Hat Una es dir nicht gesagt, Tim?«

»Hat sie nicht.«

»Nun, das verstehe ich nicht«, sagte Mr. Devine schwach. Verdammt, was kann ich denn anders sagen? räsonierte er. Ich muß rauskriegen, was ihn so fuchst. Aber er kam sich vor, als hätte er einen Frevel begangen. Wie konnte er Una noch ins Gesicht sehen, nachdem er sie so im Stich gelassen hatte?

»Kein Wort hat sie mir gesagt«, sagte Tim Heron und zitterte, vor Mr. Devine stehend, als könne er sich nicht mehr beherrschen. »Du warst doch gestern abend mit ihr im Midland Hotel essen?«

»Um die Wahrheit zu sagen, ja. Sie hat die ganze Woche so hart geprobt, da dachte ich, sie braucht eine kleine Belohnung.«

»Eine kleine Belohnung? Was willst du, Dev? Ich darf dich daran erinnern, daß das Mädel gerade erst zwanzig geworden ist. Sie ist noch ein Kind.«

Also *das* war unfair, fand Mr. Devine. Man könnte ja meinen, ich verführe Minderjährige oder so. Verdammt, es war nicht schön von Tim, so etwas zu sagen. Er mochte Tim, er war Tim verpflichtet, er sah ihn als guten Freund an, Tim hatte ihm die Stelle hier verschafft; aber verdammte Pest, kein Mensch hatte das Recht, einen so zu beleidigen. Kein Mensch. Aber Tim war eben sauer. Tim ging immer schnell der Hut hoch.

»Ich, ehm, ich hab's nicht bös gemeint, Tim. Bestimmt nicht. Ich wollte nur nett sein.«

»Nett? Weißt du, wo das Mädel herkommt? Sie ist die Tochter meiner Schwester; sie ist nicht katholisch, hast du das gewußt?«

»Ja.«

»Und unter uns gesagt – du solltest es für dich behalten –, das gute Kind ist nicht besonders folgsam. Gott sei Dank kommt sie in ein paar Wochen ans Memorial Krankenhaus. Ich kann dir versichern, daß ich froh bin, wenn jemand anders die Verantwortung für sie übernimmt.«

»So?«

Tim Herons argwöhnische Blicke huschten zur Tür und nahmen dann die anklägerische, wütende Musterung von Mr. Devines Gesicht wieder auf. »Ich dachte immer, du wärst mein Freund. Ich dachte, du wärst ein anständiger Kerl.«

»Nun ja, Tim, es besteht ja auch kein Grund, jetzt etwas anderes zu denken.«

»Mag sein. Mag sein. Ich möchte, daß sie aus dem Stück herausgenommen wird, verstanden? Sofort.«

»Aber, ehm, was ist denn dabei, wenn sie in einem Theaterstück mitspielt, Tim?«

»Egal. Das laß mal meine Sorge sein. Ich möchte, daß du sie rausnimmst, hast du verstanden, Dev?«

»Nun, ehm, das käme uns sehr ungelegen, Tim. Pater

McSwiney legt großen Wert darauf, daß das Stück termingerecht gebracht wird. Wenn wir sie rausnehmen, müssen wir jemand anders suchen.«

»Dann sucht!«

»Ich, ehm, das kann ich doch nicht machen, Tim. Es wäre ihr gegenüber wohl nicht fair, oder?«

»Fair? Wer redet bitte von Fairneß? Ich warne dich, Dev, und zwar nur einmal. Du nimmst das Mädchen aus dem Stück, oder ich werde etwas unternehmen.«

»Was denn unternehmen?« Mr. Devines Stimme spürte der Tragweite dieser Bemerkung nach.

»Laß nur. Du wirst schon sehen.«

Tim Heron wirbelte herum, sein abgetragener Talar verzog sich an den Schultern. Zuckend und zitternd vor Zorn eilte er an den Spinden entlang zur Tür. »Merk dir meine Worte«, rief er. »Du wirst es bereuen.«

»Nun mal langsam, Tim, warte doch –«

Aber wie ein Schlag ins Gesicht fiel die Garderobentür ins Schloß. Der Luftzug trieb einen Bogen Schreibpapier langsam durch den Raum. Mr. Devine starrte auf das Blatt und sah zu, wie es vor einem der olivgrünen Spinde liegenblieb. Ihm brannten die Augen. Wer hätte gedacht, daß Tim so mit ihm reden würde…

Blinzelnd nahm er seine Brille ab. Er wischte sich mit dem Ärmel über die Augen. Er zog sein Taschentuch hervor und putzte sich geräuschvoll die Nase. Dann hörte er die Klingel, die das Ende der Pause verkündete, aber die Augen schmerzten ihm immer noch. Er setzte seine Brille auf und ging hinaus zum Unterricht.

7

Es war zwecklos, schon wieder auf die Uhr zu sehen, er hatte erst vor ein paar Minuten nachgeschaut. Aber er tat es trotzdem. Es war zehn nach fünf. Unsinn, noch länger zu warten. Aber er rührte sich nicht. Keine Aussicht, daß sie jetzt noch kommen würde, dafür war es viel zu spät. Aber er blieb am Eingang des Rosenkranzsaals stehen und beobachtete die Ankunft und Abfahrt der Busse.

Der Himmel leuchtete eigentümlich grell, während der Nachmittag in einem drohenden Gewitter endete. Erste Regenspritzer erschienen auf dem Bürgersteig. Sie wurden dichter und schlugen auf das Wellblechdach des Saales, mit einem Geräusch wie Theaterdonner. Jetzt kam sie bestimmt nicht mehr. Aber er wartete.

Nächtliche Dunkelheit drang in die Straße, isolierte die Laternen in ihren Lichtkreisen. Der Regen erstarb zu sporadischem Rinnsteingeplätscher. Werftarbeiter kamen in auseinandergezogenen Kolonnen von Queen's Island nach Hause, und mit ihnen kamen Gesprächsfetzen über Fußball und Hunderennen. Sechs Uhr. An den Fenstern zur Straße gingen die Jalousien herunter. Man aß zu Abend. Was für einen Sinn hatte es, noch zu warten? Er hatte kalte Füße, und sein Regenmantel war an den Schultern durchgeweicht. Aber auf ein Minütchen mehr kam es auch nicht an. Er machte einen Kontrollgang vor dem Saal und sah zu, wie der nächste Bus seine Fahrgäste an der Ecke absetzte. Eine Frau stieg aus, hob ein Kind auf den

Gehsteig. Sie langte noch einmal hinauf und ließ sich vom Schaffner ihre Pakete geben. Ein großer, dünner alter Mann in Regenmantel und Melone sprang heraus, den *Belfast Telegraph* unterm Arm. Der Fahrer drückte auf den Summer, und der Bus fuhr wieder an. Und da, im letzten Augenblick, stürzte sie nach unten und sprang ab, so daß sie ein wenig stolperte und sich die Strümpfe im Rinnstein bespritzte.

Er lief über die Straße, sie lief ihm entgegen, und als sie sich trafen, immer noch im Lauf, umfaßten seine Hände die Ellbogen ihres grauen Tweedmantels.

»Sie sind ja doch noch da«, sagte sie. »Ich war sicher, Sie wären schon weg.«

»Nein.«

»Es tut mir schrecklich leid. Ich habe bei Ihnen angerufen, und Ihre Wirtin sagte, Sie seien unterwegs. Also bin ich hergekommen, wenn auch jetzt erst.«

»Jaja.«

»Wie spät ist es, Dev?«

»Nach sechs.«

»Ach du Schande. Und ich kann auch nur ein paar Minuten bleiben. Zum Proben haben wir eigentlich keine Zeit.«

»Nein?«

»Gehen wir lieber einen Tee trinken. Einverstanden?«

»Jaja.« Hastig nahm er sie beim Arm, und sie gingen auf die Teestube an der Ecke zu. Der Regen setzte wieder ein, ein heftiger Schauer, der das Pflaster peitschte und die Leute in die Hauseingänge jagte. Sie liefen los, und Mr. Devine strengte sich besonders an, um vor ihr an der Tür der Teestube zu sein. Als er am Türgriff zog, klingelte es schrill, und eine dicke Frau sah von der Kasse auf.

Unas Haare klebten an den Wangenknochen, ihr Tweedmantel war durchnäßt. Als Mr. Devine die Tür schloß und seinen Hut abnahm, lief Wasser vom Hutrand auf den Boden. Sie lächelten sich an.

»Wir sehen aus wie von der Flut angespült«, sagte sie.

Er hörte es nicht. Er wischte sich mit einem trockenen Taschentuch den Nacken ab und schaute sich nach einem ruhigen Sitzplatz um. Hinten im Raum war eine kleine, mit Ginganvorhängen abgetrennte Nische. Er zog die Vorhänge auseinander, und dahinter standen zwei kleine Tische mit wackligen Stühlen. Er nahm ihre Mäntel und hängte sie an die Garderobe. Als er zurückkam und die Ginganvorhänge teilte, sah er Una, wie sie den Kopf vorbeugte und das dunkle, nasse Haar im Nacken anhob, so daß ihr junger weißer Hals sichtbar wurde. Er blieb stehen und schaute auf sie hinunter. Wie jung sie war!

»So ist es besser«, sagte sie. »Was für ein Platzregen.«

»Nicht wahr?« Er setzte sich ihr mit seinem unsicheren Lächeln gegenüber. Was fand sie an ihm, so ein Mädchen? Wie konnte sie sich überhaupt etwas aus ihm machen?

»Das war vielleicht ein Tag«, sagte sie. »Wenn ich recht verstanden habe, hatten Sie und Onkel Tim eine Auseinandersetzung.«

»Ja. Ja, das stimmt.«

»Sie haben ihm doch hoffentlich Bescheid gestoßen?«

»Ja, ich, ehm, ich habe ihm gesagt, es käme nicht in Frage. Er wollte, daß ich Sie aus dem Stück nehme.«

»Lieb von Ihnen.«

Mr. Devine sah auf den freien Stuhl neben sich. Hatte er Tim Heron wirklich Bescheid gestoßen? War es nicht eher umgekehrt? Aber er hatte sich doch geweigert, sie fallenzulassen. Ja, letztlich hatte er Tim eine Abfuhr erteilt.

Auf dem Stuhl hatte jemand eine *Daily Sketch* liegenlassen.

WINDHUND ZU GEWINNEN

IHRE CHANCE

AUFS GROSSE GELD

Fotografierte Windhunde mit wachen Tieraugen suchten zwischen den Schlagzeilen nach Beute... Die Lage spitzte sich zu. Tim Heron hatte ihn gewarnt, er werde Schwierigkeiten machen. Er wiederum sollte jetzt Una warnen. Das Durcheinander mußte geklärt werden: Er mußte ihr sagen, daß er sie liebte, er mußte Farbe bekennen. Aber der Augenblick schien nicht günstig zu sein. Noch nicht.

»Er hat nicht das Recht, mich zu bevormunden«, sagte sie. »Und solange es Sie nicht beunruhigt, gedenke ich weiterzumachen, als wäre nichts passiert.«

»Ich? Ich bin doch nicht beunruhigt.«

»Bestimmt nicht, Dev? Ich mußte mir von Onkel Tim einen langen Vortrag darüber anhören, wie sehr ich Ihnen beruflich schaden könnte.«

»Das ist doch Unsinn.«

»Der Meinung ist er nicht. Er findet offenbar, daß Katholiken nicht mit Protestantinnen ausgehen sollten. Ehrlich, man könnte meinen, wir hätten ein Verhältnis, so wie er geredet hat.«

Mr. Devine schaute aufs Tischtuch, zu verlegen, um so zu tun, als hätte er sie nicht verstanden.

»Jedenfalls möchte ich Sie nicht in Schwierigkeiten bringen«, sagte sie. »Ich kann das Stück auch sausenlassen. So wichtig ist es nicht.«

»Aber nicht doch – ich meine, davon will ich nichts hören.«

Die Vorhänge teilten sich, und eine Kellnerin mittleren Alters in einem albernen Milchmädchenkittel trat ein, zwei Speisekarten wie geladene Revolver in den ausgestreckten Händen.

»Woll'n Sie zwomal Tee?«

»Ja, aber sonst nichts. Hab keine Zeit, was zu essen«, sagte Una.

»Zwei Tassen Tee bitte, Miss.«

Die Kellnerin riß die Speisekarten wieder an sich und schloß ärgerlich die Vorhänge. Die stahlen ihr die Zeit mit ihren Zwopennytassen Tee.

»Ich bin ohnehin spät dran«, sagte Una. »Aber ich mußte kurz herkommen, um Ihre Meinung zu hören.«

»Ja. Verstehe.«

»Wir machen also mit den Proben weiter?«

»Ja«, sagte er.

»Wie oft geht's denn noch, bevor die allgemeinen Proben anfangen?«

»So ungefähr sechsmal«, sagte er. »Wenn wir jeden Nachmittag arbeiten, meine ich.«

Die Kellnerin kam wieder und knallte zwei Tassen Tee auf den Tisch. Una goß gleich Milch in ihren. »Eigentlich kann ich den nicht mehr trinken«, sagte sie. »Ich hab versprochen, daß ich um halb sieben zurück bin. Und so wie Onkel Tim gelaunt ist, komme ich besser nicht zu spät.«

»Ja«, sagte Mr. Devine unglücklich. »Ja, natürlich.«

Jetzt war der Augenblick, es ihr zu sagen: Er mußte ihr klarmachen, daß ihm ebensoviel an ihr wie an dem Stück lag. Wenn es zum Krach kam wegen seiner Freundschaft mit ihr, mußte er wissen, was sie empfand. Aber während er noch allen Mut zusammennahm, um es ihr zu sagen, stand Una auf und streifte ihre Handschuhe über. »Also ich muß jetzt wirklich rennen«, sagte sie.

»Ich gehe mit Ihnen.«

»Nein, trinken Sie ruhig Ihren Tee, Dev. Ich geh lieber allein.«

»Nun, ehm...«

Um Worte verlegen, ging er ihren Mantel holen. Als er zurückkam und die Vorhänge auseinanderzog, ihren Mantel wie einen Umhang in den Händen, trank sie, über den Tisch gebeugt, gerade schnell ihren Tee aus. Sie schaute auf, und in dem kurzen Moment, als ihre Blicke sich trafen, erkannte Mr. Devine, daß sie ihm alles ansah: die Sorge, die Angst, die Enttäuschung darüber, daß sie schon ging.

»Was ist los?« sagte sie.

»Nichts, ehm, gar nichts.«

Sie schob ihre Arme in den Mantel. Als er den Mantel dann losließ, drehte sie sich plötzlich um und legte ihm die behandschuhten Hände auf die Schultern. Sie reckte sich hoch und küßte ihn auf die Wange. »Danke, Dev«, sagte sie. »So, ich muß rennen.«

Die Vorhänge fielen schlaff zu. Er hörte es klingeln, als sie die Tür der Teestube öffnete, er hörte den leisen Schlag, mit dem die Tür sich hinter ihr schloß. Er hob die Hand zum Gesicht und faßte sich an die Wange. Da wo früher die Spitze meines Schnurrbarts war. Jetzt würde der kommende Ärger, der unvermeidliche Ärger sich lohnen. Denn er hatte es ihr nicht erst sagen müssen, er hatte keine Erklärung abzugeben brauchen. Sie wußte Bescheid. Sie wußte, daß er sie liebte.

Halb sieben. Drei verängstigte Schüler hörten die Abendbrotglocke, als sie Pater Creely im Priesterhaus die Treppe hinauffolgten. Auf dem Gang oben wies er sie an zu warten, und sobald er in das Arbeitszimmer des Dekans getreten war, versammelten sie sich um einen Heizkörper, um sich die Hände zu wärmen. Schläge schmerzten nicht so, wenn man warme Hände hatte. Sie redeten nicht miteinander: Was hätte es genützt? Sie hielten die Tür des Dekans im Auge.

Es war im Duschraum hinter der Turnhalle passiert, und Pater Creely hatte ihnen kaum Zeit gelassen, sich anzuziehen und mit ihm mitzukommen. So waren die drei Jungen nur zur Hälfte trocken, ihre nassen Haare waren noch angeklatscht, die schmutzigen Kleider klebten ihnen auf der Haut. Es waren vierzehnjährige Unterstufenschüler aus den Tälern von Antrim. Deshalb hatte Corny es den beiden anderen auch erzählt, als Pater Creely sich an sie herangeschlichen und alles mitbekommen hatte. Sie erzählten sich ja immer alles. Als Jungs von Cushendall hielten sie zusammen.

Sie brauchten nicht lange zu warten. Pater Creely steckte den Kopf zur Tür des Dekans heraus und sagte: »Kommt rein.«

Corny Coogan ging als erster. Irgendwie war es seine Schuld. Jimmy Devlin und Phil Glover folgten ihm. In Pater McSwineys Zimmer war es schön warm. Ein großes Feuer brannte im Kamin. Zuerst war Pater Mac nirgends zu sehen, und sie hofften schon, er sei nicht da.

War er aber. Er erhob sich aus einem großen Sessel. Er hatte seine Soutane nicht an, auch die Jacke hatte er abgelegt, und er stand da in seiner schwarzen Weste, mit hochgekrempelten Hemdsärmeln. Man konnte seine Muskeln sehen. Er ging zu seinem Schrank hinüber und öffnete ihn. Was er dort verwahrte, wußte jeder. Rohrstöcke. Jetzt nahm er einen heraus und ließ ihn durch die Luft sausen wie einen Golfschläger. Er stellte ihn zurück und nahm einen längeren heraus. Dünn. Der machte ein Geräusch wie die Peitsche auf dem Rücken eines Pferdes. Er legte den langen, dünnen Stock auf seinen Schreibtisch. Er war soweit.

Die drei Jungen blickten zu Pater Creely. »Alten Scheinheiligen« nannten ihn die Internen. Er stand mit dem Rücken zum Kamin, die Daumen in seine schwarze Weste eingehakt.

Der Dekan sagte: »Ich höre von Pater Creely, ihr hättet euch unter der Dusche etwas zu erzählen gehabt. Stimmt das?«

Sechs flackernde Augen schauten ihn an. Drei Jungen hofften, einer möge antworten. Aber keiner sagte etwas.

»Habt ihr die Sprache verloren?« fragte der Dekan. »Hat sie die Katze geholt? Nicht mehr zum Schwätzen aufgelegt, was? Aber ich erlaube es euch, meine Guten. Redet, soviel ihr wollt.«

Pater Creely lachte ein wenig. »Ich glaube, Coogan hatte am meisten zu sagen, Pater.«

»Coogan!« rief der Dekan. »Heraus damit!«

»Es tut mir leid, Pater«, brachte Coogan hervor. »Wir hatten keine bösen Absichten.«

»Nein, Pater«, sagte Jimmy Devlin.

Der kleine Phil Glover war zu verängstigt, um etwas zu sagen. Aber er nickte zum Zeichen, daß auch er bereute.

»Leid tut's euch? Es tut euch leid? Verlaßt euch drauf, es wird euch gleich noch viel mehr leid tun.«

Er ergriff den Rohrstock. Dann legte er ihn wieder hin.

»Coogan«, sagte er. »Soviel ich weiß, hast du ein zufällig mitangehörtes Gespräch zwischen zwei Lehrern weitergegeben. Ja oder nein?«

»Ja, Pater, aber ich hatte keine bösen –«

»Üble Nachrede, das war deine Absicht. Du hast dich unter ein Fenster geschlichen, deine Erzieher belauscht und zwei Mitschülern brühwarm davon erzählt. Hab ich recht?«

»Aber nein, Pater. So war das nicht.«

»Mich anzulügen ist eine Todsünde. Todsünden kann ich nicht bestrafen. Das vermag nur Gott. Pater Creely wird dir heute abend um acht die Beichte abnehmen. Euch allen. Ihr würdet doch heute nacht nicht mit einer Todsünde auf eurem Gewissen sterben wollen?«

»Nein, Pater.«

»Ich kann, wie gesagt, keine Todsünde bestrafen. Aber ich kann euch nahelegen, in Zukunft nicht mehr zu klatschen. Ich kann euch einen Denkzettel verpassen, damit ihr, wenn ihr diesen Raum verlaßt, eure verleumderischen Reden an niemanden mehr weitergebt. An niemanden, versteht ihr?«

Ängstlich nickten sie.

»Damit wir klarsehen«, sagte der Dekan. »Wenn mir die Geschichte noch mal in irgendeiner Form zu Ohren kommt« – er schlug mit dem Stock auf den Tisch –, »werde ich euch alle dafür zur Rechenschaft ziehen. Ich werde an euch dreien ein Exempel statuieren, habt ihr gehört?«

Er schaute die Jungen der Reihe nach an und ließ die Drohung wirken. Dann winkte er Corny Coogan zu sich und sprach die Formel aus, die jeder Junge vom St. Michan's kannte. »Also, Coogan. Zeit für deine Medizin.«

Corny streckte mit all seinem Mut die rechte Hand aus.

Bei Pater Mac mußte man sie geradehalten. Zitterte man, verdoppelte er die Dosis. Cornys ausgestreckte Rechte war nicht weit genug oben. Pater Mac berührte sie federleicht mit dem Stock und brachte sie in die richtige Position. Corny schloß die Augen. Er hörte das Pfeifen, ehe ihn der Stock traf. Ein fürchterlicher Schlag, genau auf die Fingerspitzen, die davon anschwollen, als wollten sie platzen. Er krümmte sich vor Schmerzen.

»Stell dich gerade«, befahl Pater McSwiney. Aber Corny konnte nicht. Also verlagerte Pater Mac sein Gewicht ein wenig und ließ den Stock hart auf die Rückseite von Cornys nackten Beinen niedersausen. Corny machte einen Satz.

»Andere Hand.«

Die linke jetzt. Der Stock zischte herab. Corny vertrug viel, aber er heulte. Obgleich er gewarnt war, krümmte er sich wieder. Pater Mac begann ohne Zögern auf seinen Hintern einzuschlagen und sagte ihm, er solle gefälligst die Hand ausstrecken, aber schnell. Die anderen Jungen zählten. Sechs rechts, sechs links bekam er, die Streiche, die Pater Mac ihm auf Beine und Po gab, nicht mitgerechnet. Pater Mac keuchte mittlerweile, wie ein Mann beim Korndreschen.

»Der nächste!«

Alle drei Jungen weinten, als es vorbei war. Pater Mac warf den Stock hin. »Wohlgemerkt, das war nur eine Kostprobe«, sagte er. »Eine Kostprobe. Wenn mir auch nur ein Wort noch von diesen Verleumdungen gegen die Lehrer zu Ohren kommt, tanzt ihr hier wieder an. Und dann könnt ihr was erleben. Jetzt geht in den Lesesaal und wartet bis zur Beichte. Kein Abendbrot. Und ihr sprecht mit niemandem, bis ihr euren Frieden mit Gott gemacht habt.«

Er ergriff wieder den Rohrstock. Als sie durch die Tür gingen, eins, zwei, drei, versetzte er ihnen einen letzten Hieb über die Beine. Danach schloß er die Tür und warf den Stock auf seinen Schreibtisch. Er sah jetzt viel ruhiger aus, ein wenig müde. Dankend nahm er von Pater Creely eine Zigarette an.

»Wohlgemerkt, es war Zufall, daß ich die Jungen gehört habe«, sagte Pater Creely. »Ich wollte nachsehen, ob dort auch keiner raucht, da hörte ich Coogan sagen, er habe sich einer Wette wegen in der Lehrergarderobe versteckt gehalten. Als er dann von Devine und Heron anfing, hielt ich es für besser, mir das genau anzuhören.«

»Gut, daß Sie's getan haben«, sagte der Dekan und setzte sich. »Irgend jemand muß an dieser Schule ja die Ohren offenhalten. Man weiß nie, was den kleinen Rüpeln noch alles einfällt.«

»Anscheinend hatten die einen ziemlichen Streit«, sagte Pater Creely. »Devine und Heron, meine ich.«

»Tim hat Devine doch sehr gern«, sagte der Dekan. »Er unterstützt ihn immer und so weiter. Richtige Kumpel, die zwei. Nicht, daß mit Devine schwer auszukommen wäre. Ich finde ihn sehr entgegenkommend.«

»*Cherchez la femme*«, sagte Pater Creely lächelnd. »Heron hat offenbar eine Nichte. Und Streit gab's, weil Devine sie in einem Theaterstück einsetzen will.«

»Theaterstück?« Der Dekan blickte hoch. »Moment mal. Wäre das vielleicht das Stück für die Missionsarbeit?«

»Ich weiß es nicht«, sagte Pater Creely. »Wieso?«

»Schon gut. Weshalb will er denn nicht, daß sie da mitspielt?«

»Soweit es Coogan mitgekriegt hat, meinte er irgendwie, daß sie Protestantin ist.«

»Wie heißt das Mädchen?«

»Una Soundso. Sie haben sie beim Vornamen genannt.«

»Einen Augenblick.« Der Dekan hieb seine große Pranke auf die Armlehne des Sessels. »Una? Die habe ich vor ein paar Wochen bei Heron kennengelernt. Hübsches kleines Ding aus Dublin. Heron hat wenig über sie gesagt, wenn ich's mir überlege.«

»Wissen Sie was, ich glaube, das ist dieselbe, mit der ich Devine vorige Woche im Theater gesehen habe«, sagte Pater Creely. »In der Oper habe ich sie getroffen. Sie kamen gerade aus der Bar.«

»Apropos«, sagte der Dekan, »ein Schlückchen in Ehren?«

»Danke, Pater, da sage ich nicht nein.«

»Aber was stört denn Heron daran?« fragte der Dekan, während er zwei steife Whiskys einschenkte. »Devine ist doch wohl ein ziemlich harmloser Bursche. Wie alt ist Devine?«

»Mitte Dreißig etwa«, schätzte Pater Creely. »Aber so harmlos vielleicht auch wieder nicht, Pater.« Dabei lächelte er auf seine überlegene Art. Schließlich hatte er Gemeindearbeit gemacht und der Dekan nicht. Er war mit den menschlichen Schwächen besser vertraut als der Dekan.

»Mag sein«, sagte der Dekan. »Trotzdem hoffe ich, es besteht kein Grund zur Sorge. Wenn jemand vom Lehrpersonal ins Gerede kommt, färbt das schließlich auf das ganze College ab.«

»Allerdings«, stimmte Pater Creely zu. »Aber ich glaube, die drei Jungen, die Sie heute abend hier hatten, werden Ihnen keine Scherereien mehr machen. Die haben Sie zur Räson gebracht, Pater.«

»Ja«, sagte der Dekan. »Ich bin keiner, der so etwas durchgehen läßt.«

»Da haben Sie ganz recht. So, ich muß mich auf die Socken machen, Pater.«

»Schon so spät? Tatsächlich. Also danke noch mal, daß Sie mich auf die Geschichte hingewiesen haben.«

»Keine Ursache«, erwiderte Pater Creely. »Es war doch das mindeste.«

Der Dekan sah vom Kaminfeuer auf, und sein großes, blasses Gesicht zeigte ein freundliches Lächeln. »Wie ich es sehe, hat es keinen Wert, Dr. Keogh damit zu behelligen, nicht? Die arme alte Haut hat so schon genug um die Ohren. Ach, der Mann ist wirklich zu gut für die Welt.«

»Viel zu gut«, stimmte Pater Creely bei. Ihre Blicke trafen sich in völligem Einverständnis. »Danke für den Whisky, Pater«, sagte Pater Creely.

»Nichts zu danken, Pater.«

Ein brauchbarer Mann, dieser Creely, dachte der Dekan bei sich. Wieder allein in seinem ruhigen Arbeitszimmer, beugte er sich vor und schaute in das mit Asche belegte Feuer, sah zu, wie die Flammen von den darunterliegenden Kohlen heraufleckten. Irgendwo in der Asche verborgen brannte ein Stück Kohle nicht richtig. Der Dekan seufzte. Er dachte an seine eigene Stellung: Es war bedauerlich, daß ein Mann, der Tatkraft und eine Begabung für Verwaltungsaufgaben besaß, sich im Hintergrund halten mußte, weil irgendein alter Krauter nicht abtreten wollte. Ich könnte das College zwanzigmal leistungsfähiger machen, dachte der Dekan, ich könnte Wunder wirken, wenn…

Er schaute ins Feuer. Irgendwo da drin war eine taube alte Kohle, die das Feuer nicht richtig brennen ließ. Er griff zum Schürhaken.

Waren Devine und Heron nicht seit Jahren befreundet? Heron war der Ranghöhere, ein zänkischer, schnell beleidigter alter Kämpe. Wenn er seine Nichte in dem Stück nicht haben wollte, konnte er Devine Steine in den Weg legen. Vielleicht würde er Devine sogar zwingen, die ganze Sache abzublasen. Und das ging ja nun auf keinen Fall. Hatte der Dekan nicht Monsignore Sullivan versprochen, daß sie das Stück aufführen würden? Monsignore Sullivan war erfreut gewesen, er hatte dem Dekan in einem persönlichen Brief für seine Bemühungen gedankt, einen Ersatz für den gestrichenen Tanzabend zu finden. Es war gut, den Monsignore zu kennen, er stand den maßgebenden Stellen nahe. Von seiner Empfehlung konnte es abhängen, wer der nächste Direktor von St. Michan's wurde. Schon deswegen durfte das Stück nicht ausfallen. Nein.

Also gut. Jetzt mußte man den alten Heron kommen lassen und klären, wo seine Bedenken lagen. Dann konnte man vielleicht ein wenig Einfluß hinter den Kulissen geltend machen, damit das Mädel rausflog, ohne daß Dev den Braten roch. Wenn man es richtig anfing, konnte das ein Sieg auf der ganzen Linie werden. Ja.

Der Dekan sah schon die Glückwünsche bei der nächsten Ausschußsitzung des Missionsfonds voraus. Man konnte Monsignore Sullivan die Geschichte in allen Einzelheiten erzählen. Sehr klug von Ihnen, Pater McSwiney. Sehr klug. Ich hoffe, es freut auch den Herrn Direktor, wie Sie das hingebogen haben.

Nein, würde der Dekan sagen, ich hatte eigentlich eher das Gefühl, daß man den armen Dr. Keogh damit verschonen sollte. So ein gläubiger Mensch, so weltfremd, und nun ja, er kommt auch in die Jahre, so etwas setzt ihm zu.

Der Monsignore würde nicht die Taktlosigkeit begehen, sich dazu zu äußern. Aber er würde es zur Kenntnis nehmen. Er würde es sich merken. Entferne die taube Kohle, und das Feuer brennt.

Ach ja, möge Gott mir verzeihen, sagte der Dekan bei sich. Bin ich zu ehrgeizig? Nein, das stimmte gar nicht. Jeder denkende Mensch hätte sich darüber aufgeregt, wie der tatterige Dr. Keogh notwendige Veränderungen immer wieder auf die lange Bank schob. Zum Beispiel die College-Kapelle: eine Schande, daß sich da noch nichts getan hatte. Auch mußten mehr Lehrer her, und die Anforderungen an die Unter- und Oberstufen-Abschlußklassen mußten erhöht werden. Das Niveau des College war in den letzten Jahren ziemlich gesunken. Daran war Dr. Keogh schuld. Altmodisch; die Naturwissenschaften kamen zu kurz, dafür aber täglich zwei Stunden Latein, und das in der heutigen Zeit. Nein, ein jüngerer Mann, ein dynamischer Mann, ein Mann mit mehr Organisationstalent konnte das College in eine Schule erster Qualität verwandeln. Alle waren der Meinung. Alle.

Der Dekan begann in der feuchten, qualmenden Asche herumzustochern. Der Schürhaken stieß auf etwas Hartes und Trockenes. Eine taube alte Kohle. Ein kurzer Stoß genügte, um sie hinunter in das heiße Flammenbett zu befördern. Die Asche lockerte sich, das Feuer stieß eine Wolke gelben Rauches aus. Wenig später schon loderte es wundervoll. Lächelnd lehnte sich der Dekan in seinem Sessel zurück und griff nach seinem Whisky.

8

Mr. Martin McDade wurde von einem langsamen Foxtrott geweckt, der aus dem Plattenspieler kam. Er sprang von seinem Studiobett auf, und im Handumdrehen hatte er den Elektrorasierer um das glatte rosa Gesicht geführt. Er zog sich, wie immer, zum Tanzen an: blauer Zweireiher, frisch aus der Reinigung, Plateauschuhe, sauberes weißes Hemd. Er schloß die Tür hinter der Unordnung in seinem Schlafzimmer und ging im Eilschritt in sein Büro, während er noch die blaue Fliege ansteckte, sich ein wenig Tonikum in die rosa Kopfhaut rieb und das Brusttuch mit der sauberen Ecke nach oben drehte. Dann öffnete er vorsichtig die Bürotür und schaute hinaus in den Tanzsaal. Es war Craig mit einem neuen Schüler. Eine Stunde um neun? Das war sogar für einen Samstagmorgen früh.

Da Craig zu seinem ständigen Personal gehörte, hatte sie einen eigenen Schlüssel. Trotzdem hätte sie ihm etwas sagen können. Er suchte seine randlose Zweistärkenbrille und sah sich die langsamen Foxtrotter genauer an. Ah, der Neue. Er setzte sein Lächeln auf, und sein Gesicht wurde sentimental wie das einer alten Zausepuppe, ein bißchen ramponiert vielleicht, aber sauber und künstlich wie seine großen weißen Zähne. Er öffnete die Tür, so daß sie ihn wie ein Triumphbogen einrahmte. Hinter ihm an der Bürowand hingen die Errungenschaften seiner Laufbahn. Gesamtirische Tangomeisterschaft 1929. Tanz in den

Herbst, 1934–38. Großer Preis: Ballroom 1941. Oldtime Champion 1947. Ja, er hatte seit ein paar Jahren nicht mehr an Turnieren teilgenommen, aber auch mit sechzig konnte er den jüngeren Burschen noch einiges beibringen. Er war einer von den ganz großen Stilisten.

Als Miss Craig ihn in der Bürotür sah, blieb sie mit ihrem Schüler sofort stehen. Mr. McDade fiel auf, daß sie einen tief ausgeschnittenen Pullover und einen engen Rock trug. Das war gegen die Regeln. Er sah es gern, wenn seine Mädchen für den Unterricht am Tag Nachmittagskleider trugen und sich abends natürlich festlich kleideten. So ein freches langes Ding, die Craig, dachte er bei sich. Die glaubt, ihr gehört der Laden.

»Frühaufsteher?« rief er fröhlich und kam auf leichten Elfenfüßen herein. »Jaja, manche Leute können sich nicht satt lernen, wie man sagt. Meinen Glückwunsch.«

Der Schüler sah pikiert aus. Männer seines Alters verstanden selten Spaß; man hätte meinen können, sie schämten sich, einen so rundum sauberen Sport zu erlernen. Der Mann hier war hochgewachsen, ein Neuer, er hatte vorgestern mit dem Privatunterricht angefangen.

»Sie arbeiten am Slowfox, wie ich sehe. Ah, das ist ein schöner Tanz. Man muß nur die Richtungswechsel richtig hinbekommen, ja, die Richtungswechsel sind der Kern der Sache, Mr. …?«

»Mr. Devine«, soufflierte Craig.

»Ja, genau, Mr. Devine. Wir haben uns ja neulich kennengelernt.« Mr. McDade lächelte sein kuscheliges Lächeln. »Legen Sie die Musik noch mal auf, Miss Craig.«

Während Miss Craig den Plattenspieler wieder auf Start stellte, zwinkerte Mr. McDade dem Schüler zu. »Schauen

Sie's dem alten Hasen ab«, sagte er. »Ich zeige Ihnen, wie *ich* das mache.«

Die Anfangsklänge des Slowfox wiederholten sich, während das Orchester den Takt aufnahm. Mr. McDade, federleicht, legte seine kleine rosa Hand in der vorgeschriebenen Position auf Miss Craigs Rücken. Sein dicker Bauch unter dem Zweireiher schmiegte sich eng an sie, und seine linke Hand bewegte die ihre wie das Ruder eines Galabootes. Anmutig führte er sie davon, Federschritt, Dreierschritt, rechts herum, Federschritt, links herum, ganz herum. Mit weiten Schwüngen glitt er über das Parkett, ein Meter fünfzig großer Herr über ihre eins fünfundsiebzig. Seine Hand bewegte sich unter kaum merklichem Druck, führte sie, lenkte sie geschickt zu der plärrenden Musik hin.

»Warum ham Sie mir nicht gesagt, daß Sie 'ne Stunde ham?«

»Sie waren gestern abend nicht da, Mr. McDade. Der Typ will den ganzen Morgen Einzeltraining.«

»Ich hoffe, da läuft nichts –«, sagte Mr. McDade geziert. Man konnte nicht vorsichtig genug sein als Leiter eines renommierten Studios.

»Wofür halten Sie mich?« fragte Miss Craig in einem derben Ulsterdialekt, der mit ihrem berufsmäßigen Gurren nichts gemein hatte. »Aber ich arbeite sowieso nicht den ganzen Morgen, keine Bange. Ich nehme ihn bis halb zehn, und den Rest kann eine andre machen.«

»Dann kriegt er Erskine. Aber der hält doch nicht den ganzen Morgen durch.«

»Doch«, sagte Miss Craig. »Der ist wie ein Verrückter. Er sagt, er muß in zwei, drei Tagen alles können.«

»Dada-dada-Dum-da-da-da-DI-da!« summte Mr.

McDade laut, als er sie in den Richtungswechsel führte, zu lässig für ein Turnier, aber immer was fürs Auge der Schüler. In langen, anmutigen Gleitschritten kehrten sie zurück, bis sie sacht vor dem Schüler zum Stehen kamen.

»Sehen Sie? Die nächste Runde gehört Ihnen, Mr. Devine. Dada-dada-Dum – ganz genau. Und noch mal! Oh, wirklich sehr gut. Ja, aus Ihnen machen wir im Nu einen Tänzer.«

Der Schüler hielt inne. Sein Gesicht war besorgt. »Meinen Sie, ich bin bis nächste Woche so weit, daß ich mich damit sehen lassen kann?«

»Warum nicht? Warum nicht? Das ist nur Übungssache.«

»Ja, ich nehme auch heute nachmittag noch Stunden. Ich hänge den ganzen Tag dran, wenn's nicht anders geht. Aber ich muß schnell lernen.«

Da war sogar Mr. McDade verblüfft. »Sie meinen, Sie wollen den ganzen Tag Einzelunterricht? Da muten Sie sich zuviel zu.«

»Nein, nein, ich schaff das schon. Aber kann ich dann auch tanzen? Was meinen Sie?«

»Sie können dann die Grundschritte«, sagte Mr. McDade. »Variationen stehen freilich auf einem anderen Blatt. Tanzen ist ein Sport fürs Leben, es gibt immer neue Höhen zu erklimmen, wie man sagt. Den einen fällt's leicht. Den anderen nicht.«

»Aber ich will ja nur die Schritte lernen. Gerade so viel, daß ich mich nicht blamiere.«

Mr. McDade lächelte. Er glaubte das Problem dieses Herrn zu kennen. »Manche Leute sind beim Tanzen schüchtern«, sagte er. »Und da haben wir ein Mittel gegen. Unsere Kennenlernabende. Nur für Schüler dieses Instituts. Damen und Herren. Unsere Kursteilnehmer sind allgemein sehr nett. Und für ziemlich viele Herren wie Sie ist es schon eine große Hilfe gewesen, Damen quasi unter Ballsaalbedingungen kennenzulernen. O ja. Ich weiß sogar, daß eine ganze Reihe von Eheschließungen in Belfast auf unsere Kennenlernabende zurückgehen. Am kommenden Dienstag ist wieder einer. Sie dürfen gern reinschauen.«

»Nein, da müßte ich wohl passen.«

»Wir haben auch Tanztees«, sagte Miss Craig. »Mittwochnachmittags. Nur für Kursteilnehmer. Von drei bis fünf.«

»Nein, danke, tut mir leid«, sagte der Schüler.

Mr. McDade lenkte ein. »Na ja, im Grunde gibt es nichts Besseres als Einzelstunden. Behalten Sie die anderen Möglichkeiten dennoch im Auge, Sir. Wir bringen Ihnen das Tanzen bei, aber wir hoffen auch, Sie tun uns die Ehre an und bleiben Tänzer.«

»Aber können Sie mir sagen...«, setzte der Schüler an, »...ich meine, Sie haben meine Frage nicht beantwortet. Wie lange brauche ich denn nun, um es zu lernen?«

»Die Grundschritte können Sie in sechs Lektionen lernen«, gab Mr. McDade zu. »Aber Übung macht den Meister, wie man sagt. Also auf ein Neues, ihr beiden. Ich lege die Musik auf.«

Kritisch betrachtete er den auf Abstand bedachten Griff des Schülers. Er stellte den Apparat lauter. Er stieß den Schüler gegen den Bauch von Craig. »Tuchfühlung ist der Schlüssel zur Körperbeherrschung«, sagte er streng. »Halten Sie Ihre Partnerin gut fest.«

Dada-dada-Dum-da-da-da-DI-da! Er lächelte ihnen zu, als sie sich entfernten. Ich muß Craig wegen dem Pullover Bescheid stoßen. Sieht ja aus, als wären wir hier in einem zweitklassigen Puff. Nicht, daß es bei dem Schüler eine Rolle spielt. Der würde nicht mal merken, wenn sie sich mit nackten Möpsen an ihn schmeißt. Nun ja, auch solche gibt's.

Der junge Billy Parton kam in das Hinterzimmer, wo Mr. Parton zwischen Schneiderpuppen saß und das Firmenetikett auf ein Dutzend Hemden nähte.

»Papa, kannst du mal kurz rauskommen?«

»Weswegen?«

»Da ist ein Kunde, der Sportsakkos anprobiert. Eine Hose möchte er auch.«

Mr. Parton biß den Faden ab. Vorn im Laden versuchte ein langer Kerl mit Brille sich im Spiegel von hinten zu sehen. Er hatte eine von den neu gelieferten Aberdowndies an. Mr. Parton blickte auf die Schuhe und die Hose des Mannes. Vielleicht weiß der Gute nicht, was eine Aberdowndie kostet, dachte er.

»Gefällt sie Ihnen, Sir?« fragte er. »Ein sehr schönes Stück.«

»Ist das der klassische Schnitt?«

»Ja, Sir. Hochwertig auch das Material. Dieser Tweed hält ewig.«

»Und wie teuer?«

»Sechzehn Guineen. Das sind Sonderanfertigungen.«

Der Kunde befühlte den Stoff. Die Jacke war braun, mit Fischgrätenmuster, und stand ihm nicht so recht.

»Sie sitzt ganz gut«, sagte Mr. Parton. »Die Ärmel müßten gekürzt werden. Und natürlich sähe sie besser aus mit der passenden Hose dazu.«

Er holte eine dunkelgraue Kammgarnhose und hielt sie

dem Mann gegen das Bein. Der Mann sagte: »Ja.« Sie nahmen ihm Maß.

»Die Hose sollte etwas kürzer sein als die, die Sie anhaben«, sagte Mr. Parton.

»Mag sein«, stimmte der Kunde zu und sah unsicher auf die schmutzige alte Anzughose, die er trug.

»Die Schulter hier müßte noch ein klein wenig geändert werden«, sagte Mr. Parton und berührte die Aberdowndie. »Ihre rechte Schulter fällt ab.«

»So? Dauert das lange?«

Mr. Parton blickte traurig auf das Ölporträt seines Großvaters an der Wand. Auf die Schnelle, wie üblich. Die Kundschaft alten Schlages war für immer verschwunden. »Dienstag nachmittag«, sagte er. »Das ist der frühestmögliche Termin.«

»So? Na ja, das müßte reichen.«

»Haben Sie schon an einen Tattersall dazu gedacht? Karierte Westen sind sehr in Mode dieses Jahr. Zeig ihm ein paar Tattersalls, Billy.«

»Wäre das nicht ein bißchen, ehm, bunt?«

»Ganz und gar nicht, Sir«, sagte Billy. »Natürlich müßten Sie ein saloppperes Hemd und den entsprechenden Schlips dazu tragen. Das macht den ganzen Unterschied.«

»Unsere Clonaskilla-Hemden würden da gut passen«, sagte Mr. Parton. »Zeig dem Herrn mal eins, damit er's sieht, Billy. Prächtig, nicht?«

»Ich nehme zwei«, rief der Kunde nervös.

»In den Sachen sind Sie ein anderer Mensch«, sagte Mr. Parton. »Habe ich doch jetzt noch eine wunderschöne Krawatte gesehen, genau richtig dafür. Eben aus London reingekommen. Zeig ihm die braune Tweedbinde mit dem kleinen Goldtupfen, Billy.«

Auch die Krawatte verkauften sie ihm. Es war ein ansehnlicher Auftrag. Eigentlich war Mr. Parton, als er die alte Anzugjacke des Kunden ergriff, um ihm hineinzuhelfen, überrrascht, daß der Mann so viel kaufte. Der alte Anzug war nämlich ein billiges Ding. Zu kurze Ärmel, die Schultern schlecht gepolstert. Der Mann sah nicht aus wie jemand, der eine ansehnliche Bestellung aufgab. Im Fußballtoto gewonnen oder so was.

Mr. Parton lächelte. Er schrieb die Rechnung.

»Und auf welchen Namen, Sir?«

»Devine.«

»Bis Dienstag ist alles fertig, Sir. Bestimmt.«

Eamon (›Hauer‹) Heron kauerte am Hintereingang des Hauses seiner Eltern und versuchte die Tür zu öffnen, ohne jemand aufzuwecken. Es war nach Mitternacht, und er hätte bereits vor einer Stunde daheim sein sollen. Im Haus war kein Licht, sein Vater und seine Mutter mußten also schon schlafen.

Er wickelte sein schmutziges Taschentuch um den Riegel und hob die Tür an, damit sie nicht in den Angeln quietschte. Er war mit einem anderen Typen heimlich zur Floral Hall gegangen in der Absicht, zwei Puppen aufzugabeln. Sie hatten den ganzen Abend nur herumgestanden und kaum einen Tanz ergattert, die sechs Shilling waren wirklich zum Fenster rausgeworfen. Hauer bewegte sacht den Riegel, und er glitt zurück. Die Tür war offen. Aber genau in dem Moment hörte er etwas hinter sich am Hoftor. Ein Mann und ein Mädchen unterhielten sich da. Sie mußten gerade angekommen sein. Sündhafte Gedanken ließen Hauer erzittern. Unendlich vorsichtig drehte er sich um. Da standen sie, am Hofeingang, noch keine zwanzig Meter entfernt. Die Straßenlaternen leuchteten ihnen genau ins Gesicht.

Es war seine Kusine Una! Und Dev! Was wollte Dev denn mit seiner Kusine? Heiliger Strohsack, das würden die Jungs in der Schule nie glauben. Durchhänger Dev mit seiner Kusine aus Dublin! Hauers Aufregung wurde durch tiefempfundenes Bedauern gedämpft. Dev würde niemals was Schmutziges tun. Keine Bange.

Er war sechzehn, und die Jungs nannten ihn ›Hauer‹, weil er vorstehende Zähne hatte. Er war klein für sein Alter, aber die anderen ließen ihn in Ruhe, weil sein Alter Herr Lehrer war. Das war Hauers größtes Kreuz, der Lehrer im Haus. Knuffo Heron nannten die Jungs seinen Alten, weil der die Angewohnheit hatte, ihnen im Unterricht Knüffe ins Genick zu geben. Auf die Flossen schlug er sie auch – und wie sollten die Jungs dich leiden können, wenn dein Papa sie eben erst verdroschen hat? Hauer fand alle Lehrer zum Kotzen, auch seinen Alten. Aber die anderen Jungs trauten Hauer nicht, und Hauer wußte das. Um den Jungs zu zeigen, daß er einer von ihnen war, hätte er seinen Alten Herrn jederzeit verraten und verkauft. Ja, das hätte er.

Na, und jetzt konnte er den Jungs was erzählen. Dev stand am Hofeingang mit Una, seiner protestantischen Kusine. Sein Papa schämte sich für Una, irgend etwas stimmte nicht mit ihr. Sein Papa hatte gesagt, er solle keinem erzählen, daß Una Protestantin war. Aber wen kümmerte schon, was sein Papa sagte? Sein Papa konnte sich zum Teufel scheren, aber hopp. Hauer würde den Jungs erzählen, daß sie eine Protestantin und eine tolle Mieze war. O Mann, wenn Dev doch bloß was machen würde! Aber Dev war eine alte Schlafmütze, die Jungs würden überhaupt nicht glauben, daß Dev abends mit einem Mädchen irgendwo auf dem Hof gestanden hatte. Die würden sagen, ich hab mir das ausgedacht, dachte Hauer traurig. Dabei stimmt es.

Also hielt Hauer die Augen auf und hoffte. Er hörte Dev sagen: »Nun machen Sie sich mal keine Sorgen, Una, Sie waren perfekt.«

Und Una sagte: »Es läßt mir aber keine Ruhe, Dev. Vor all den Leuten, die mich da beurteilen, ist es ja viel schwerer. Ich bin nervös.«

»Aber Sie sind doch jetzt wesentlich besser. Man wird von Ihnen begeistert sein.«

»Oh, ich hoffe es, Dev. Sie haben jedenfalls Ihr Bestes getan, es war wirklich lieb von Ihnen, mir so viel Zeit zu opfern.«

Sie hat irgendeine Prüfung, und Dev gibt ihr Nachhilfe in Englisch, entschied Hauer. Aber hast du auch das Geturtel gehört? *Li-i-ieb von Ihnen.*

»Nein«, sagte Dev. »Im Gegenteil, es war mir ein großes Vergnügen. Die letzten Wochen mit Ihnen haben einen neuen Menschen aus mir gemacht.«

Hauer hörte sie lachen. Kein Wunder. Dann sagte sie: »Also mir fällt auf, daß Sie viel an Ihrem Aussehen geändert haben. Neue Kleider, und der Schnurrbart ist ab. Sie sehen jetzt ganz anders aus.«

»Finden Sie's so besser?«

»Natürlich. Aber hören Sie, Dev, ich muß jetzt rein. Es ist furchtbar spät.«

»Bitte, Una, darf ich Sie eins noch fragen?«

Hauer hörte angestrengt zu und hielt den Atem an. Wenn man ein Mädchen an die Haustür brachte, hatte man immer was Schmutziges vor. Anfassen war das Mindeste, hoffte er. Er wagte kaum zu blinzeln aus Angst, ihm könnte etwas entgehen. Er hielt den Atem an, den Kopf voll Begierde und Furcht. Wenn Dev ihn beim Spionieren erwischte, würde er ihn umbringen.

Aber Dev sagte nur: »Hätten Sie Lust, morgen abend nach der Probevorstellung mit mir zu feiern? Vielleicht können wir tanzen gehen?«

»Ach, das fände ich riesig nett. Gute Idee. Aber wirklich, reden wir morgen darüber. Ich muß jetzt rein, bevor Onkel Tim das Haus zusammenschreit.«

»Also gut.«

»Danke für alles, Dev. Gute Nacht.«

Du heulendes Elend, er hatte sie nicht mal geküßt! In seiner Enttäuschung wechselte Hauer unbehaglich das Standbein. Die klaffende Hintertür quietschte in den rostigen Angeln. Hauer sah, wie Dev sich umdrehte und über den Hof schaute, direkt zu ihm her!

Aber es ging noch mal gut. Es war zu dunkel. Der alte Dev sah nichts. Er hatte ein Lächeln im Gesicht, und es stimmte, was Una sagte, er war ganz anders herausgeputzt als in der Schule. Während Hauer noch hinsah, wandte Dev sich ab und verschwand aus dem Hof.

Ach Herrgott, das glaubt mir kein Schwein morgen, die denken bloß, ich hab das erfunden. Ich würd's ja selbst nicht glauben, dachte Hauer traurig. Aber Jungejunge, denen werd ich was erzählen!

9

Von seinem Standort auf halber Höhe des dunklen Mittelgangs konnte Mr. Devine die Richter sehen: Kathleen Boland, Kevin Cooke und Dan Cavanaugh flüsterten miteinander in der vordersten Sitzreihe. Über den zusammensteckenden Köpfen sprachen, blaß und geisterhaft in der Bühnenbeleuchtung, Moloney, Mrs. Hanlon und Una in die Dunkelheit hinein. Er hörte zu und bemühte sich, die Unaufmerksamkeit der Flüsternden nicht zu beachten.

Er hatte keine Angst. Er hatte Wunder mit ihr vollbracht. Sie war genausogut wie vor ihr Peg Shea in der Rolle, und alle würden mit ihr zufrieden sein, da war er sicher. Nachher würde er mit ihr tanzen gehen, denn es gab Grund zum Feiern. Und noch heute abend würde er sie irgendwie fragen, er würde ihr sagen, was er empfand, und ihr einen Antrag machen.

Natürlich bestand die Möglichkeit, daß sie ihn abwies. Der Mann in Dublin war noch keineswegs überwunden. Wies sie ihn aber nicht ab, nun, er hatte das Für und Wider erwogen, selbst die Risiken, die er einging, hatte er abgeschätzt. St. Michan's zum Beispiel. Wenn er sie heiratete, verbaute er sich alle Aufstiegschancen. Man würde vielleicht sogar verlangen, daß er sein Lehramt aufgab. Aber gab es nicht noch andere Arbeit? In England zum Beispiel. Während des Krieges waren viele Bekannte von ihm nach England gegangen, einige zur englischen Armee, einige als Zivilisten. Viele waren gefallen, aber war es nicht seltsam, daß die anderen nicht zurückgekommen waren, daß sie sich dort niedergelassen hatten oder nach Kanada oder Australien gegangen waren? Daran sah man doch, daß es sich in England und den Commonwealth-Staaten unter Umständen ganz gut leben ließ, egal was die Leute sagten.

Natürlich war es verfrüht, daran auch nur zu denken. Sie konnte immer noch in den verdammten Buchhalter verliebt sein. Und selbst wenn sie seinen Antrag annahm, würden sie erst einmal ihre Mutter in Dublin besuchen und die elterliche Einwilligung einholen müssen. Der nächste Schritt wäre die Verlobung. Und dennoch…

Sie kamen jetzt zum Ende des Akts. Er schaute auf die Juroren in der ersten Reihe. Sie flüsterten noch immer. Aber Una hielt sich bestens. Bestens. Und sah sie nicht reizend aus? Er erinnerte sich an eine Bemerkung des alten Professors O'Neill, der einmal gesagt hatte, ein hübsches Mädchen habe bei mündlichen Prüfungen immer zehn Punkte gut. Die beiden Männer würden sie hübsch finden, wenn auch vielleicht nicht Kathleen.

Jetzt kam Unas große Rede. Er hörte zu. Sie bewegte sich auf der Bühne wie ein Profi. Er lächelte in dem dunklen Gang. Das hab ich ihr beigebracht. Er lächelte noch immer, als er Kathleen Boland den Gang heraufkommen sah.

»Dev, kann ich Sie kurz draußen sprechen?«

Sie hatten sich also schon entschieden. Auch gut. Er folgte Kathleen durch den Saal nach hinten. Lächelnd hielt er die Tür auf, und sie gingen hinaus in den zugigen Vorraum. Sie bot ihm eine Zigarette an. Die rote Deckenleuchte warf einen blutigen Schein auf ihre Gesichter.

»Tja«, sagte er. »Waren anstrengende vierzehn Tage, aber sie haben sich gelohnt.«

»Finden Sie?«

Es war, als hätte sie ihn geohrfeigt. »Sie nicht?« fragte er.

Kathleen Boland steckte die Zunge heraus und las ein Stückchen Tabak von der Spitze. Sie hatte einen grünen Turban auf, und in der Beleuchtung erinnerte sie Mr. Devine an den Teufel aus einem Märchenspiel, das er als Kind gesehen hatte. Sie hielt das Tabakstückchen zwischen Daumen und Zeigefinger und betrachtete es, als wäre es eine Perle.

»Immer mit der Ruhe, Dev«, sagte sie. »Wir kriegen das schon hin. Aber nicht mit Ihrer Freundin Miss Clarke.«

»Wieso nicht? Finden Sie sie nicht gut?«

Sie sah ihn noch immer nicht an. Sie ließ das Tabakstückchen auf den Boden fallen. »Nicht sonderlich«, sagte sie. »Ihr Akzent ist immer noch daneben. Und sie hat keine Ausstrahlung, das sieht jeder. Ich weiß schon, daß Sie Ihr Bestes getan haben, Dev, aber es reicht nicht.«

»Denkt Kevin auch so?«

»Ja. Wir alle. Aber unangenehme Wahrheiten serviert keiner gern. Die anderen haben mich dazu ausersehen.«

»Verstehe«, sagte er dumpf.

»Wohlgemerkt, *Ihnen* gibt niemand die Schuld, Dev. Aber aus einem Schweinsohr läßt sich nun mal kein Seidentäschchen machen.«

»Moment mal! Einen Augenblick! Sie brauchen Miss Clarke noch lange nicht zu beleidigen, ja?«

»Tut mir leid, Dev. Ich bitte um Entschuldigung. Aber sie ist nicht besonders gut. Ehrlich nicht.«

»So?« Er konnte sich wohl irren; wenn sie Una alle schlecht fanden, dann war sein Urteil möglicherweise getrübt… *Liebe macht blind*, wie es im Volksmund hieß.

»Und außerdem«, sagte Kathleen, »können wir doch auf Peg Shea zurückgreifen.«

»Aber die kriegt ein Kind!«

»Das ist schon vorbei. Es war eine Frühgeburt. Sie hat's verloren, die Ärmste. Dann hab ich sie neulich auf der Royal Avenue getroffen, und sie sagte, sie wäre gern wieder mit im Spielkreis. Das würde ihr ja auch guttun. Sie von dem anderen ablenken.«

»So ist das also«, sagte Mr. Devine bitter. »Ihr hättet alle lieber Peg Shea.«

»Es geht nicht ums Lieberhaben, Dev. Sie ist weitaus besser. Aber ich habe ihr noch kein Wort gesagt bis jetzt. Daran sehen Sie doch, wie sehr wir gehofft haben, die Clarke ginge in Ordnung.«

»Verstehe.« Verdammt, was konnte er schon sagen? Peg Shea hatte in einem Dutzend Aufführungen mitgewirkt, man durfte sie nicht wegen einer Anfängerin übergehen. Andererseits war es link von ihnen, die arme Una abzuschieben, nachdem sie so hart gearbeitet hatte. Es geschah aber sicher in geheimem Einverständnis. Sobald sie gehört hatten, daß Peg zur Verfügung stand, hatten sie sie haben wollen. Cliquenwirtschaft; die ganze Stadt bestand doch aus Cliquen; Theatercliquen, religiöse Cliquen, Schulcliquen und Gott weiß was noch. Dagegen kämpfen zu wollen war sinnlos – reine Zeitverschwendung. Am besten, man hielt den Mund und sparte seinen Atem.

»Tja«, sagte er. »Wenn alle so denken, brauchen wir Miss Clarke ja nicht mehr hierzubehalten. Es wäre unfair, ihr die Zeit zu stehlen.«

»Soll ich es ihr sagen, Dev? Ist vielleicht einfacher.«

»Nein, nein, das mach ich schon. Ich bringe sie gleich nach Hause. Und ich werde nicht wiederkommen.«

»Wie Sie möchten. Sie lassen uns doch hoffentlich nicht im Stich?«

Er antwortete nicht.

»Es wäre ziemlich unfein«, ermahnte ihn Kathleen Boland, »den Beleidigten zu spielen, weil Ihr Schützling die Rolle nicht bekommen hat.«

Er sah sie böse an, hielt aber den Mund.

»Das hätte ich von Ihnen nicht erwartet, Dev. Nehmen Sie Vernunft an.« Sie legte ihm die Hand auf den Arm, wie um ihn zu beschwichtigen. Doch er schaute weg, nahm seine Brille ab und wischte mit dem Daumen darüber. Es trifft ihn schwer, dachte Kathleen. Sie versuchte es anders. »Bestehen Sie wirklich darauf, daß wir das Mädchen nehmen?« fragte sie. »Denn ehe wir Sie verlieren, lassen wir's bei ihr. Aber wir würden es gegen unsere Überzeugung tun.«

»Nein, nein, natürlich nicht. Ich will niemanden zwingen.«

»Also dann seien Sie ein guter Verlierer. Packen Sie den großen Knüppel weg. Wollen wir uns jetzt die Hand geben? Sind wir noch Freunde?«

Er konnte schlecht nein sagen, wenn sie ihm schon die Hand hinstreckte. Also schlug er ein.

»Bringen Sie Miss Clarke jetzt nach Hause«, sagte Kathleen. »Ich gehe dann den zweiten Akt mit ihnen durch. Die nächste Probe ist am Mittwoch. Okay?«

»Okay.«

Schweigend kehrten sie in den Saal zurück. Mr. Devine gab Una ein Zeichen, sie solle aus der Kulisse zu ihm herunterkommen. Moloney agierte auf der Bühne, doch die anderen achteten nicht mehr auf ihn. Sie sahen, wie Dev und das Mädchen durch den Saal gingen, und warteten, während er ihr in den Mantel half. Als sich die Saaltür hinter ihnen schloß, trat Kathleen Boland an die Rampe vor und bedeutete Moloney aufzuhören.

»Wie hat er es aufgenommen?« fragte Kevin Cooke.

»Erst war er etwas sauer. Aber er hat sich beruhigt.«

»Was gibt's denn?« fragte Moloney, der an die Rampenlichter kam.

»Peg Shea übernimmt die Rolle von dem Mädchen«, erklärte ihm Kathleen.

»Seit wann denn das?«

»Seit gestern. Sie ist wieder frei. Und das Mädchen war ja ein hoffnungsloser Fall, Tony, wenn ich so sagen darf.«

»Mich juckt das nicht«, erwiderte Moloney. »Sie ist keine spezielle Freundin von mir. Schnippisches kleines Ding, wenn ihr mich fragt.«

»Ich fand sie ganz in Ordnung«, sagte Mrs. Hanlon. »Sie nicht, Kevin?«

Kevin Cooke sah auf seine Fingernägel. »Peg Shea wäre besser«, sagte er.

»Ich kann's nicht ändern, mir tun die beiden leid«, meinte Dan Cavanaugh. »Sie ist ja noch ein Kind. Der arme Dev hat sich unwahrscheinlich Mühe gegeben mit ihr.«

»Ein Kind?« Moloney hockte sich vor der Fußrampe auf die Fersen und bedeutete allen, sich um ihn zu scharen. »Kommt, ich erzähle euch was über das Kind«, sagte er.

»Proben wir lieber weiter«, wandte Kathleen ein.

»Ach, nun warten Sie mal. Wußtet ihr, daß sie in Dublin was mit einem verheirateten Mann gehabt hat?«

»Also jetzt reicht's, Tony«, sagte Kathleen Boland entschieden. »Sie sollten sich schämen, andere zu verleumden, kaum daß sie zur Tür raus sind.«

Aber Dan Cavanaugh sah Kathleen an, während sie sprach, und blickte dann verwirrt zu Kevin Cooke. Verheirateter Mann, dachte er. Nun, damit lag der Fall ja wohl klar. Deshalb also hatte Kathleen die letzten Tage so total gegen das Mädchen Front gemacht. Ja, Kathleens Mann war ein Cousin von Herons Frau. Vertrackte Verhältnisse. Und hatte er nicht auch mitbekommen, wie Kathleen Kevin gesagt hatte, daß Heron seine Nichte aus dem Stück heraushalten wollte? Kevin hatte geantwortet, sie dürften Devine aber nicht kränken und ihre ganzen Pläne gefährden. Ja, jetzt reimte sich alles zusammen. Kevin war egal, was passierte, solange Kathleen bei Laune blieb. Er brauchte Kathleen als Star für seinen Festspielbeitrag. Daher weht also der Wind, dachte Dan Cavanaugh. Kathleen steckt dahinter. Und der arme Dev muß es wie üblich ausbaden.

Mr. Devine wußte nicht, wie er es ihr sagen sollte. Im Theater und im Film bat man eine Frau, für die man schlechte Neuigkeiten hatte, erst einmal, sich hinzusetzen. Er hatte noch nie eine Frau in Ohnmacht fallen sehen und sagte sich, daß er wohl kaum fachmännisch reagieren würde. Also tat er im Vorraum so, als wollte er eine Pause einschieben, und schlug vor, an der Ecke eine Tasse Tee zu trinken.

Sie sagte nichts. Langsam gingen sie zu Rosemarys Teestube hinüber. Er fand es merkwürdig, daß sie nicht fragte, wie sie gewesen sei. Aber als sie sich der Teestube näherten, kam ihm der Verdacht, daß sie schon Bescheid wußte. Sie hatte etwas Abwesendes an sich, kalt und distanziert.

Sie setzten sich wie gewohnt in die Nische. Die mißgelaunte Kellnerin nahm ihre Bestellung entgegen. Jetzt war der Moment, es ihr zu sagen. Bring es hinter dich.

»Ich, ehm, ich habe leider eine unerfreuliche Neuigkeit für Sie, Una.«

»Das Stück betreffend?«

»Ja. Wie es scheint, steht das Mädchen, das im vorigen Jahr Ihre Rolle gespielt hat, nun doch zur Verfügung. Und die anderen möchten sie – wohlgemerkt gegen meine Einwände – wieder reinnehmen.«

Sie schien nicht überrascht zu sein. »Nun ja«, sagte sie.

»Das Mädchen hat sozusagen einen älteren Anspruch, verstehen Sie?«

»Es macht nichts, Dev. Ich war schwach heute abend.«

»Ich fand Sie prima«, sagte Mr. Devine schnell. »Ausgezeichnet. Man hat mich überstimmt, das ist alles.«

Sie öffnete ihre kleine Handtasche und kramte darin. Sie fing doch wohl jetzt nicht an zu weinen? Aber sie nahm kein Taschentuch heraus, sondern ein Zehnerpäckchen Zigaretten. »Ich habe es nicht anders verdient«, sagte sie. »Ihre Freunde haben mich durchschaut heute abend. Sie hatten recht, ich war nur mit halbem Herzen dabei.«

Sie schwieg und beugte sich über den Tisch, um die Fingerspitzen leicht auf seinen Handrücken zu legen. »Ach, mein armer Dev«, sagte sie. »Kopf hoch, man könnte ja meinen, Sie hätten den Korb gekriegt. Es ist doch nicht Ihre Schuld.«

Sie brauchte jetzt nicht herablassend zu werden, verdammt noch mal. Schließlich hatte sie doch die Rolle gewollt, oder nicht? Quatsch, jetzt so zu tun, als wäre es ihr egal; Quatsch, ihn zu behandeln wie ein Kind.

»Na ja, ich, ehm, ich dachte, Sie wollten die Rolle haben.«

»Ach, zum Teufel mit der Rolle! Was geht mich Ihre blöde Rolle an? Was soll ich damit?«

»Entschuldigung«, sagte er und spürte einen heißen Schürhaken im Rücken.

»Ich hab kein Glück, das ist alles. Kein Glück. Was ich auch anpacke, geht schief, nie läuft mal etwas richtig. Oh, ich hab heute was erfahren, was ich Ihnen jetzt nicht sagen kann, aber wenn Sie's wüßten, würden Sie verstehen, warum ich mich nicht wegen eines dummen Theaterstücks aufrege.«

»Hoffentlich nichts Schlimmes?«

»Nichts Schlimmes?« Sie öffnete den Mund, wie um zu lachen, aber aus dem Lachen wurde ein Schluchzen. Mr. Devine sah hilflos zu, wie die Tränen an ihren Wangen herabliefen. Unwillkürlich blickte er, obwohl er sich dafür schämte, zum Vorhang und hoffte, daß niemand etwas mitbekam. Die Vorhänge waren offen, und er stand auf, um sie zu schließen. Dann trat er hinter ihren Stuhl und streckte die Hände aus, als wollte er ihre zitternden Schultern berühren, wich aber erschrocken zurück, als sie sich, noch immer weinend, aufrichtete.

»Aber, aber, Una. Nun fassen Sie sich doch.«

»Geben Sie mir ein Taschentuch«, sagte sie.

Er hatte ein sauberes bei sich. Er faltete es auseinander und sah, wie sie ihr Gesicht in dem weißen Leinen vergrub. »Entschuldigung«, flüsterte sie.

»Aber ich bitte Sie. Machen Sie sich keine Gedanken.« Wieder blickte er zum Vorhang und hoffte, es würde niemand kommen.

»Es ist nicht wegen des Stücks, Dev. Das hat mir nur den Rest gegeben. O Dev, ich bin ja so furchtbar, furchtbar unglücklich.«

Er setzte sich wieder hin. Jetzt war ihm beinah selbst zum Heulen. Aber er hoffte, sie würde nicht mehr weinen

– wenn sie doch bloß damit aufhörte! Er fing an, hastig zu reden, immer ein Auge auf dem Vorhang, weil bald die Kellnerin mit ihrem Tee kommen mußte. »Also Una, vielleicht kann ich mit dem Stück ja noch was hinbiegen. Ich bin sicher, Peg Shea würde auf den Part verzichten, wenn sie wüßte, wieviel Ihnen daran liegt. Ganz bestimmt.«

»Es geht nicht um das Stück, Dev, es ist etwas Schlimmeres. Ich würde mich schämen, Ihnen davon zu erzählen. Und vielleicht stimmt ja auch alles gar nicht.«

Sie begann wieder zu weinen, heftiger als vorher. Sie legte den Kopf zwischen die Arme und ließ den Tränen ihren Lauf. In diesem Moment öffnete sich zu seiner Bestürzung der Vorhang, und die häßliche Kellnerin kam mit zwei Tassen Tee herein. Sie stellte die Tassen auf den Tisch und sah Mr. Devine vorwurfsvoll an. Dann legte sie die grobe rote Hand auf Unas Schulter.

»Was ist los, Miss?«

»Lassen Sie nur«, sagte Mr. Devine. »Es geht schon.«

»Ich habe nicht mit Ihnen geredet, Sir, sondern mit der jungen Dame. Wo brennt's denn, Liebes? Kann ich Ihnen irgendwie helfen?«

Una machte, ohne den Kopf zu heben, eine verneinende Geste. Die Kellnerin zögerte, blickte noch einmal zu Mr. Devine und entfernte sich dann, riß aber die Vorhänge bis hintenhin auf, damit ihr von ihrem Platz an der Durchreiche aus nichts entging. Mr. Devine stand hastig auf und zog die Vorhänge zu.

»Una, bitte. Was ist los?«

»Nichts. Es tut mir leid.«

»Aber hören Sie, kann ich irgend etwas tun?«

Sie hob den Kopf und tastete mit nassen Augen nach seinem Taschentuch. »Es hat nichts mit Ihnen zu tun, Dev.

Ich habe heute nachmittag etwas erfahren. Wenn das stimmt, bin ich der größte Dummkopf der Welt. Ich hoffe, es stimmt nicht.«

»Was denn?«

»Das kann ich Ihnen jetzt nicht sagen. Ich erzähle es Ihnen morgen. Dann weiß ich es genau.«

»Es geht also nicht um das Stück?«

»Nein, nein!«

»Und auch nicht um etwas, das ich getan habe?«

»Natürlich nicht.« Sie schaute ihn an, zerknüllte mit der Hand das Taschentuch, atmete rauh und flach, als hätte sie keine Tränen mehr, könnte aber das Schluchzen nicht unterbinden. »Ich weiß gar nicht, was ich ohne Sie in den letzten Wochen gemacht hätte. Mit Ihnen hat es überhaupt nichts zu tun.«

»Womit denn dann, um Himmels willen?«

»Ich muß morgen telefonieren. Dann weiß ich, ob es stimmt, und sage es Ihnen.«

Ob was stimmt? Unter dem Tisch suchten sich Mr. Devines Hände, und seine Finger drehten und wendeten den Siegelring, während sein Verdacht sich zu widerwärtiger Gewißheit festigte. Der Mann in Dublin – ja, das konnte sein. Und was sie jetzt sagte, bestätigte es, wie überhaupt jede Kleinigkeit es bestätigte.

»Ich glaube, ich gehe nach Hause, Dev. Zum Tanzen bin ich heute abend leider nicht aufgelegt.«

»Ja, klar, natürlich. Ich verstehe.«

»Nein«, sagte sie. »Sie verstehen nicht. Aber Sie wollen wie immer nett zu mir sein.« Und aufrecht auf ihrem Stuhl sitzend, fing sie unverhohlen von neuem zu weinen an. Er war sich unangenehm bewußt, daß die Bedienung hinter dem Vorhang es wahrscheinlich auch hörte.

Sie hörte es. Die häßliche Kellnerin (hol sie die Pest!) kam wieder herein.

»Möchte die junge Dame ein Taxi?« fragte sie im Ton einer Frau, die einem gefallenen Mädchen zu Hilfe kommt.

»Ja.«

»Auf der andern Straßenseite steht gerade ein Silbertaxi«, sagte die Kellnerin. »Deswegen habe ich gefragt. Ich sag dem Fahrer Bescheid.«

Sie ging, und Una stand auf und schlüpfte ungeschickt in ihren Mantel. Er versuchte ebenso ungeschickt, ihr behilflich zu sein, und fragte sich, warum sie unter diesen Umständen überhaupt heute abend zum Vorsprechen gekommen war. Aber was hätte sie sonst tun sollen? dachte er. Ich wäre auch gekommen. Wenn man schrecklichen Kummer hat, macht man am besten weiter im Text, als ob nichts geschehen wäre.

»Ich ruf Sie morgen an«, sagte sie. »Aber morgen ist Sonntag – Sie werden in der Messe sein.«

»Ich geh zeitig«, sagte er. »Um neun bin ich wieder in meiner Wohnung und warte auf Ihren Anruf.«

»Gut.«

»Jetzt begleite ich Sie nach Hause.«

»Nein. Ich möchte allein heimfahren.«

Die Besitzerin der Teestube und die Kellnerin starrten Una an, als er an der Kasse zahlte. Der Taxifahrer wartete, der hintere Wagenschlag stand offen. Auf der dunklen Straße drehte Una sich um. »Tut mir leid, daß ich so ein Theater veranstaltet habe.«

»Nein, nein, ist schon gut.«

Ihr Gesicht war nah dem seinen, blaß und schemenhaft in der Dunkelheit. »Hassen Sie mich nicht dafür«, sagte sie.

Er war außerstande, etwas zu erwidern. Verlegen blickte er zu dem wartenden Taxifahrer. Wie konnte er vor diesem Kerl sagen, daß er sie ganz und gar nicht haßte, daß er sie vielmehr liebte, sie liebte, wie er noch nie im Leben jemanden geliebt hatte. Das konnte man nicht vor einem Taxifahrer sagen. Und trotzdem mußte es –

Zu spät. Sie drehte sich um und stieg in das Taxi. Der Mann warf die Tür zu. Mr. Devine trat heran, um ans Fenster zu klopfen, damit sie es herunterdrehte, damit er ihr etwas sagen konnte, etwas, das ihm –

Aber das Taxi fuhr an. Ihr Gesicht hinter der Scheibe verschwamm und verlor sich. Zu spät.

Er blieb stehen, bis er merkte, daß die Kellnerin ihn vom Schaufenster der Teestube aus beobachtete. Dann ging er zur Bushaltestelle, noch ganz in Gedanken verloren, nicht an die vertane Gelegenheit, sondern an die dummen Einzelheiten des Abends, an seine lange und kostspielige Vorbereitung in den Armen von Miss Craig, seine eilends beim Schneider bestellten neuen Sachen. Alles umsonst jetzt. Sie würde etliche Monate lang nicht tanzen. Morgen würde sie den Arzt anrufen, und der Arzt würde ihr das Testergebnis sagen. Klar gab es Tests für so etwas. War das Ergebnis positiv, dann hatte sie den Bastard des Dubliners im Bauch. Kein Wunder, daß ihr das Stück egal war. Kein Wunder.

Ein Bus kam, und er stieg ein. Er war vollbesetzt mit Männern, die vom Hunderennen heimfuhren. Lautstark wurde erzählt, wie Ballina Champion ganz außen gestartet und in der Kurve abserviert worden war. Die Buchmacher konnten sich freuen, die hatten eine gute Saison, die Jungs. Der Bus schlich die Agnes Street hinunter und setzte an jedem Halt tief enttäuschte Spielratten ab. Bis dann, Jack, bis dann, Alter ... Heimkehr mit leeren Händen zur wartenden Frau. Der Lohn vergeigt, Krach in der Hütte, weil Ballina Champion hinter einem Zehn-zu-Einser Staub geschluckt und irgendein alter Köter, der mit der Straßenbahn zum Celtic Park gekommen war, das Rennen gewonnen hatte. Die Pubs würden heute abend leer sein.

An der Ecke Manor Street stieg Mr. Devine aus. Einen Augenblick betrachtete er sein Spiegelbild in einem Schaufenster, sah seine ungewohnt bartlose Lippe, seine teuren neuen Kleider. So in Schale, für nichts. Er ging weiter, und das Abbild seines Gesichts schwebte über ein phantasieloses Arrangement von Ovomaltinedosen im Fenster hinweg. Ein Milchmädchen bot ihm lächelnd eine Dose an, doch sein Schattengesicht wies sie ab und sprang von der Scheibe, als er um die Ecke in die Cliftonville Road bog.

Er dachte an seine Wohnung, dunkel, still und leer. Er ließ die Allee, in der er wohnte, links liegen und ging langsam an einem Blindenheim vorbei. Musik erklang hinter geschlossenen Vorhängen. Blinde Gesichter, lächelnd zu unsichtbarer Musik. Mr. Devine, der die Klänge, die ihn erfüllten, gar nicht wahrnahm, sah den Mond über die Türmchen der Royal Academy gleiten. Er blieb an einem roten Briefkasten stehen, schaute zum wandernden Mond hinauf, und plötzlich nahm sein Gesicht einen erregten Ausdruck an, als hätte eine jähe Eingebung ihn übermannt. Im Weitergehen schlug er ein schnelleres Tempo an, als müßte sein Körper dem neuen, starken geistigen Anstoß gehorchen.

Angenommen, seine Befürchtungen trafen zu? Der Kerl in Dublin konnte jedenfalls nicht zweimal heiraten, oder? Ein Ehemann wäre gefragt, ein Mann, der das Kind anerkannte und ihm legitime Geschwister zur Seite stellte. Sie würde ihn nicht abweisen. Sie konnte gar nicht.

Am Ende der Cliftonville Road kam er zu einer Gastwirtschaft. Er war noch nie in dem Lokal gewesen, obwohl er seit Jahren in der Gegend wohnte. Jetzt überquerte er die Straße und sah es sich an. *Public. Family Department*. Er ging an der Schankstube vorbei, aus deren halboffener Tür ihm der Gestank von Porterbier entgegenschlug. Ein paar Meter weiter wies ein Schild mit der Aufschrift *Lounge* ihn eine hell erleuchtete Treppe hinauf. Im ersten Stock öffnete er eine Tür und war überrascht. Ein großer Raum, Kaminfeuer, ein kleiner Tresen. Alles ruhig. Doch als er eintrat, erschreckte ihn der Anblick eines gewaltigen Grizzlybären, der mit freudig erhobenen Pranken hinter der Tür lauerte, um den fremden Gast an sich zu drücken.

Aber der Bär hatte einen Hut in der ausgestopften Tatze und ein Reklameschild für Guinness um den Hals. Es handelte sich um eine Jägerkneipe. Traurige Hirschköpfe glotzten von den Wänden, ihre Geweihe waren ebenso schäbig und vergammelt wie die Holzmöbel darunter.

Mr. Devine setzte sich an den Kamin, und der Barmann fragte ihn nach seinen Wünschen. Es war ein liebenswürdiger junger Mann, und er zeigte Mr. Devine die Flasche Jameson, bevor er ihm einschenkte. Dann gab er Wasser aus dem Krug hinzu und wartete auf die Geste von Mr. Devine, daß es genug sei. Ein fröhlicher, freundlicher Bursche, und als er ihn so ansah, verspürte Mr. Devine den albernen Wunsch, zu sagen: »Ich heirate bald. Trinken Sie einen kleinen mit mir?«

Aber er sagte natürlich nichts. Er trank seinen Whisky in einem langen, aufgeregten Zug und spürte, wie ihn das

Aroma an den Nasenhaaren kitzelte. Sonst waren nur noch zwei Gäste da, ein Mann mittleren Alters und seine Frau. Mr. Devine blickte zum Barmann und gab ihm mit dem Glas ein Zeichen. Der Barmann nickte und kam wieder mit der Flasche zu ihm.

»Dasselbe noch mal, Sir?«

»Einen Doppelten.«

Sie würde ihn morgen anrufen, sobald sie es genau wußte. Wahrscheinlich hoffte sie, er würde freundlich sein. Warum sonst hätte sie ihm diese merkwürdige Frage gestellt – ob er sie hasse? Er starrte auf den doppelten Whisky in seinem Glas, traurig, als ihm jetzt alles wieder einfiel. Was war er bloß für ein Schuft, daß er sich so am Unglück eines Mädchens hochzog; daß er den Anlaß feierte. Aber er feierte ja gar nicht. Nein, nein, er trank nur ein Glas und dachte über alles nach. Klar doch.

Seine Selbstrechtfertigungen wurden durch zwei neue Gäste unterbrochen, die aufgeregt plappernd die Bar betraten. Der Junge war lang und dünn und trug einen hellbraunen Dufflecoat. Eine kleine grüne Mütze saß wie ein Deckel auf seinem Kopf. Das Mädchen lief zum Feuer und breitete die Arme aus, als wollte sie es umfangen. Mr. Devine schaute düster auf ihren engen Tweedrock und ihren Busen, der sich unter dem Pullover hob, als sie die Arme nach der Wärme streckte.

Aber der Junge riß ihn aus seiner stillen Betrachtung, indem er laut verkündete, es sei eine Affenkälte draußen und sie wollten sich mit einem Pimm's Number One aufwärmen. Er warf seine Mütze auf den Tresen, und er und sein Mädchen kletterten auf hohe Hocker. Der Barmann bediente sie lächelnd. Gläser wurden unter die Tresenbeleuchtung gestellt. Das Mädchen lachte und hielt sich die

Hand vor den Mund, als hätte der Junge ihr etwas köstlich Unanständiges zugeflüstert.

Mr. Devine beobachtete das alles, während er in kleinen Schlucken seinen Whisky trank. Das Mädchen wackelte mit ihrem strammen Hintern auf dem Hocker, als sie sich vorbeugte und bei dem Jungen einhakte, um mit ihm anzustoßen. Mit verschränkten Armen küßten sie sich. Mr. Devine wandte den Blick ab und sah in die Flammen. Der Whisky trieb ihm das Wasser in die Augen. Er hatte all das versäumt, als er im Alter dieses Jungen gewesen war. Und seitdem? Wie viele Pärchen hatte er im Lauf der Jahre beobachtet – wie oft hatte er sich als Teenager, als junger Kerl gesagt, daß auch er eines Tages das Glück haben würde. Aber als er so alt gewesen war wie die Jungen, die er jetzt beim Küssen sah, hatte er Angst davor gehabt. Und nachher dann, für ihn als Lehrer, kam so eine öffentliche Zurschaustellung natürlich nicht mehr in Frage. Und so hatte er es nie kennengelernt: den Kuß, das Schmusen in der Öffentlichkeit.

Traurige Flammen zuckten und erloschen. Außer Hörweite beim Fenster unterhielt sich das Ehepaar wie in einer endlosen Pantomime. Der Barmann riß einen Witz und schenkte dem Jungen und dem Mädchen nach, wobei er die Ellbogen auf den Tresen legte, um sich ihrem Bund anzuschließen. Mr. Devine seufzte. Als einziger von allen hier war er allein. Er schaute wieder ins Feuer. Allein.

Noch einen Doppelten, winkte er. Der nächste Doppelte wurde gebracht. Aber Trinken war kein Ersatz, oder? Er war wie eine Blüte, die sich nie geöffnet hatte. Er kam sich albern vor, als ihm das Bild einfiel, aber es stimmte. Wie eine Blüte, die nie aufgegangen war. Er hatte Angst gehabt, sich zu öffnen, Angst. Er schämte sich, wenn er daran dachte, wie wenig Mädchen mehr als einmal mit ihm ausgegangen waren. Das hätte er niemals zugegeben, auch in der Beichte nicht, aber er kam nur auf vier. Und keines von diesen Mädchen würde sich heute noch an ihn erinnern. Nicht eines. Kein Mädchen hatte ihn jemals interessant gefunden. Und er hatte seinen Stolz, verdammt, er lief ihnen nicht nach und bekniete sie. Er kam auch ohne die blöden Mädchen zurecht. Dachte ich zumindest damals, dachte er jetzt. Aber es hat noch nie gestimmt. Ich habe mich immer nach einem Mädchen gesehnt, das Interesse an mir findet, das ich auch nur halb so gut kennenlerne, wie ich meine Schwester gekannt habe.

Er trank den Doppelten auf einen Zug. Hinter sich am Tresen hörte er das junge Mädchen boshaft lachen. Es gab nichts Schlimmeres auf der Welt als das spöttische Lachen eines jungen Mädchens. Frauen waren Spottdrosseln, Rufmörderinnen, jede einzelne von ihnen. Stell dir vor, du bringst dich in eine Situation, wo eine Frau dich auslachen kann. Ein Augenblick zu zweit, eine lächerliche Pose – eine Liebeserklärung zum Beispiel. Oder du hörst in der Hochzeitsnacht ein Mädchen über dich lachen, lachen wie das Mädchen hier. Und mir könnte das passieren. Es könnte passieren.

Die Flammen erloschen in dem schwarzen Kamin. Wie viele Männer blieben aus Furcht allein? Wie viele sündigten allein, weil einmal jemand sie ausgelacht hatte? Die Sünden männlicher Jungfrauen, was war so komisch daran, warum kicherten die Leute darüber?

»Die letzte Bestellung, Sir.«

»Dann geben Sie mir bitte noch einen.«

Ein Mädchen in anderen Umständen hatte natürlich Erfahrung, fiel ihm ein. Sie konnte ihre Hochzeitsnacht mit jener anderen Nacht, jenen anderen Nächten vergleichen. Die Gefahr bestand immer dabei.

Das Mädchen am Tresen lachte wieder. Der Barmann brachte ihm den letzten Whisky, und er zahlte.

Er trank ihn langsam und hörte Gutenachtgrüße, als die anderen Gäste gingen. Der Barmann löschte das Licht und stellte einen Ofenschirm vor das abgebrannte Feuer. Mr. Devine spürte die Wirkung des Alkohols, als er aufstand. Vorsichtig ging er zur Tür. Der Barmann schloß auf und wünschte ihm eine gute Nacht.

»Und geben Sie auf die Treppe acht, Sir.«

Am oberen Ende der Treppe blieb er stehen, um seinen Regenmantel zuzuknöpfen. Er legte die Hand aufs Geländer und blickte hinab. Wich dann verlegen zurück. Wie peinlich, an denen vorbeizumüssen. Er sah noch einmal hin. Ja, das war es, was er bis heute verpaßt hatte. Auf dem Treppenabsatz.

Unter ihm, an der Biegung der Treppe, drückte der Junge im Dufflecoat sein Mädchen gegen die Wand. Sie küßten sich schwankend. Die Hände des Jungen streichelten langsam ihren Rücken.

Mr. Devine machte durch ein lautes Hüsteln auf sich aufmerksam. Er war knallrot im Gesicht, als er, die Augen auf den Stufen, hinunterging, und er hörte, wie sie sich voneinander lösten, als er vorbeikam, und spürte ihre Ungeduld. Mit abgewandtem Kopf öffnete er die Eingangstür und trat hinaus in den kalten, nassen Wind der Straße.

Sie würden sich küssen, wenn er fort war. Sie würden sich wieder küssen. Er kniff die Augen zusammen und drehte sein Gesicht in den Abendwind. Auch er hatte ein Recht zu leben. Una würde ihn nicht auslachen, ein Mädchen in ihrer Lage. Sie würde nicht lachen.

10

Mrs. Dempsey wollte wissen, wieviel Uhr es war; sie würde zu spät zur Messe kommen. Sie eilte in die Küche, das Haar auf weiße Lockenwickler gedreht, die aussahen, als hätte sie lauter Verbandsschleifen auf dem Kopf.

»Es ist halb zwölf, Mama«, sagte Annie.

»Ach du guter Gott! Hilf mir mit den Wicklern, sonst schaff ich's nicht bis zwölf!«

Annie trocknete sich die Hände am Geschirrhandtuch und begann die weißen Bändchen ihrer Mutter zu entwirren, wobei sie unter jedem einen Kringel aus grauen Haaren hervorzog.

»Mr. Devine ist wohl schon weg?« sagte Mrs. Dempsey.

»Nein, Mama.«

Mrs. Dempsey riß den Kopf herum. »Aber dann kommt er doch zu spät zur Messe«, sagte sie. »Hast du ihn nicht geweckt?«

»Nein.«

»Dann ruf ihn, aber sofort.«

Annie ging zur Verbindungstür und rief ins Souterrain hinunter: »Mr. Devine! Mr. Devine!«

»Ja?«

»Es ist halb zwölf vorbei.«

Sie hörten ihn heraufkommen. Er muß krank sein; er verpaßt die Sonntagsmesse doch nie, überlegte Mrs. Dempsey. Da sie selbst spät dran war, rief sie nach Bridie, sie solle ihr den Mantel bringen. Sie setzte gerade ihren

Hut auf, als Mr. Devine die Kellertreppe heraufkam. Er war noch im Morgenmantel. Seine Augen waren blutunterlaufen und die Haare zerwühlt.

»Ich habe mich verschlafen«, murmelte er, und sie rochen seine Alkoholfahne. »Hat heute morgen jemand für mich angerufen?«

»Nein«, sagten sie.

»Also ich werde mich jetzt rasieren. Wenn jemand anruft, geben Sie mir bitte Bescheid.«

Mrs. Dempsey konnte es sich nicht verbeißen zu fragen, was los war. Es mußte schon etwas Ernstes sein, wenn er wegen eines Telefonanrufs die Messe ausließ.

»Keine schlechten Nachrichten hoffentlich, Mr. Devine?«

»Nein, ich erwarte eine junge Dame. Eine Miss Clarke. Wenn sie anruft oder vorbeikommt, holen Sie mich bitte sofort.«

Damit verließ er die Küche. Sie hörten ihn nach oben gehen und die Badezimmertür zusperren.

»Wie kann man wegen eines Anrufs die Messe versäumen!«

»Du verpaßt sie selber, wenn du dich nicht beeilst, Mama.«

»Das fehlte noch, wo ist mein Hut? Hol meinen Hut, Bridie.«

»Du hast ihn auf, Mama!«

Er saß im Eßzimmer, eine Tasse Tee in der Hand, den *Observer* gegen die Teekanne gelehnt, als Mrs. Dempsey von der Messe zurückkam. Es war ein Uhr, und seine Eier mit Speck lagen unangerührt auf dem Teller. Sie eilte den Flur entlang zur Küche, nahm Hut und Mantel ab und band eine Schürze über ihr gutes Kleid. Nach eins, und er war noch nicht mit dem Frühstück fertig! Also jetzt mußte er aber bald raus. Ihre Schwester wollte zum Mittagessen kommen.

Annie kam mit Kehrmaschine und Besen herein.

»Hat er den Anruf gekriegt?« flüsterte Mrs. Dempsey.

»Nein. Aber er sitzt wie auf Nadeln.«

»Kaust du etwa Kaugummi?« fragte Mrs. Dempsey scharf.

Annie zuckte mit den Schultern, und ihr Schielauge rief die Decke als Zeugin dafür an, wie übel ihr mitgespielt wurde.

»Spuck ihn aus«, befahl Mrs. Dempsey und schob ihre große käsige Hand unter Annies Kinn.

Annie spuckte ihn aus.

»Wie oft muß ich dir noch sagen, daß du diese widerwärtige Gewohnheit lassen sollst?«

»Och, es schadet doch nichts, Ma.«

»Klingelt da das Telefon?«

Sie lauschten. Ja, es war das Telefon, und da kam auch schon die kleine Bridie die Treppe heruntergesaust, immer zwei Stufen auf einmal, um als erste am Apparat zu sein. *Neugier war der Katze Tod!* Mrs. Dempsey handelte mit ungeahnter Geistesgegenwart, stürmte auf die Diele und schnappte sich den Hörer.

»Hallo?«

»Ist Mr. Devine da?« fragte eine Mädchenstimme.

»Wer spricht da, bitte?«

»Miss Clarke.«

»Einen Augenblick bitte.« Mrs. Dempsey legte den Hörer hin. Ungehalten winkte sie ihren lauschenden Töchtern. »Weg mit euch, Mädels!«

Er stand am Eßzimmereingang, in der Hand die Sonntagszeitung, die fast auf dem Boden schleifte. »Für mich?«

»Ja, Mr. Devine. Eine Miss Clarke.«

»Danke.«

Er ergriff den Hörer und sprach erst, als Mrs. Dempsey sich in die Küche verzogen hatte.

»Hallo, Una?«

»Ja, Dev. Ich hatte versprochen, Sie anzurufen, nicht wahr?«

»Ich habe auf Ihren Anruf gewartet«, sagte er, über seine Schulter blickend. Die Küchentür war zu. Von Mrs. Dempsey und ihren Töchtern war nichts zu sehen.

»Tut mir leid, daß ich Ihnen gestern abend so auf die Nerven gefallen bin«, sagte sie. »Aber heute abend kann ich das wieder gutmachen.«

»Heute abend?«

»Haben Sie schon was vor, Dev?«

»Nein, nein, ich, ehm, ich hatte nur gehofft, wir könnten uns früher sehen. Vielleicht heute nachmittag.«

»Es ist Sonntag, Dev; wo kann man sonntags in Belfast hingehen?«

Daran hatte er nicht gedacht.

»Aber ich weiß was, wo wir heute abend tanzen gehen können«, sagte sie. »Das heißt, wenn Ihre Einladung noch steht? *Ambassadors* heißt das Lokal.«

Er schämte sich seiner Enttäuschung. Wenn sie tanzen gehen wollte, hatte der Arzt ihr offenbar gesagt, daß alles in Ordnung sei. Sie war nicht schwanger.

»Haben Sie keine Lust?« fragte sie.

»Doch, klar, ich möchte gern.«

»Sehen wir uns dann um acht?« fragte sie. »Sagen wir, in der Empfangshalle des Grand Central?«

»Ja. Ja. Aber Una, können wir nicht… ich meine, können wir uns nicht heute nachmittag treffen? Ich möchte Sie was fragen. Etwas Wichtiges.«

»Es regnet draußen«, sagte sie.

»Ja, schon.«

»Hat das nicht Zeit bis heute abend, Dev? Vielleicht können wir ja was trinken oder so, bevor wir tanzen gehen.«

»Es, ehm, ist Sonntag.«

»Stimmt ja. Also bis heute abend dann.«

»Una? Das Telefongespräch, das Sie heute führen wollten, wegen der schlechten Nachricht, von der Sie sprachen. Hat sich, ehm, hat sich da was ergeben?«

»O ja, ich habe angerufen«, sagte sie. »Das erzähl ich Ihnen nachher.«

»Verstehe.« Sie wollte wahrscheinlich nicht am Telefon darüber reden, überlegte er… aber ihm fiel ein, daß er dann bis um acht im ungewissen bleiben würde. »Es ist hoffentlich nichts Schlimmes?« sagte er vorsichtig.

»Auch nichts Gutes, Dev. Jedenfalls erzähl ich's Ihnen nachher. Tschüs erst mal.«

»Tschüs.«

Er hängte den Hörer ein. Immer noch die Sonntagszeitung in der Hand, ging er langsam zur Küchentür und klopfte an.

»Herein.«

Alle drei schälten Kartoffeln fürs Mittagessen. Er nickte ihnen unbestimmt zu und ging durch die angelehnte Tür zur Kellertreppe in seine Wohnung hinunter.

»Mach die Tür zu, Annie«, flüsterte Mrs. Dempsey.

Annie schloß die Kellertür.

»Er poussiert mit einem Mädchen«, sagte Annie.

»Ach was«, schimpfte Mrs. Dempsey. »Bei dir im Kopf poussiert's, Töchterchen.«

»Tut er aber, Mama«, sagte Bridie. »Er hat sich mit ihr verabredet.«

Mrs. Dempsey stach einer Kartoffel das Auge aus und spülte sie unter dem Wasserhahn. Sie schaute die Kartoffel vorwurfsvoll an, bevor sie sie in den Topf warf. Er war ein junger Mann, weshalb sollte er da nicht ans Heiraten denken? Es war nur, daß er schon so lange bei ihr wohnte und noch nie ein Mädchen gehabt hatte. Sie hatte sich an ihn gewöhnt, er machte keinen Ärger, seine Miete kam ihr sehr gelegen. Mrs. Dempsey zog eine Novene in Betracht. Er muß ja nicht gerade *die* heiraten, wer immer sie ist.

»Clarke heißt sie«, sagte Annie zu Bridie. »Ob sie wohl hübsch ist?«

»Sie muß schon was haben, wenn sie ihm aufgefallen ist«, meinte Bridie. »Uns hat er noch nie wahrgenommen.«

»Bridie! Ein Kind in deinem Alter! Gott, ich möchte mal wissen, was sie den jungen Mädchen heutzutage beibringen!«

»Ach komm, Mama.«

»Er hört sich an wie ein Verliebter«, sagte Annie traurig, das schielende Auge wehmütig der Mutter zugewandt.

»Papperlapapp! – Ach du lieber Himmel! Was mache ich nur, wenn ich meinen Mieter verliere?«

Der *Ambassadors' Club* befand sich am Eingang einer kleinen Gasse, kaum drei Minuten zu Fuß von der Stadtmitte. Und doch war er schwer zu finden. Tagsüber war der Zugang von schweren Transportern verstopft, die Papiergut aus einem Lagerhaus auf der einen Straßenseite abholten. Gegenüber wickelten kleine Textilhändler in einem Labyrinth von überfüllten Lagerräumen telefonisch ihre Geschäfte ab. Abends, wenn das Lagerhaus geschlossen war und die Telefone der Händler schwiegen, erhellte ein Neonlicht die Straße; darunter bezog ein schwergewichtiger alter Türhüter Stellung. Mr. Devine kannte den Club nicht. Er war noch nie im Leben in der Straße gewesen.

Doch jetzt standen er und Una Clarke wahrhaftig in der Eingangshalle und ließen sich von der Bedienung metallene Garderobenmarken geben. Ein Mann im glitzernden Smoking saß an einem Kartentisch. Da wäre das kleine Problem der Mitgliedschaft, meinte er. Mit zehneinhalb Shilling lasse es sich lösen. Mr. Devine trug sich ins Buch ein und erhielt eine Karte mit Goldrand, die er an der Treppe oben vorzeigen mußte. Dort hieß eine Dame in schwarzer Seide und schwarzen Schuhen mit Silberspangen ihn willkommen und bat um zehn Shilling Eintritt. Dafür gab sie ihm zwei Tanzbilletts, und alles war geritzt. Sie durften den Tanzsaal betreten.

Es war ein langer, schmaler Raum mit kleinen Tischen zu beiden Seiten der Tanzfläche. Am anderen Ende, auf einem kleinen Podium, schwangen *Denis Donegan and His Debonaires* munter die Maracás und ließen die weiten Gaucho-Ärmel fliegen. Denis' Schwester Eileen sang und lächelte ab und an auf die Paare hinunter, wenn Con Smythe ihr einen Tastenhüpfer lang zu verschnaufen erlaubte.

»Mam-bo, Mam-bo!
Mam-bo, Mam-bo!«

In der Saalmitte, hoch über den Köpfen der Tanzenden, drehte sich langsam eine große reflektierende Kugel, die von einem Scheinwerfer auf der Galerie angestrahlt wurde. Gelbe, grüne und violette Wellen spülten über die Wände. Alles war voller Leute, und nur die Tische direkt vor der Kapelle waren noch frei. Ein Kellner führte sie hin, und da es Sonntag war, gab es nur alkoholfreie Getränke.

Mr. Devine schirmte die Augen gegen das grelle Licht ab und bemühte sich, Una anzulächeln. Ihr Haar leuchtete gelb, als sie sein Lächeln erwiderte. Auf Gelb folgte Violett von der sich drehenden Kugel. Es war halb zehn, und er wußte noch immer nichts.

Er versuchte sich gegen die Mikrophonstimme über sich abzuschotten, versuchte noch einmal, Ordnung in seine Gedanken zu bringen. War sie, oder war sie nicht? Schwer zu sagen. Sie hatte sich im Grand Central mit ihm getroffen, ihn dort in der Halle erwartet, und sie hatten unnütze Worte darüber verloren, wo man was zu trinken herbekommen könnte. Er gewann den Eindruck, daß sie schon etwas getrunken hatte. Sie wirkte hektisch heute abend – eine wilde, zornige Belustigung ging von ihr aus. Er wünschte, sie hätten das verdammte Licht abgeschaltet, es schien ihm direkt in die Augen. Wie sollte man sich an so einem Ort unterhalten?

»Mam-bo, Mam-bo!
Ai-Ai-Yi!
Ba-rha-rum! Bum! Bum!«

Der Drummer endete mit einem kurzen, trockenen Schlag, Eileen Donegan verbeugte sich vor dem Mikrophon, und die Donegan Gauchos legten die Maracás zu ihren Füßen nieder und griffen zu konventionelleren Instrumenten. Die Paare verließen die Tanzfläche und kehrten an ihre Plätze zurück, als der Scheinwerfer mit einem grünen Nachglimmen erlosch. Normales schwaches Licht erfüllte den Raum. Die Leute hier waren jung, bemerkte Mr. Devine. Und grob. Jede Menge Halbstarke mit ihren Bräuten. An der Tür zur Herrentoilette standen vier Jungs, nicht älter als die, die er in der Oberstufe unterrichtete. Aber wie anders waren diese Miniaturmänner mit ihren scharfen, lüsternen Augen, ihren Kennerblicken.

Also jetzt war es Zeit, Klarheit zu schaffen. Er beugte sich über den Tisch und sagte: »Übrigens, Una, wie hast du –«

Aber das Mikrophon erwachte über ihm und übertönte jeden normalen Laut.

»Der nächste Tanz ist ein Medley. Die Herren klatschen ab.«

Der Pianist nahm einen Zug von seiner Player's Weight und deponierte sie auf der Kante des Klavierdeckels. Sein Fuß tappte mit metronomischer Präzision auf den Fußboden. Einsatz, und es ging los; hier wurde getanzt, deshalb waren die Jungs hier: die Mädchen an der Hand, drängten sie an den Tischen vorbei auf die Tanzfläche. Slowfox. Mr. Devine besann sich auf seinen Unterricht und fragte sie, ob sie Lust habe. Sie hatte. Wenn sie tanzen wollte, dann war sie vielleicht nicht… Daran dachte er wieder, als er sie aufs Parkett führte.

Aufrecht, mit seiner Partnerin in leichter Tuchfühlung, wie es für die Körperbeherrschung entscheidend ist, lenkte er sie zur Mitte der Tanzfläche, eine Hand auf ihrem Rücken, während er mit der anderen ihre Rechte in Augenhöhe von sich hielt. Geschmeidige Jungen glitten vorüber, und sie drängte sich an ihn: Er spürte ihr Haar auf seinem Gesicht, als sie den Kopf an seine Schulter legte. Ein warmes Gefühl von Mattigkeit erfüllte ihn angesichts dieser kleinen Hingabe. Dabei gehörte das nur mit zum Tanz. Vielleicht, dachte er ironisch, tanzen deshalb die Iren so gern. Da dürfen die Geschlechter sich näherkommen, aber man kann so tun, als geschähe alles auf einer sportlichen Ebene. Genau nach Miss Craigs Anleitung drehte er seine Partnerin.

»Du tanzt gut«, sagte sie. »Das hätte ich nicht gedacht.«

»So? Ich, ehm, ich habe mal Stunden genommen... Una, ich wollte dich was fragen.«

»Bloß nicht«, sagte sie. »Du möchtest wissen, was los ist, ja?«

»Nein, nein, ich wollte nur –«

»Dann versprich mir, mich nicht zu fragen, Dev. Vielleicht sage ich es dir nachher. Ich mag nur jetzt nicht drüber reden.«

»Natürlich. Aber eigentlich war es das auch gar nicht. Ich wollte dich was anderes fragen.«

»Ba-rha-rum!«

Das Schlagzeug signalisierte den Wechsel. Übergangslos stiegen die Donegan Debonaires auf Walzertakt um. Einen Moment lang vergaß er, was er sagen wollte, weil er sich Miss Craigs Anleitungen für den Walzer ins Gedächtnis rief. Unas Haar kitzelte ihn an der Nase, während er sie herumwirbelte. Aber er drehte den Kopf nicht weg. Ihr so nah zu sein war jede Unbequemlichkeit wert. Jetzt mußte er sie fragen. Sich erklären. Um ihre Hand anhalten.

»Una, ich, ehm, um die Wahrheit zu sagen, ich habe in letzter Zeit viel über dich nachgedacht. Ich hätte es dir schon früher sagen sollen. Es betrifft mich und...«

...Und mit einem verzweifelten Schwung drehte er sie herum, und noch einmal und noch einmal. Sie hatte ihn nicht unterbrochen. Jetzt mußte er es sagen.

»Also Tatsache ist, Una, ich frage mich, ob du dir vorstellen könntest, mit mir zusammenzusein. Denn siehst du, ich habe dich sehr gern. Wirklich sehr gern.«

Er hatte vergessen, weiterzutanzen. Um sie herum kreisten andere Paare im Walzertakt und rempelten sie im Vorbeikommen leicht an. Von oben blinkte grün das Basiliskenauge. Ihre Hand drückte die seine, ihr Arm stieß gegen seine Schulter, setzte ihn in Bewegung. Sie tanzten wieder. Sie hatte nichts gesagt. Er mußte auf die Schritte achten. Er mußte abwarten, ihr Zeit lassen, darüber nachzudenken. Da er nicht sehen wollte, was sich in ihrem Gesicht abspielte, hob er den Blick zu der sich drehenden Kugel unter der Decke, und er ließ sich blenden von der tausendfach gebrochenen Spiegelfläche, den diamantenen Facetten, deren jede, wenn der Scheinwerfer sie traf, einen farbigen Lichtpunkt entsandte, so daß ein ganzes Schneegestöber aus Licht und Farbe um den Raum ging.

»Darf ich bitten?«

Jemand tippte ihm auf die Schulter. Er hörte auf zu tanzen. Ein junger Stenz glotzte ihn ungeduldig an.

»Okay?« fragte der junge Mann Una und ergriff ihre Hand, als wollte er sie von Mr. Devine wegziehen. Aber sie riß ihre Hand los.

»Nein, danke«, sagte sie.

»Der Tanz ist mit Abklatschen«, rief der Bursche empört. »Ich habe abgeklatscht.«

»Tut mir leid«, sagte sie kalt.

»Regel ist Regel.« Die Augen des Burschen spiegelten Entsetzen über solch gesetzlose Zustände. »Ich bin dran, darf ich bitten? Jetzt hab dich nicht so, komm.«

Sie sah Mr. Devine hilfesuchend an. Mr. Devine sagte entschuldigend: »Es tut mir leid. Die Dame möchte nicht.«

»Himmelherrgott!« rief der Bursche. »Was ist die denn so zickig?«

Mr. Devines Gesicht verlor seinen entschuldigenden Ausdruck. Er trat einen Schritt vor und versetzte dem Burschen einen raschen Stoß, der ihn nach hinten taumeln ließ. »Das reicht«, sagte er. »Verschwinden Sie.«

»Suchen Sie Streit?« fragte der Bursche leise und hielt die geballte Faust hoch wie ein Vertreter, der ein Muster herzeigt.

Mr. Devine, schon im Begriff, mit Una weiterzutanzen, blieb stehen und nahm seine Brille ab. Ohne sie einzustecken, ging er auf den Jüngeren zu. Er sagte nichts. Er starrte ihn nur an.

Der Bursche ließ die Faust sinken. Irgend etwas warnte ihn, daß er im Nachteil sei. Er dachte daran, sich zur Vermeidung des Gesichtsverlusts mit einem obszönen Schimpfwort zu verabschieden, aber nach einem neuerlichen Blick in Mr. Devines seltsam nackte Augen ließ er es doch lieber sein. Mr. Devine setzte die Brille wieder auf und kehrte zu seiner Partnerin zurück.

Sie tanzten eng aneinandergeschmiegt wie ein Liebespaar. Sie hatte mit keinem außer ihm tanzen wollen; war das nicht auch eine Antwort, in gewisser Weise? Aber gesagt hatte sie immer noch nichts.

Sie hatte nichts gesagt. Als das Medley endete und sie sich hinsetzten, sah er, wie sie den Strohhalm aus ihrem Orangensaft nahm und ihn langsam in kleine Stücke riß. Eine neue, unerwartete Vermutung kam ihm: Vielleicht hatte sie Angst zu sprechen? Wie sollte sie ihm antworten, ohne zu verraten, was sie bedrückte? Er sah, wie der Strohhalm unter ihren Fingernägeln in Fetzen ging. Er schaute weg, um die Verlegenheit, in die sein Antrag sie offenbar gestürzt hatte, nicht mitansehen zu müssen. Da hörte sie auch schon auf. Sie nahm die Strohhalmstückchen, rollte sie zu einer Kugel zusammen und sagte:

»Ich sollte besser etwas erklären, Dev. Es geht um mich und Michael, den Mann in Dublin, von dem ich dir erzählt habe.«

Er wartete: Jetzt würde sie es ihm sagen. Sie würde es irgendwie umschreiben, hoffte er. Es war zu schmerzlich, sich so etwas anzuhören.

»Ja, ich weiß«, sagte er. »Der Kerl, in den du verliebt warst.«

»Also das ist jetzt vorbei«, sagte sie. »Seit heute.«

»Heute?«

»Ich habe heute die Wahrheit über ihn herausgefunden«, sagte sie. »Er ist schwach und selbstsüchtig und gemein.«

»Was hab ich dir gesagt?« versetzte Mr. Devine düster.

»Ich war dumm, ich geb's zu. Als ich heute in Dublin anrief, hat er es mir gestanden. Seine Frau ist schwanger.«

Mr. Devine war sich beinah sicher, daß sie das gesagt hatte. Aber er mußte sich verhört haben. Oder waren sie und der Kerl etwa verheiratet? Nein, nein, das nicht. Vielleicht sollte es um ein paar Ecken eben heißen, daß sie selbst schwanger war, daß sie in diesem Sinn seine »Frau« war? So mußte es sein.

»Eine Bekannte hat mir geschrieben«, sagte sie. »Gestern kam der Brief. Deswegen war ich gestern abend auch so schlecht in Form. Ich konnte kaum klar denken, als ich da auf der Bühne stand und meinen Text aufsagen sollte. Darum wollte ich es genau wissen. Ich rief ihn heute morgen an, weil ich wußte, daß er allein war. Seine Frau ist sonntags immer bei ihrer Mutter, verstehst du?«

»Klar«, sagte Mr. Devine dümmlich. Was gab's da zu verstehen, Gott im Himmel?

»Es stimmte wirklich«, sagte sie. »Und das Schlimmste ist, er hat sie schwanger gemacht, während er noch mit mir ging. Das kann ich ihm nicht verzeihen.«

Wieso nicht? Aber wenn er das aussprach, würde es blöd aussehen. Sie dachte offensichtlich, er könne ihr folgen. Deshalb sagte er: »Das ist ja furchtbar.«

»Du verstehst mich also? Was Männer doch für Dreckschweine sind. Ich könnte ihn umbringen, den Kerl.«

Die Band über ihnen platzte mit einem fürchterlichen Elan los, der jedes Gespräch unmöglich machte. Sie erhob sich gereizt, und er verstand nur einzelne Wörter – »weg« – »tanzen?«. Er führte sie zur Tanzfläche, und sie eilten im Foxtrott dem anderen Ende des Saals entgegen.

»Ja«, sagte sie. »Und das nach seinen Versprechungen. Wenn ich mir vorstelle, daß er die ganze Zeit heimlich mit ihr geschlafen hat!«

Also war doch die Frau des Typen schwanger. Una war nicht schwanger. Worüber regte sie sich dann so auf, um Gottes willen?

»Wenn ich jetzt wieder zu ihm ginge«, sagte sie, »würde er mich auf Händen und Knien empfangen. Aber da kann er lange warten. Das habe ich ihm heute gesagt. Charakterschwache Jammerlappen bin ich leid.«

»Das will ich meinen«, sagte Mr. Devine verwirrt, aber mit Nachdruck. »Du bist viel zu gut für ihn, so ein reizendes Mädchen.«

»Reizend? Ich bin nicht reizend, Dev, das weißt du.«

»Doch. Du bist das reizendste Mädchen, das ich je kennengelernt habe. Wie konntest du mit einem von der Sorte bloß deine Zeit verschwenden?«

»Reden wir nicht davon«, sagte sie. »Ich möchte nicht mal dran denken. Tanzen wir einfach.«

Und so tanzten sie schweigend, und sie legte ihre Wange an die seine. Das warme Gefühl des Sichverlierens kam wieder, traurig und köstlich. Wäre es doch nur damit getan, dachte er, könnten wir doch nur weitertanzen, ohne noch etwas zu sagen, wäre doch alles geklärt, ohne daß wir es aussprechen müßten.

Aber der Tanz ging zu Ende. Die Paare klatschten. Denis Donegan warb für eine Dienstagsveranstaltung. Als er damit fertig war, setzte die Musik ein. Die Paare hatten das Parkett nicht verlassen. Sie tanzten wieder, Una und er mittendrin.

»Bei diesem Tanz klatschen die Damen ab.«

»Jetzt wird eine versuchen, dich mir wegzunehmen«, sagte sie.

»Ha, ha, mach dich nicht lächerlich.«

»Was ist denn daran lächerlich, Dev? Du bist doch ein gutaussehender Mann. Und so vornehm mit deiner neuen Kluft.«

»Ach, Unsinn, ich bin bloß ein Pauker, einer von den langweiligen, hm?«

»Du angelst nach Komplimenten, Dev.«

»Nein, nein.«

»Dann hast du eine zu schlechte Meinung von dir selbst. Mir ist schon öfter aufgefallen, wie zurückhaltend du mit anderen Leuten bist. Als ob du meintest, die wären besser als du. Ich glaube, Katholiken neigen zu dieser Art von Demut, meinst du nicht?«

»Unterm Priesterjoch?« sagte Mr. Devine leise. »Willst du das damit sagen?«

»Natürlich nicht!«

»Also wir haben noch nie darüber gesprochen, Una, aber, ehm, hast du etwas gegen Katholiken?«

»Nein, Dev. Überhaupt nicht. Nun werd mal nicht grantig. Ich muß sagen, sie kommen mir nicht frei vor. Sie müssen bestimmte Dinge glauben oder die Konsequenzen tragen.«

»Muß das nicht jeder heutzutage?« fragte er.

»Kann sein. Aber verstehst du, was ich meine?«

»Nein, eben nicht«, sagte er verärgert. »Ich bin ziemlich frei, verdammt noch mal. In vieler Hinsicht bin ich sogar ein Ketzer. Du würdest staunen, wie viele Katholiken das sind.«

»Und wie weit geht die Ketzerei? Würdest du zum Beispiel darauf bestehen, daß deine Kinder katholisch erzogen werden?«

Er merkte, worauf sie hinauswollte. Aber ihn konnte sie nicht aufs Glatteis führen. »Wenn du mich zum Beispiel heiraten würdest«, sagte er, »dann gäbe ich alles für dich auf.«

»Oh, Dev.«

»Alles!« Seine Stimme hatte sich wieder fast zu einem nervösen Schreien gesteigert. »Auch meine Religion würde ich aufgeben, wenn es sein müßte.«

Er war so aufgewühlt, daß er aus dem Schritt kam und sie anzuhalten zwang. »Laß uns tanzen«, sagte sie rasch. »Bitte!«

»Ich möchte, daß du mir glaubst«, beharrte er, die Augen hinter den Brillengläsern weit aufgerissen. »Ich meine, es ist mir wichtig, daß du mir glaubst.«

»Jaja, natürlich glaub ich dir. Aber laß uns jetzt tanzen. Wir wollen nicht mehr reden.«

Sie tanzten. Ging ein Tanz zu Ende, ließ sie ihn nicht

los. Sie standen im Kreis der Paare und warteten darauf, daß die Musik wieder begann. Sie sagten kein Wort. Nach einer Weile legte sie den Kopf wieder an seine Schulter; er spürte ihr Haar an seiner Wange. Er schwieg. Er durfte nicht noch einmal alles verderben. Er mußte so zufrieden sein.

Als sie einen langsamen Walzer tanzten, sagte sie: »Ich mag dich auch sehr gern. Vielleicht bin ich sogar in dich verliebt. Ich weiß es nicht.«

Er kniff die Augen hinter der Brille zusammen in dem Bemühen, das abscheuliche Selbstmitleid zu unterdrücken; so benahm sich doch kein Mann. Er mußte den Mund halten, er hatte ihr genug zugesetzt. Sie wollte jetzt nur nett zu ihm sein.

»Ich habe heute viel über dich nachgedacht, Dev, und überlegt, wie gut du immer zu mir warst, seit wir uns kennen. Deswegen wollte ich heute abend auch mit dir ausgehen, obwohl mir nicht nach Ausgehen zumute war. Du hattest dich gestern so darauf gefreut, und das habe ich dir verdorben.«

Er fühlte seinen Körper steif werden. Verdammt, wollte sie ihm etwa sagen, daß er ihr leid tat?

»Du hast mir das Gefühl gegeben, wichtig zu sein«, sagte sie. »Das Gefühl, daß ich etwas wert bin. Weißt du, was ich meine?«

Er nickte.

»Ich war noch nicht viel mit Jungen aus«, sagte sie. »Und keiner war je so rücksichtsvoll wie du. Wahrscheinlich wünscht jedes Mädchen sich ein bißchen Verehrung. Da bin ich keine Ausnahme.«

»Der nächste Tanz ist ein Medley.«

»Tu mir einen Gefallen«, sagte sie. »Wenn uns jemand

abklatscht, achte nicht drauf. Ich möchte jetzt bis zum Schluß durchtanzen.«

»Gut«, sagte er.

»Ich will einfach alles vergessen. Okay?«

»Okay.« Was konnte er anderes sagen? Nichts war geklärt, alles hing noch in der Schwebe. Abgewiesen hatte sie ihn aber zumindest nicht, oder? Also tanzten sie. Sie tanzten in einer Tour bis zum Abschiedswalzer. Sie reihten sich in einen Kreis ein und sangen »Wahre Freundschaft« mit. Con Smythe hieb in die Tasten: *»God Save the Queen.«*

Die Kellner, schon im Mantel, fegten Zigarettenkippen unter den Tischen hervor. Im Flur oben drehte die schwarze Dame das Licht aus. An der Garderobe standen sie als letzte an, und der Mann im Glitzersmoking hielt ihnen die Ausgangstür auf. Der Portier war heimgegangen. Alles war vorbei, und wenn ihm nicht irgend etwas einfiel, um sie festzuhalten, eine Möglichkeit, den Abend zu verlängern, würde sie nach Hause fahren, und nichts wäre geklärt.

Unschlüssig drehte sie sich in der dunklen Gasse um. »Können wir nicht noch irgendwo hingehen? Ist alles zu?«

»Ich fürchte, ja.«

»Wir kriegen nirgends was zu trinken?«

»Ich, ehm, ich glaube nicht.«

»Und wenn wir zu dir gehen?«

»Zu mir?«

»Ja, in deine Wohnung«, sagte sie. »Hast du nichts zu trinken im Haus?«

Mr. Devine legte die Hände übereinander, faßte an seinen Siegelring, drehte ihn. »Doch, natürlich«, sagte er.

»Eigentlich müßte ich noch Gin da haben. Obwohl es vielleicht nicht mehr viel ist.«

»Hör zu, Dev, soll ich mitkommen oder nicht? Du verletzt nicht meine Gefühle, wenn du mir die Wahrheit sagst.«

»Aber klar. Ich, ehm, ich würde jetzt ungern den Abend beenden. Klar doch, gehn wir zu mir.«

»Gut. Und wie kommen wir dahin?«

Sie hatte ihm die Entscheidung abgenommen. Er dachte an Mrs. Dempsey und verdrängte den Gedanken. Er hatte noch nie ein Mädchen in der Wohnung gehabt, schon gar nicht um diese Zeit. Mrs. Dempsey nahm es damit sehr genau. Aber jetzt war es zu spät, darüber nachzudenken. Er hörte sich etwas von einem Bus sagen, und ehe er dem noch viel hinzufügen konnte, waren sie bereits mit dem Bus unterwegs.

Um diese Zeit.

Er hoffte, es würde sie wenigstens niemand reingehen sehen.

Vielleicht, wenn sie ganz leise waren?

Vielleicht ging es ja gut.

Die Souterrainwohnung war dunkel und still wie das übrige Haus. Er drehte das Flurlicht an und eilte ihr voraus, aber war es überhaupt sauber bei ihm? Wie hatte er sie nur mit hierhernehmen können; die Wohnung war schäbig, erbärmlich, sie strafte seine neuen Kleider Lügen, den Wein, den er zum Essen bestellt hatte, seine ganzen Bemühungen, sich flott und elegant zu geben. Sobald er in seiner Bude Licht machte, würde er in ihrer Achtung sinken. Das Ding war eine Rentnergruft: blamabel. Er schämte sich so sehr dafür, daß er noch nicht mal ein Wort der Entschuldigung fand. Er nahm ihren Mantel und hängte ihn auf den Ständer in der Diele. Er hörte sie hineingehen. Wo zum Teufel waren die Gläser? Und wieviel Gin war noch in der Flasche, die er Weihnachten gekauft hatte? Er fand die Flasche und zwei kleine Gläser und eilte hinter ihr her. Sie stand vor dem heruntergebrannten Kaminfeuer und sah sich seine Fotosammlung an.

»Bist du das?« fragte sie und zeigte auf einen dunkelhaarigen jungen Mann mit einem Tennisschläger.

»Nein, der heißt Mick Hanratty. Das da bin ich.«

»Ach, mit der Brille. Ja.«

Es gab einen einzigen annehmbaren Sessel, und weiß Gott, auch damit war es nicht weit her. Er fegte die Zeitungen und Zeitschriften herunter, bevor er ihn ihr anbot. Die Bude war völlig verdreckt, stellte er fest. Aber sie schien es nicht zu bemerken. Sie lehnte den Sessel ab und setzte sich auf den Teppich am Kamin. Als sie sich niederließ, bauschte sich ihr Rock ein wenig und rutschte über die Knie hoch. Mr. Devine schaute weg. Er hatte noch Orangensaft irgendwo, eine ganze Flasche, abgestanden und warm. Er goß Gin in die Gläser und füllte sie mit dem Saft auf.

»Bitte sehr. Nichts Besonderes leider.«

»Ist doch prima. Setz dich in deinen Sessel und mach's dir bequem. Wohnst du hier ganz allein, Dev?«

»Ja. Die Leute oben kochen für mich.«

»Ich beneide dich, Dev, daß du allein lebst.«

Er sah über den Lichtkreis der Leselampe hinaus auf die staubigen Bücherregale, den alten Koffer unter der Fensterbank, voll mit ungestopften, schmutzigen Socken. Er sagte: »Man kann sich einsam fühlen, wenn man allein lebt.«

»Du kannst doch Freunde einladen.«

»Ich, ehm ... Schullehrer sind anscheinend nicht so kontaktfreudig«, sagte er. »Mir ist schon öfter aufgefallen, daß wir kein sehr geselliges Leben führen. Andere Lehrer sagen das auch.«

»Aber du hast doch Verwandte. Familie und so weiter.«

»Meine Eltern sind beide tot. Ich habe eine Schwester, aber die wohnt nicht in Belfast.«

»Keine Mädchen?«

»Nein.«

»Ach, das kann ich nicht glauben«, sagte sie.

Mr. Devine sah auf seine Hände nieder. Ohne es zu merken, hatte er an dem Ring gedreht. »Doch«, sagte er. »Du bist überhaupt das erste Mädchen, das mich hier besucht, abgesehen von meiner Schwester.«

»Aber du bist doch so verständnisvoll«, sagte sie. »Ich meine, die Sache mit Michael, die ich dir heute abend erzählt habe, da hast du meine Gefühle doch sofort verstanden. Ich dachte, du müßtest schon viele Frauen gekannt haben, weil du so ... dann muß das Intuition sein.«

Vom Kaminsims betrachtete ihn der Mann mit dem langen Schnauzbart, die Dame im weißen Seidenbrokat lächelte ihr steifes, gekünsteltes Lächeln. Hat dir jemals eine Frau so eine Geschichte erzählt, Papa? Wärst du daraus schlau geworden? Ein Mann schwängert seine Frau, und ein Mädchen fühlt sich dadurch betrogen. Wie stand es mit deiner Intuition, Papa? Aber sein für den Fotografen von anno dazumal lächelnder Vater hätte das nicht begriffen: Er hatte Mary Ellen McGrath geheiratet und zwei Kinder mit ihr gezeugt. Im Leben seines Vaters hatte es keine anderen Mädchen, keine anderen Frauen gegeben. Er hätte die Frage als belanglos betrachtet.

»Du hast Bescheid gewußt«, sagte sie. »Die meisten

Männer hätten nicht begriffen, worum es eigentlich geht. Daß er versprochen hatte, sich von ihr scheiden zu lassen, hab ich dir doch erzählt?«

»Ja.«

»Er sagte, wenn ich nach Belfast ginge und ein Jahr wartete, würde er sich nach London absetzen und ihr Gründe in die Hand geben können. Ich sagte, mir sei alles egal, ich würde auch selbst den Scheidungsgrund abgeben.«

Mr. Devine schaute ins Feuer. Er konnte einfach bei dieser Unterhaltung nicht mehr seinen Vater ansehen.

»Schockiert dich das, Dev? Ich war eben verliebt in ihn, ich war zu allem bereit. Ich ahnte ja nicht, daß er nicht auch in mich verliebt war. Kann er aber wohl nicht gewesen sein, hm? Ich meine, wenn er die ganze Zeit mit ihr geschlafen hat. Oh, es ist widerlich! Widerlich!«

Sie neigte plötzlich den Kopf, und er sah ihren weißen Nacken. »Also jetzt muß ich mal davon aufhören«, sagte sie. »Aber ich könnte ihn umbringen, wenn ich daran denke.«

»Laß es«, sagte Mr. Devine heiser. »Er ist gar nicht wert, daß du an ihn denkst.«

»Nein, du hast recht.« Sie hob den Kopf und sah ihm in die Augen. »Dev, stimmt es, was du heute abend gesagt hast? Liebst du mich wirklich?«

Er nickte, während seine Finger mit dem Ring spielten. Er nickte noch einmal.

»Sag es, Dev. Sag es noch mal, mir zuliebe.«

Mr. Devine schaute sie an, die Augen halb geschlossen hinter der Brille. »Ich liebe dich«, sagte er heiser.

Auf dem Teppich kniend, schloß sie die Augen und legte den Kopf zurück. Mr. Devine holte tief Atem und sagte: »Ich liebe dich, ich liebe dich, Una.«

»Küß mich.«

Er beugte sich vor, um sie zu küssen, und dachte im letzten Moment an seine Brille. Er nahm sie ab und hielt sie auf Armeslänge weg, während er sich niederbeugte, um sie zu küssen. Er verfehlte ihren Mund völlig.

»Noch mal«, sagte sie. Sie legte ihm die Arme um den Hals und zog seinen Kopf zu sich herunter. Man mußte sich ganz schön verrenken, stellte er fest, um jemand zu küssen, der einem zu Füßen kniete. Aber sowie seine Lippen die ihren berührten, vergaß er seine Verrenkungen. Ihr Mund war warm, ihre warme Wange berührte die seine. Eine heiße, zitternde Empfindung überkam ihn. Er glitt aus dem Sessel wie ein Betrunkener. Vor ihr kniend, legte er die Arme um sie. »Ich liebe dich«, sagte er heiser. »O Gott, ich liebe dich.«

Er merkte, wie sie sich ihm entzog. Er mußte ihr weh getan haben. Zerknirscht ließ er sie sofort los. Aber sie lächelte und legte sich der Länge nach auf den Teppich. Er sah, daß der Kasten mit seinen schmutzigen alten Hausschuhen nur eine Handbreit von ihrem Kopf entfernt stand. Er beugte sich vor, wie um sie zu küssen, und schob ihn hinter den Kaminvorsetzer.

»So ist das schön«, sagte sie. Ihre Augen waren geschlossen, und sie wartete. Er küßte sie wieder. Ihr Mund schien sehr groß und warm. Zu seiner Beunruhigung begann ihre Zunge gleich zu forschen. Er hatte schon Einschlägiges gehört über diese »geilen« Zungenküsse. Bei ihrer schwarzen Seele, wer hatte ihr das beigebracht? *Der verheiratete Mann.*

»Was hast du, Dev?«

»Nichts. Ehm, gar nichts.«

»Was ist denn, willst du mich nicht küssen?«

»Doch, natürlich.«

»Soll ich lieber gehen?« sagte sie und setzte sich aufrecht.

»Nein, nein.«

Er schaute auf ihre Knie, als er das sagte. Ihr Rock war in Unordnung. Sie forderte ihn heraus. Ihm kam der Gedanke, daß sie es vielleicht gewohnt war, mitten in der Nacht auf fremden Teppichen zu liegen. Es war möglich. Wahrscheinlich.

»Na also«, sagte sie und legte sich wieder hin.

Als Antwort pilgerte oder vielmehr rutschte er ungeschickt auf den Knien zu ihr hin und streckte die Hände aus, um sie zu berühren. Er spürte, dies war der Augenblick der Sünde: Nachdem er so weit gegangen war, würde er ihr folgen müssen, wohin sie ihn führte. Aber er hatte Angst, jetzt aufzuhören. Er wußte gar nicht, wie. Alles, was er hätte sagen können, hätte sie gekränkt.

»Mach das Licht aus«, flüsterte sie. »Das Feuer ist hell genug.«

Dazu mußte er wieder aufstehen. Als er die Leselampe ausschaltete, sah er, daß sie recht hatte; das Feuer warf einen sanften rötlichen Schein über den Teppich, den abgewetzten Sessel, die Gläser auf dem Tisch dahinter. Er senkte den Blick und schaute ihr in die Augen: Sie sahen ganz verändert aus. Wie eigenartig sie glänzten; es erinnerte ihn an die Augen der Katze seiner Schwester vor dem schwarzen Torfherd in der Küche in Dungannon. Eifrig kniete er sich wieder hin, wie in Niederwerfung vor dem Altar ihres Körpers. Hier auf dem Teppich, unterm Hochzeitsfoto seiner Eltern, hatten die einsamen Träumereien seiner Jugend unwahrscheinlicherweise reale Gestalt angenommen. Sie ist mir nah, dachte er. Sie ist mir nah.

»Jetzt sag ich's *dir*«, sagte sie. »Ich lieb dich, Dev. Ich liebe dich.«

Dankbarkeit erfüllte ihn. Er legte die Hände an ihren Hals und küßte sie auf die Lippen. Aber ihr Mund öffnete sich, ihre Zunge forschte. Die Geste der Verehrung war entweiht. Er glitt rasch in die Hocke zurück und hörte selbst, wie er erschrocken die Luft einzog.

»Sag, daß du mich liebst«, befahl ihre Stimme.

»Ich liebe dich.«

»Und ich liebe dich.«

Endlich begriff er, wozu das gut war. Die Worte sollten wiederholt werden wie ein Gebet, als könnten sie dadurch wahr werden. Wieder beugte er sich vor und berührte mit den Lippen ihren Hals. Doch er verlor das Gleichgewicht und fiel halb auf sie.

»Oh, entschuldige, Una. Tut mir schrecklich leid.«

»Macht doch nichts.« Sie setzte sich auf und sah ins Feuer. Verlegen sagte sie: »Ich nehme an, du bist vorsichtig. Du hast doch sicher was da.«

»Bitte?«

»Ach, schon gut.« Sie stand auf und legte die Hand auf den Kaminsims, während sie weiter ins Feuer sah. »Ich bin das nicht gewöhnt«, sagte sie nervös. »Geh schon in dein Zimmer, bis ich soweit bin. Ich komme gleich nach.«

Jetzt konnte er doch weiß Gott nicht richtig gehört haben. Langsam stand er auf, und er hatte Angst, sie anzusehen.

»Mach bitte kein Licht da drin«, sagte sie. »Ich hätte es lieber dunkel.«

Sie schaute ins Feuer und wartete darauf, daß er sie allein ließ. Er ging zur Tür. Im vertrauten Dunkel der Diele bewegte er sich instinktiv und fand den kalten Messingtürgriff seines Schlafzimmers. Der Mond schien hinein, ein schwaches Licht, in dem sich undeutlich sein schweres, massives Bett abzeichnete, die Kommode und ein Stuhl, auf dem eine Hose lag wie mit gebrochenen Beinen. Er merkte, daß er seine Brille in der Jackentasche hatte. Er setzte sie auf und sah in den Frisierspiegel. Das Gesicht, das ihn anschaute, war angsterfüllt.

Er horchte: Aus dem Wohnzimmer kam kein Geräusch. Was machte sie, was hatte sie gemeint, zog sie sich jetzt aus? Und er, was mußte er jetzt machen?

Wie bin ich bloß in so eine Situation geraten, fragte er sich, und seine Finger suchten, berührten, drehten den Siegelring. Hier in seinem einsamen Bett, wo er tausendmal in sündhaftem Gedankenflug gesündigt hatte, um es allnächtlich zu bereuen, murmelnd Abbitte zu leisten, in diesem Bett würde heute nacht wirklich gesündigt werden. Daran führte kein Weg vorbei. Sie würde gleich hiersein.

Und er, was sollte er tun? Sich ausziehen? Ins Bett gehen und warten? Oder einfach hier sitzen bleiben? Beschämt dachte er an seinen nackten Körper. Er würde schrecklich aussehen, die einwärts gedrehten Knie, die schmale Brust und, *barmherziger Gott!*, lange weiße Unterwäsche. Ein Komiker in langen Unterhosen, eine Lachnummer. Oder würde er sie ängstigen, würde sie schreien? Mrs. Dempsey in ihrem Bett oben würde alles hören. Sie würde die Polizei rufen.

Nie wieder, o Gott, will ich in Gedanken, Wort oder Tat sündigen, wenn Du in Deiner unendlichen Gnade mir das heute nacht ersparst. Mein Leben lang will ich Dich ehren, wenn dies hier an mir vorübergeht.

Aber warum sollte Gott der Herr in einer so schmutzigen Geschichte ein Wunder geschehen lassen? Und nur ein Wunder konnte ihm jetzt noch helfen. *War sie das schon?* Zieh um Gottes willen die lange Unterhose aus!

Linkisch, als wäre er betrunken, streifte er Schlips und Kragen ab. Hemd über den Kopf. Strümpfe aus. Es war kalt in dem mondbeschienenen Zimmer, und als das kühle Linoleum seine Zehen berührte, überlief es ihn auch innerlich kalt. Er würde versagen. Er fühlte sich unfähig. Er würde versagen. Begierde war ein Hirngespinst, ein sündhaft-heimliches Verlangen, das, wenn es nicht gestillt wurde, ausuferte. Begierde war die Lust im Kopf, ein Garant unwahrscheinlicher Träume. Aber das hier war kein Traum: Im Nebenzimmer machte sich die Wirklichkeit bereit. Nackt wartete sie darauf, der Sünde zu dienen, berührt, beherrscht, bestiegen zu werden. Sie durfte nicht reinkommen. Wenigstens nicht, bis er die Sachen vom Leib hatte. So! Unter das Bett damit.

Aber jetzt war sein langer blasser Körper im Frisierspiegel schmählich entblößt. Es sah aus, als hätte er X-Beine, und seine Haare waren zottelig wie die eines Idioten. Er zog sich in die Dunkelheit hinter dem Bett zurück. War sie das? Ja, er hörte sie durch den Flur kommen. Würde sie lachen wie das Mädchen gestern abend in der Kneipe? Ja?

»Wo bist du, Dev?« Sie war an der Tür. Sie hatte ihn noch nicht gesehen. Und, *o Gott*, sie war nicht nackt wie er. Sie war in ihrem Unterrock! Er hätte nicht alles ausziehen sollen, jetzt würde sie lachen, sie würde ihn auslachen. Mit wilden Blicken schaute er sich um, sah kein anderes Versteck im Zimmer als das Bett und hockte sich schutzsuchend dahinter. Er war erledigt, sie würde in Gelächter ausbrechen, wenn sie ihn sah. Erledigt. Er schloß die Augen, kauernd wie ein Tier. Er würde sagen, ihm sei schlecht. Es sei ihm plötzlich schlecht geworden.

»Dev? Wo bist du?«

Ihre Stimme war sehr laut. Er hatte keine Zeit, sich etwas überzuziehen. Wenn sie noch einmal rief, würde Mrs. Dempsey sie hören. Diese größere Angst veranlaßte ihn, sich ein wenig aufzurichten, so daß sein blasses Gesicht über dem Rand des Bettes erschien.

»Ich, ehm, ich wollte nur ... ich meine, ich wollte nur gerade was wegtun. Einen Moment noch.«

Halb stehend, halb hockend wich er gegen die Wand zurück und zog die Tür des Kleiderschranks auf, um sich ihren Blicken zu entziehen. Im Schrank hing eine Hausjacke, ein ausgefallenes Ding aus Seide, das ihm Kevin Cooke zu Weihnachten geschickt hatte. Er zog sie an, wohl wissend, daß sie ihm nur knapp bis an die Oberschenkel reichte. Verlegen kam er hervor und band die Kordel um die Taille, und seine langen Beine, nackt und weiß, wirkten ein wenig unglücklich in dem seltsamen Aufzug.

Una Clarke setzte sich auf die Bettkante. Das Mondlicht schien auf ihr Gesicht. Sie trug einen weißen Unterrock und war barfuß. Sie lächelte nervös.

»Hallo.«

Er legte sich die Worte zurecht – ihm sei schlecht geworden, sicher habe er etwas Falsches gegessen. Aber er konnte es nicht aussprechen. In dem Moment nämlich legte sie sich auf das Bett, so vorsichtig, als wollte sie sich einer Operation unterziehen. Sie schloß die Augen und wartete, die Arme um ihren Busen geschlungen. Sie hatte ein kleines Mal auf der Schulter. Ihre Lippen bewegten sich zu einem kaum hörbaren Flüstern. »Kommst du, Dev?«

Er ging auf das Bett zu wie ein Verurteilter. In sündhaften Träumen hatte er sich als Meister und Lehrer, männlich, bedrohlich erlebt. Aber jetzt war ihm flau wie einem unvorbereiteten Schüler: Die Rollen waren vertauscht, er würde für sein Versagen bestraft werden. Versagen würde er. Er setzte sich neben sie auf das Bett und sah das leichte Zittern der Erwartung, das seine Anwesenheit bei ihr hervorrief. Sie war so anders als seine sündigen Phantasien: ein junges Mädchen in einem weißen Unterrock, die Augen geschlossen, die nackten Füße Seite an Seite. Sie wartete.

In täppischer, fahriger Hast beugte er sich vor und küßte sie auf die Lippen. Sie streckte die Arme aus, umfaßte seine Schultern und zog ihn zu sich herunter. Ihre Hände, merkte er, waren so kalt wie seine. Ungeschickt glitt er von der Berührung ihres Busens weg und legte sich, Opfer zu Opfer, neben sie. Sie sagten nichts, und in der Stille dieser langen Sekunden klang das Ticken des Nachttischweckers laut wie ein Metronom im Zimmer. Sie wartete: der Morgen war ein Menschenleben entfernt. Er mußte handeln.

Er schlug die Augen auf und wandte den Kopf, um sie anzusehen. Ihr Gesicht war zentimeternah, ihre Augen waren offen und schauten ihn an. Panische Angst drehte ihm den Magen um. Er setzte sich im Bett auf.

»Was hast du, Dev?«

»Nichts.«

»Also dann leg dich her. Leg dich auf mich. Mir ist kalt.«

»Ich, ehm ... ich ...«

Er brachte es nicht heraus. Er sprang vom Bett herunter und lief zur Tür des Zimmers. Aber wohin sollte er gehen, halbnackt, mitten in der Nacht? Er blieb an der Tür stehen, als hätte irgendein unsichtbarer Polizist aus seinen alten, sündhaften Träumen ihm die Hand auf die Schulter gelegt und ihn für verhaftet erklärt. Er blieb stehen, wagte aber nicht, sich nach dem Bett umzudrehen.

»Dev? Dev, was ist denn mit mir? Sag's mir, du mußt mir zeigen, was ich tun soll. Das ist für mich das erste Mal.«

Sein kreideblasses Gesicht reflektierte das Mondlicht, als er sie anstarrte. Sie saß auf der Bettkante, und auch ihr Gesicht war voller Angst. *Ihr erstes Mal?* O Gott, warum hatte sie das nicht früher gesagt? Aber jetzt war es zu spät. Er konnte nicht zugeben, daß auch er... sie würde ihm nicht glauben. Er sagte rauh im Flüsterton:

»Es ist nicht deine Schuld. Du kannst nichts dafür.«

»O Gott, wie ist das schrecklich. Schrecklich!«

»Es tut mir leid«, sagte er und ließ den Kopf hängen.

Eine Zeitlang kam vom Bett her kein Laut. Dann hörte er sie zu seiner Bestürzung weinen. Er hob die Augen und sah ihr tränennasses, zorniges Gesicht.

»Sieh mich nicht an«, schrie sie. »Herrgott, sieh mich nicht so an!«

»Bitte, Una, laß mich erklären, ich, ehm...«

»Ogottogott!«

Als sie auf ihn zulief, wich er unwillkürlich zurück, weil er dachte, sie wolle ihn schlagen. Aber sie wollte nur flüchten; weinend, weiß im Mondlicht sauste sie in der Tür an ihm vorbei. Er hörte, wie sie die Tür des anderen Zimmers hinter sich zuwarf. Langsam ging er zum Bett und setzte sich. Sie würde jetzt heimgehen. Sie würde sich anziehen und gehen. Es war alles vorbei: Sie würde ihm nicht verzeihen.

Lange Zeit saß er regungslos, die nackten Füße auf dem

kalten Linoleum des Fußbodens. Irgendwo in der Stadt schlug eine Glocke, und er sah auf seinen Wecker. Der lange, phosphoreszierende Minutenzeiger und der kleine dicke Stundenzeiger bestätigten die Zeit auf dem Zifferblatt. Drei Uhr. Er faßte an seinen Ring und drehte und drehte ihn, als wollte er damit seinen Mut ankurbeln. Sie war noch nicht gegangen. Er hatte nichts gehört. Fröstelnd und steif stand er auf und trat in den Flur. Ein Lichtstreifen zeigte sich unter der Tür seines Wohnzimmers. Er hörte sie weinen. Leise klopfte er an.

»Geh weg.«

»Una, bitte.«

»Geh weg.«

Unsicher rieb er die Unterschenkel aneinander und schlich zurück ins Schlafzimmer. Er setzte sich wieder aufs Bett, das Gesicht der Uhr zugewandt. Als der schmale Minuten- und der dicke grüne Stundenzeiger vier Uhr anzeigten, stand er auf und ging wieder hinaus in den Flur. Das Licht brannte noch. Er klopfte nicht, sondern drückte die Klinke herunter. Er ging hinein.

Sie war vollständig angekleidet und lag mit dem Gesicht nach unten auf dem Teppich. Sie sagte nichts und rührte sich nicht, als er eintrat. Eine von ihrem Atem bewegte Haarlocke verbarg die Verwirrung auf ihren Zügen. Vom Weinen erschöpft, schlief sie.

Ganz leise setzte er sich in seinen Sessel. Sie wachte nicht auf. Lange Zeit blickte er starr auf ihr Gesicht und fragte sich, ob er es riskieren sollte, sie aufzuheben und auf sein Bett zu legen. Aber das hätte sie mißverstehen können. Besser, man ließ sie in Ruhe. Er ging auf Zehenspitzen zum Flur und holte seinen grauen Mantel. Vorsichtig kam er damit zurück, blieb stehen und hielt ihn vor sich wie ein Cape. Er schickte sich an, den Mantel über ihren Körper und ihre Beine zu breiten, und in diesem Augenblick, als er auf die schutzlos Schlafende hinuntersah, überkam ihn ein Verlangen, das er nicht zu steuern vermochte, jäh und irritierend. Er spürte, wie seine Hände zitterten, der Mantel zitterte. Jetzt hätte er es gekonnt: Er hätte sich auf sie werfen können wie ein Tier, ihr die Kleider herunterreißen, seiner Leidenschaft freien Lauf lassen können. Er schloß die Augen. War das nicht wieder seine sündhafte Phantasie, die Einbildung, die die Wirklichkeit ersetzte? Nein, er konnte es nicht, er würde nur Scham und Entsetzen empfinden, wenn ihre Augen sich öffneten, wenn sie einwilligte, wenn sie darauf wartete, daß er mit ihr schlief. Sanft ließ er den Mantel sinken und deckte ihre Beine zu. Er setzte sich in seinen Sessel, das Kinn auf seinem Brustbein, den Widerschein des heruntergebrannten Feuers in den Augen.

11

Fahles Hinterhoflicht drang in den schmalen Garten und erhellte das vergitterte Souterrainfenster. Vier lange Schattenstäbe ragten in den Raum, fielen auf einen hochhackigen Schuh, ein Glas mit Lippenstift am Rand. Wie Sträflingskleidung lagen die Schatten auf der schlafenden Una Clarke. In der Ferne heulte eine Fabriksirene. Mr. Devine schlug die Augen auf und blickte verständnislos auf die Asche im Kamin, den hochhackigen Schuh neben dem Vorsetzer. Es war Morgen.

Kein Laut kam aus dem Haus, kein Laut von der Straße. Es mußte noch sehr früh sein. Sie sollte gehen, bevor jemand auf war und sie sehen konnte. Sie mußte zu Herons zurück, bevor die Herons aufwachten. Im Geiste sah er das wütende Gesicht von Tim Heron vor sich. Aber er weckte sie nicht. Wenn er sie weckte, würden sie sich unterhalten müssen, er und sie. Das war schlimmer als alles andere.

Um halb sieben kam ein Pferdekarren die Allee hinauf, und er hörte, wie das Pferd draußen anhielt. Als der Milchmann den Fußweg entlangkam, begann er zu pfeifen. Würde sie davon aufwachen? Die Milchflaschen klirrten, das Gepfeife ging weiter. Mr. Devine sah auf sie nieder. Ihre Augen waren geöffnet und beobachteten ihn.

»Wie spät ist es?« fragte sie.

»Nach sechs.«

»Warum hast du mich denn nicht geweckt?« Sie warf

den Mantel zur Seite, sprang auf und strich ihren Rock glatt. »Ich muß sofort nach Hause. Ich hatte ja nicht vor, hier über Nacht zu bleiben.«

»Entschuldige. Ich wollte dich nicht stören.«

Sie sah sich nach ihrer Handtasche um, fand sie und lehnte einen kleinen Spiegel gegen das gerahmte Foto der Eltern von Mr. Devine. Schnell begann sie ihr Haar zu kämmen. Ein paar Augenblicke schwiegen sie beide. Dann sagte sie, während sie sich noch kämmte: »Wahrscheinlich sollte ich mich bei dir bedanken. Wenigstens bin ich noch so, wie ich war, bevor ich hierherkam.«

»Una, ich, ehm, es tut mir furchtbar leid, was passiert ist.«

»Es ist meine Schuld«, sagte sie in einem aufgesetzt fröhlichen Ton. »Ich wollte mich ja nur an Michael rächen. Dafür habe ich einen Dämpfer verdient.«

»Ich, ehm, ich hätte nie zulassen dürfen, daß du... es war mein Fehler, Una.«

»Ach, reden wir nicht davon«, sagte sie mit einem Lachen, das eher wie ein kleiner Schrei klang. »Mein Gott, ich muß los. Tante Maeve steht um sieben auf. Wenn ich vor sieben nicht da bin, gibt es Krach.«

Mr. Devine sah plötzlich Maeve Heron vor sich, eine wackere Pfarreihelferin, stets beschäftigt mit Wallfahrten, Basaren und Heimen für gefallene Mädchen. Die Allerletzte, die so etwas entdecken durfte. Er mußte sehen, daß sie nach Hause kam!

Sie steckte den Spiegel in ihre Handtasche, zwängte den Fuß in ihren Schuh und hüpfte halb stolpernd auf den Flur. Er wollte ihr in den Mantel helfen, aber sie war schon drin, ehe er sie berühren konnte. »Hab ich alles?« fragte sie, ohne sich umzuschauen.

»Ich, ehm, ich glaube. Kommst du allein nach Haus? Sicher fahren schon Busse.«

»Hoffentlich.« Sie stand an der Tür, wartete, als wäre er ein Vertreter, den sie loswerden wollte. Er zögerte, die Hand auf der Klinke. So konnte es doch nicht enden, sie konnte nicht einfach so weglaufen, ohne ein Wort.

»Ist die Tür abgeschlossen?« fragte sie.

»Nein, nein.« Er öffnete sie vorsichtig, damit sie nicht quietschte. Hoffnungsvoll sah er Una an, als sie in der Tür an ihm vorbeiging. Sie sagte, ohne ihn anzusehen: »Soll ich dich später am Tag mal anrufen?«

»Jaja. Bitte.«

»In Ordnung. Wiedersehen.«

»Wiedersehen. Und paß am Tor auf, Una. Das macht Krach.«

Sie eilte den Weg entlang und riß das Gartentor trotz seiner Warnung mit einem Ruck auf. Es machte ein Geräusch wie eine verstimmte Fidel. Sie schloß es gar nicht erst, sondern lief die Allee hinunter, als ob sie sonst zu spät zur Arbeit käme. Daß sie sich so beeilte, war vielleicht nur gut. Und Gott sei Dank hatte sie niemand gesehen. Er schloß die Tür.

Und hörte, wie eine Tür geschlossen wurde. Das konnte doch kein Echo sein, oder? Er horchte mit hämmerndem Herzen, die Augen an der Decke. In dem schmalen Flur über ihm kehrten Schritte zur Küche zurück. Er war sicher, es waren Annies Schritte. Sie hatte alles gesehen. Bestimmt.

Wie ein Urteilsspruch ertönte in der Ferne die Sirene einer Fabrik. Wie spät war es, um Himmels willen? Er zog seine Uhr heraus. Sieben.

Una würde zu spät kommen.

Um neun versammelten sich nach halbstündiger religiöser Unterweisung die ersten Klassen des Tages. Mr. Devine, der pünktlich eintraf, ging zur Unterstufe, wo eine Gruppe Erstsemester ihn erwartete. Es waren Schüler, die nur knapp die Aufnahmeprüfung geschafft hatten; sie würden immer Prüfungsschwierigkeiten haben. Die bewährte Methode bestand darin, sie soviel wie möglich auswendig lernen zu lassen. Mr. Devine setzte sich an sein Pult und rief einen Holzkopf aus Newtonwards nach vorn.

»Fang an«, befahl er, hörte aber nicht zu, als der Junge aufzusagen begann. Wie konnte er an so einem Morgen an den Unterricht denken; ihm war viel zu mies. Sollte er sich krank melden, sollte er zum Dekan gehen und Bescheid geben, daß er krank geworden sei? Könnte er doch nur heim in seinen Bunker gehen, dann wäre es ihm vielleicht ja möglich, Una anzurufen, ob sie gut nach Haus gekommen war. Was aber, wenn Maeve sich am Telefon meldete; wenn sie Una beim Nachhausekommen heute früh erwischt hatten? O nein! Unmöglich, das konnte nicht sein. Wenn aber doch, dann wartete Tim Heron gleich nebenan. Er unterrichtete gerade die zweite Oberstufenklasse.

»Höher stets und freier
Wie du aufwärts dringst,
Dich wie Wolkenfeuer
T-tief durchs Blaue schwingst –«

»Der nächste«, unterbrach Mr. Devine. »O'Brien macht weiter.«

Anhaltendes Stimmengewirr drang durch O'Briens stockenden Einstieg. Das war Pausenlärm; es bedeutete, die Klasse nebenan war unbeaufsichtigt. Mr. Devine stand sofort von seinem Pult auf und ging auf den Gang hinaus. Sobald er den Schülern den Rücken zukehrte, schlugen sie hastig ihre Bücher auf, um sich die nächsten Strophen anzusehen. Aber sie hatten kein Glück. Dev kam wieder herein und schloß die Tür des Klassenzimmers.

»Weiter im Text«, sagte er.

Herons Klasse war unbeaufsichtigt. Heron war nicht zur Arbeit gekommen. Mr. Devine hatte es nur nicht früher bemerkt, weil der junge Connolly die Tür zwischen seiner und Herons Klasse aufgelassen hatte, um die Jungen im Auge zu behalten. Das machten die Lehrer öfter so, um einen Kollegen zu decken, der zu spät kam. Jetzt war es zwanzig nach neun, und Tim Heron war normalerweise sehr pünktlich. Immerhin bestand die Möglichkeit, daß Heron krank war.

»Luft und Erde sind
Laut von deinem Lied,
Wie in Nächten, lind,
Wenn die Wolke schied –«

»In Ordnung«, sagte Mr. Devine. »Mach du weiter, Halloran.«

»Wenn die Wolke schied,
Der Mond mit Strahlenregen…«

Halloran stockte, die nächste Zeile fiel ihm nicht ein. Normalerweise hätte Mr. Devine ihn auf der Stelle gezüchtigt. Aber an diesem Morgen sagte er lediglich: *»Den Himmel überzieht.* Von da an, bitte.«

»Wo du hergeflogen
Kommst, wir wissen's nicht;
Umwölkter Regenbogen
Schickt nie... schickt nie...«

»Schickt Schauer nie so licht«, half Mr. Devine nach. »Setzen, Halloran. Kelly macht weiter.«

Kelly stand auf. Er kannte seinen Vers. Im Galopp rasselte er ihn herunter:

»Wie ein hochgeboren
Mädchen sich versehnt,
In Musik verloren
An den Turm gelehnt...«

»Conlon weiter«, sagte Mr. Devine.

Aber als Conlon sich erhob, rief ein Schüler aus den hinteren Reihen: »Sir, da ist jemand an der Tür.«

»Bitte?«

Es war jemand an der Tür. Sie öffnete sich ein wenig, und Tim Heron steckte seinen Kopf herein. Er winkte Mr. Devine zu sich und zog den Kopf wieder zurück. Mr. Devine stand mit einem flauen Gefühl im Magen von seinem Pult auf. Er sagte zur Klasse: »Nehmt eure Bücher raus und studiert den Text. Jeder, der spricht, wird dafür bestraft.«

Er ließ die Tür des Klassenzimmers angelehnt als Warnung, daß er auf Lärm achten würde. Auf dem Gang wartete Tim Heron, die blassen Lippen vor Wut zu einem dünnen Strich gepreßt, und seine grimmigen, tiefblauen Augen huschten nach links und rechts die Klassenzimmertüren entlang, als befürchtete er, der Direktor könne wie ein wilder Springteufel aus einer hervorgeschnellt kommen. Beunruhigt sah Mr. Devine, daß er noch im Mantel war und noch die abgewetzte Aktentasche trug, die ihn stets auf dem Weg von und zur Schule begleitete. Er sah aus wie jemand, der im Begriff war, wieder zu gehen – ein eiliger, aufgebrachter Besucher.

»Der junge Connolly hat für dich Wache gehalten«, setzte Mr. Devine an. »Der Direktor ist noch nicht da. Keiner hat gemerkt, daß du spät dran bist.«

Aber Tim Heron schüttelte den Kopf, als hätte er eine falsche Antwort bekommen. Er schob sein Gesicht vor, und sein rechtes Auge zwinkerte heftig vor nervösem Zorn. Seine Stimme war heiser. »Hör mal', Dev, warst du gestern abend mit Una aus?«

»Ja, Tim.«

»Wann hast du sie heimgebracht?«

Mr. Devine zögerte. Was sollte er sagen? Was hatte Una gesagt? Er mußte aufpassen, daß er nicht ins Fettnäpfchen trat.

»Nun?« Tim Heron hob die Stimme. »Antworte, wann hast du sie heimgebracht?«

»Äh, wieso denn, Tim? Ist irgendwas?«

»Hast – du – sie – heimgebracht?«

»Nein, ehm, um die Wahrheit zu sagen, sie ist allein nach Hause.«

»Um wieviel Uhr?«

»Pscht!« machte Mr. Devine mit einem warnenden Blick zu der halboffenen Tür des Klassenzimmers. »Um die Wahrheit zu sagen, es war ziemlich spät.«

»Sieben Uhr morgens«, sagte Heron rauh. »Ja, das nenne ich allerdings spät.«

Er zitterte, als könnte er sich nur mit großer Willensanstrengung im Zaum halten. Mr. Devine zuckte unwillkürlich zurück. Da haben wir den Salat, dachte er. Sie haben sie heute früh beim Nachhausekommen erwischt, und sie hat gesagt, daß sie mit mir aus war.

»Sieben Uhr«, wiederholte Tim Heron. »Maeve hat sie ertappt, wie sie heute früh um sieben hinten zum Fenster reingeklettert ist. Und gelogen hat sie auch noch!«

»Gelogen?«

»Ja. Sie sagte, sie hätte bei einem Mädchen übernachtet, das sie kennt. Gut, sagte ich, wie heißt das Mädchen? Da nennt sie mir einen Namen und eine Adresse, die ich nie gehört habe. Und als ich heute morgen zu der Adresse gefahren bin, hatte da auch noch nie einer von dem Mädchen gehört. Das Ganze war erfunden.«

Mr. Devine bemühte sich, schockiert dreinzuschauen.

»Ja. Und dann fiel mir ein, daß sie gesagt hatte, sie sei vorher mit dir ausgegangen. Da wollte ich doch mal sehen, ob wenigstens das stimmt.«

»Ja, ehm, wir waren tanzen, Tim. Vielleicht hat sie in dem Tanzlokal eine Freundin getroffen, ich weiß es nicht.«

»Und dann?«

»Nun, ehm, dann ist sie nach Hause. Nicht allzuspät, ehm, so gegen Mitternacht, denke ich.«

»Na schön«, sagte Tim Heron, das knochige Gesicht weit vorgeschoben, die dünnen Haare ausgefahren wie Antennen. »Wo zum Teufel war sie denn dann zwischen Mitternacht und sieben, kannst du mir das mal sagen?«

»Ich, ehm, ich weiß es nicht, Tim. Aber ich bin sicher, da besteht kein Grund zur Sorge, mein Alter.«

»So? Findest du? Meine Nichte ist die ganze Nacht weg und lügt mich an, und für dich ist das alles okay, ja? Bei Gott, deine Vorstellungen von Sorge möchte ich haben.«

Mr. Devine wich vor dem feindseligen Gesicht zurück. Nervös zupfte er seinen Talar an den Schultern zurecht. »Also Tim, du brauchst mir nun nicht gleich den Kopf abzureißen, ja?«

»Ich will eine ehrliche Antwort. Devine! Warst du die ganze Nacht mit ihr aus oder nicht?«

Devine. Sein eigener Name, ein hinterhältiger Peitschenhieb. In all den Jahren, die er Tim Heron kannte, hatte Tim nicht in diesem Ton mit ihm gesprochen. *Devine.* Als wäre ich ein Fremder, ein Lügner, der versucht hat, ihn zu betrügen. Aber ich *bin* ja ein Lügner, erinnerte sich Mr. Devine schuldbewußt. Nein, kein Lügner, ich will ihn doch nur beruhigen. Unnötig, ihn aufzuregen, nicht wahr? Eine harmlose kleine Lüge tut niemandem weh.

»Nein, Tim«, sagte er. »War ich nicht.«

Einen langen Augenblick schwieg Tim Heron. Seine grimmigen blauen Augen verengten sich, als könnte er nicht deutlich sehen. Schließlich sagte er: »Ist das wahr, Dev? Ehrenwort?«

»Ja, Tim.«

Mr. Devin beobachtete das krampfhafte Auf und Ab von Tims Adamsapfel in dem dürren Hals, als Tim die bittere Medizin schluckte.

»Dann entschuldige«, sagte Tim. »Tut mir leid, daß ich ärgerlich geworden bin, Dev. Ich dachte eben, sie wäre mit dir zusammengewesen.«

»Das, ehm, das macht nichts, Tim.«

»Weiß der Himmel, wie soll man sich denn über so was nicht aufregen?« Die grimmigen blauen Augen weiteten sich fragend. »Weiß der Himmel, wo sie war.«

»Das Ganze ist bestimmt nur ein Streich, ein Mißverständnis«, sagte Mr. Devine. »Una ist ein nettes kleines Mädchen; ein braves Mädchen, da bin ich sicher.«

»So? Ah, du kennst sie nicht so gut wie ich. Ich habe triftige Gründe, beunruhigt zu sein, glaub mir.«

»Ja. Aber Tim, meinst du nicht, wir sollten besser mal in unsere Klassen gehen? Der Direktor ist doch jetzt auf seinem Morgenrundgang?«

»Ich arbeite heute nicht«, sagte Tim Heron, und wieder lag der Ärger schwer auf seiner Stimme. »Ich habe der Mutter in Dublin versprochen, auf das Mädchen aufzupassen. Meinst du, ich kann den ganzen Tag unterrichten, wenn ich solche Sorgen am Hals habe? Ausgeschlossen!« Er unterstrich das mit einem Kopfschütteln. »Ich fahre nach Hause und stelle ein paar Nachforschungen an«, sagte er.

»Aber der Direktor ...«

»Ach, zum Teufel mit dem Direktor!«

»Aber, Tim ...«

»Bis dann, Dev. Behalte das mal für dich, ja?«

»Klar, Tim.«

Heron nahm seine Aktentasche unter den Arm und entfernte sich durch den Gang, wobei seine mit Nägeln beschlagenen Schuhe kleine zornige Geräusche auf dem Mosaikboden machten. Mr. Devine rückte die Schultern des Talars zurecht und sah dem gebeugten Rücken nach. Gott helfe Una! dachte er. Aber was sollte ich machen? Ich wußte nicht, was ich ihm erzählen sollte. Irgendwas mußte ich ja sagen.

Er wandte sich seiner Klasse zu. Die waren sehr still da drin. Man hörte keinen Mucks. Ein sechster Sinn, entwickelt in zehnjähriger Erfahrung, warnte ihn, als er über die Schwelle trat. Alle waren still, gaben vor zu lesen. Er setzte sich an sein Pult und stützte das Kinn auf die Hände. Angelehnte Tür. Und Herons Stimme war laut. Er starrte auf die Reihen gebeugter Köpfe, die schmutzigen Kragen, die schmalen Binder. Nicht ein Schüler traute sich, ihm in die Augen zu sehen.

»Conlon«, sagte er. »Fahr fort.«

»Wo, Sir?«

»Wo wir unterbrochen haben.«

»Wess Wesens sind die Quellen
Deines Sangs zumal?
Wie bildern Stern und Wellen...«

Wenn einer von ihnen ihn ansah, würde er Bescheid wissen. Er hatte sie nicht zehn Jahre unterrichtet, ohne ein Gespür dafür zu bekommen. Sowie sich ihre Augen trafen, würde er Bescheid wissen. Aber sie wichen seinem Blick aus.

»Der nächste. Denny.«

Als Denny mit dem Aufsagen begann, klopfte Mr. Devine plötzlich Aufmerksamkeit heischend auf sein Pult. Zwang sie zum Herschauen. Erschrocken blickten sie auf. Ihre Augen begegneten den seinen, schauten dann weg, wichen ihm aus.

»Nicht dazwischenreden«, sagte Mr. Devine. »Niemand redet dahinten!«

Denny fing noch einmal von vorn an, und die Klasse war still. *Sie wußten es.* Fünfundzwanzig kleine, mit Klatsch versorgte Rundfunker, die darauf warteten, es in der ganzen Schule, in der ganzen Stadt zu verbreiten. O Gott, ist das mein schlechtes Gewissen, oder haben sie uns gehört? Kann es sein, daß sie unser Gespräch gehört haben? Was haben wir eigentlich gesagt? Aber er konnte sich nicht erinnern.

»Könnten wir verschmähn
Haß und Angst und Weh,
Daß wir ohne Trän
Lebten je und je ...«

Als es zum Schluß der ersten Stunde klingelte, wartete der junge Connolly draußen vor der Klassentür mit der zufriedenen Miene desjenigen, der vom Sturz eines Feindes erfahren hat.

»Haben Sie Heron heute morgen gesehen?« fragte er Mr. Devine.

»Ja, ehm, ja, hab ich.«

»Dem geht's jetzt an den Kragen«, sagte Connolly. »Ich hab heute morgen für ihn aufgepaßt, und er hat es noch nicht einmal für nötig gehalten, mir zu danken. Er war kurz hier und ist ohne ein Wort wieder weg.«

Den jungen Connolly schmerzte noch die Zurückweisung durch Herons Tochter, das wußte Mr. Devine. Er war kein verläßlicher Zeuge.

»Aber wissen Sie, was das Schönste ist?« fuhr Connolly fort. »Heron hat dem Direktor nicht mal gesagt, daß er heimgeht! Er ist hiergewesen und wieder abgedampft, ohne jemand einen Ton zu sagen. Dr. Keogh ist außer sich, das kann ich Ihnen flüstern.«

»Ja?« sagte Mr. Devine mit leiser, abwesender Stimme.

Es war zwanzig vor zehn. Vier Stunden noch bis zur Mittagspause. Und da ohnehin schon ein Lehrer fehlte, bestand keine Aussicht, daß der Direktor noch einem freigab. Nein, ich muß dranbleiben, sagte sich Mr. Devine, ich muß es bis zur Mittagspause durchstehen. Dann kann ich ja vielleicht Una anrufen und herausfinden, was los ist. O Gott!

Schwitzende grüne Wände, gurgelnde Heizkörper, undichte Fenster, durch die einem kalte Luft in den Nacken blies, erwarteten ihn in dem kleinen Raum, wo er die nächste Stunde gab. Zwanzig Jungen – die zweite Oberstufenklasse – saßen an ihren Pulten und paukten noch schnell den Stoff, den er abfragen würde. Er sah sie an, als er hereinkam, und der eine oder andere blickte mit einem verlegenen »guten Morgen« auf. Das war normal. Er war beruhigt. Der Klatsch hatte sich noch nicht herumgesprochen: Die Zeit hatte nicht gereicht. Er setzte sich an sein Pult und legte den Rohrstock parallel zur Schreibschale.

Oberstufenschüler waren aber die gefährlichen, wenn der Klatsch erst einmal losging. Einige von ihnen waren Kandidaten fürs Priesteramt; sie hatten ein hochempfindliches Gewissen und neigten dazu, alles Fragwürdige ihrem Studienkreis zu unterbreiten. Aber würde ein Oberstufenschüler so eine Geschichte weitergeben? Wer von ihnen würde sich trauen, so etwas einem Priester zu erzählen? Würden sie überhaupt daraus schlau werden? Die meisten dieser Jungen, das wußte er, waren überhaupt nicht oder nur teilweise aufgeklärt. Sie würden vielleicht nicht wissen, worauf Tim Heron hinauswollte. Es konnte sein, daß sie es einfach meldeten, weil sie nicht begriffen, wie ernst es war. Aber wehe uns, wenn das geschah.

Seine Schüler würden keinen Respekt zeigen, dessen war er sicher. Lehrer waren Tyrannen, und Tyrannen erging es nun einmal so, daß ihre Münze, die Angst, mit heimlichem Spott zurückgezahlt wurde. Jeder einzelne von uns, ob Laie oder Geistlicher, wird auf Schwächen abgeklopft, sagte sich Mr. Devine. Wir sind nicht beliebt, dreihundert Mäuler hier sind bereit, über uns herzuziehen, dreihundert kleine Verleumder, die Heron und mich an einem Vormittag erledigen könnten.

Eine beängstigende Aussicht. Aber er war immer noch Herr der Klasse: Der Stock lag vor ihm, er konnte sie durchprügeln, einen wie den anderen. So hätte es der Dekan gemacht: die doppelte Dosis der Medizin ausgeteilt. Nur, was nützte die Medizin? Die Medizin des Dekans, die Medizin der Schule, machte sie doch erst zu solchen Jungen. Als er selbst Schüler im St. Michan's gewesen war, hatte er seine Lehrer auch nicht geliebt. So war das mit dem Unterricht: Die Schüler respektierten den Stock; der Stock hatte zu seiner Zeit gewirkt, und er wirkte noch immer. Aber wenn ein Lehrer sich eine Blöße gab, bekam er es zurück. Sollten sie uns wirklich gehört haben, dachte er, werden sie es weidlich ausschlachten.

Er klopfte mit den Fingerknöcheln auf das Pult, um ihre Aufmerksamkeit auf sich zu lenken. Aus Gewohnheit warf er einen Blick zur Tafel. Wie üblich war sie mit Pater Kellehers Griechisch-Schnörkeln bedeckt.

»Daly«, sagte er. »Wischen Sie die Tafel ab.«

Der Unterricht begann.

Mittag. Mr. Devine ging zwischen den Reihen essender Schüler entlang und hielt den Kopf wie ein marschierender Soldat sorgfältig geradeaus auf einen neutralen Punkt gerichtet. Er mied jeden Blickkontakt und ging mit nervöser Zielstrebigkeit zum Tisch der Laienlehrer, wo er sich weit weg von den anderen setzte.

Er legte sich die Serviette auf den Schoß, hielt den Atem

an, als ob er tauchen wollte, und schaute dann endlich seine Kollegen an.

Moloney brockte Weißbrot in die Suppe. Comiskey und Turley unterhielten sich über den Etat. Der junge Connolly bat um das Salz. Nichts Ungewöhnliches, kein Hinweis darauf, daß einer von ihnen etwas hatte munkeln hören. Auch am Klerikertisch waren alle beschäftigt. Der Direktor redete, und die anderen Priester hörten zu, wobei sie hin und wieder zustimmend nickten.

Er ergriff den Suppenlöffel. Vielleicht hatte er sich alles nur eingebildet. Jedenfalls war trotz seiner Angst, trotz seines flauen Magens der Vormittag verlaufen wie jeder andere auch. Nichts deutete darauf hin, daß die fünfte Unterstufenklasse Heron gehört hatte, daß ein Gerücht in Umlauf war. Vielleicht bestand also kein Grund zur Sorge. Nur sein eigenes Verhalten diskreditierte ihn jetzt; und doch, was hätte er dem alten Heron anders sagen können? Er wußte ja nicht, was er nach Unas Meinung hätte erzählen sollen. Ach, na ja, irgendwie mußte er den Tag durchstehen.

»Guten Tag«, sagte eine Stimme. Niemand blickte auf. Mr. Goehegan setzte sich und rückte seinen Stuhl näher an Mr. Devine heran. Er blickte den Tisch hinunter, um ein freundliches Lächeln zu erhaschen, doch wie üblich sah ihn keiner aus der Riege an. Unerschrocken wandte er sich mit dem üblichen einleitenden Hüsteln Mr. Devine zu. Der aber war ausnahmsweise taub: Er nickte und lächelte nicht. Heute hatte er keine Lust, sich die häuslichen Schwierigkeiten des Sportlehrers anzuhören. Heute hatte er genug eigene Sorgen. Goehegan konnte zur Hölle fahren.

Er kostete wie jeden Tag die Suppe, die ihm vorgesetzt wurde, mußte sich aber schon beim ersten Löffel fast erbrechen. Er war sicher, er konnte heute keinen Bissen hinunterbringen: Sein Magen drohte bei der geringsten Bewegung in Aufruhr zu geraten. Also stieß er die Suppe weg, nahm die Serviette auf, um sich den Mund abzuwischen – und empfand einen heftigen Unwillen, als gerade jetzt der Sportlehrer ihn am Ärmel zupfte. Bei Gott, am liebsten hätte er Goehegan gesagt, er solle ihn in Frieden lassen, er solle die Leute nicht wie ein Bettler an den Klamotten ziehen. Aber er besann sich anders. Er sagte nichts.

»Sind Sie mit dem Mittagsbrot bald fertig?« fragte Goehegan.

Also das war zuviel, das war ja wohl das Letzte. Er drehte sich auf seinem Stuhl um und starrte den Sportlehrer an. Was der für eine Figur abgibt mit seinem aufgeklappten Mund und dem Viererpack Füllhalter in der Brusttasche, als müßte er's an die große Glocke hängen, daß er lesen und schreiben kann!

Mr. Devine holte tief Atem. Als er sprach, war sein Tonfall sarkastisch auf eine Art, die er normalerweise für ausgesprochen dumme Schüler aufhob.

»Wenn Sie Ihre Sinne halbwegs beisammen hätten, Goehegan«, sagte er, »würden Sie wahrscheinlich merken, daß ich mit dem *Mittagsbrot*, wie Sie es nennen, gerade erst anfange und noch keineswegs damit zu Ende bin.«

»'tschuldigung«, sagte Goehegan demütig. Seine Fingernägel, bemerkte Mr. Devine, mußten gereinigt werden; seine Flanellhose war mit Fahrradöl beschmiert, und er hatte einen Pickel am Kinn. Kein Wunder, daß die anderen nicht neben ihm sitzen wollten. Ein unmöglicher Mensch mit seinem rotblonden Haar und der Briefkastenstirn. Wieso war ich jemals höflich zu dem, fragte Mr. Devine die Saaldecke, wieso? Das habe ich jetzt davon; er plagt mich – ausgerechnet heute.

»Ich wollte Sie nicht stören, Mr. Devine. Aber ich dachte, ich sollte Sie auf etwas hinweisen, verstehen Sie? Etwas, das Sie betrifft, wie man so schön sagt.«

»Wovon zum Teufel reden Sie?« fragte Mr. Devine kalt.

Goehegan blickte den Tisch entlang auf die anderen Esser. Er hielt sich in dem pseudovornehmen Bemühen, ein Husten zu unterdrücken, die Hand vor den Mund. Beugte dann den rötlichen Schopf vor und flüsterte: »Etwas auf der Schülertoilette, Mr. Devine. Hab ich vorhin gesehen. Und ohne Ihnen zu nahe treten zu wollen, wenn ich Sie wäre, würde ich was dagegen tun. Sie nehmen es mir hoffentlich nicht übel, daß ich damit ankomme. Aber weil Sie und ich immer gut miteinander sind, dachte ich, ich erzähle Ihnen das mal.«

Wie ein Hund wartete er, nachdem er Mr. Devine die tote Ratte zu Füßen gelegt hatte, auf ein Zeichen des Verstehens. Und als Mr. Devine flatternden Magens zu den anderen Speisenden blickte, um zu sehen, ob sie mitgehört hatten, signalisierte Goehegan ihm mit einem beruhigenden Nicken, daß dies ein Geheimnis, eine Sache sei, die nur sie beide etwas angehe. Mr. Devine legte seine Serviette zusammen und stand auf. Goehegan desgleichen. Gemeinsam verließen sie den Speisesaal.

Im Hauptkorridor ergriff Mr. Devine, nachdem er sich überzeugt hatte, daß niemand in der Nähe war, Goehegans Arm. »Steht etwas an den Wänden?« fragte er. »Haben sie was an die Wand geschrieben?«

»Ja. Sie nehmen mir hoffentlich nicht krumm, daß ich Sie darauf angesprochen habe.«

»Nein, nein, im Gegenteil.«

»Weil, Dr. Keogh schaut da nämlich mittags öfter rein, ob irgendwelche Jungens rauchen. Ich dachte, es wäre ganz gut, das wegzumachen, bevor er es sieht.«

»Jaja. Ganz recht. Wo ist es denn?«

»Hier entlang. Kleine Drecksäcke sind das. Richtige Hurensöhnchen.«

Mr. Devine fiel ein, daß Goehegan Sergeant in der Free State Army gewesen war. Dennoch war es ein Schock, jemand im Schulgebäude so reden zu hören. Er machte sich aber klar, daß es diesem vulgären Zug zu verdanken war, daß Goehegan von den Wänden gesprochen hatte. Kein anderer Lehrer hätte das je getan.

»Was, ehm, was haben sie denn geschrieben, Goehegan, alter Knabe?«

»Es ist mit Tinte geschrieben«, sagte Goehegan. »Lesen Sie's selbst. Ich hätte es ja ausgewischt, aber da muß man mit Karbolseife und Wasser ran, um das abzukriegen. Es geht nur zu zweit. Einer muß aufpassen, ob die Priester kommen. Ich meine, es ist ja eigentlich nicht Sache der Lehrer, die Wände zu putzen.«

»Eigentlich nicht.«

»Darum dachte ich, wenn Sie mitmachen, könnte ich Seife und heißes Wasser aus der Küche holen. Sie passen derweil auf, ob einer kommt.«

»Ja, gut«, sagte Mr. Devine herzlich. Verdammt, er kam sich wie ein Narr vor; ihm war zum Heulen. Zumal er den armen Goehegan gerade noch so angeranzt hatte. Das war ausgleichende Gerechtigkeit, nicht wahr? Kein anderer Lehrer hätte sich groß darüber Gedanken gemacht, was für eine niedrige Arbeit es war, Toilettenwände abzuwaschen. Das war alles, was Goehegan Sorgen bereitete. Aber kein anderer Lehrer hätte seine Hilfe angeboten.

Oh, Gott segne den kleinen Goehegan, er war von Natur aus ein Gentleman.

»Wann, ehm, wann haben Sie es bemerkt, altes Haus?«

»Ich hab sie in flagranti ertappt. Drei Interne. Sie sind weggelaufen, als ich reinkam.«

»Aber wann war das?«

»Kurz vorm Mittagsbrot, Pardon, vorm Mittagessen.«

Vor einer halben Stunde also, das war noch nicht sehr lange, da konnten es noch nicht viele Jungen gesehen haben und außer Goehegan wahrscheinlich noch keiner vom Lehrpersonal. Wenn wir es jetzt abwischen, passiert wahrscheinlich nicht viel. Aber was haben sie geschrieben? Barmherziger Gott, was haben sie geschrieben?

Er und Goehegan gingen rasch über den Hof, wobei sie den Pfützen im löchrigen Schotterbelag auswichen. Die alten Toiletten waren ein Schandfleck neben der neuen Schulturnhalle aus Backstein. Vor siebzig Jahren erbaut, zwei verschrammte Türen, schmutziger weißer Kalkanstrich, das Ganze gedeckt mit einem Schieferdach, an dem ein Drittel der Platten fehlte. Die Lehrer benutzten diese Toilette an sich nicht, aber Mr. Devine sagte sich, daß Goehegan wahrscheinlich öfter da hineinging, lag sie doch gleich neben der Turnhalle.

Der Eingang zu den Toiletten wurde von einem kleinen Jungen blockiert, der sich die Hose zuknöpfte. Als der Schüler sah, daß die Lehrer wirklich hineinwollten, suchte er das Weite. Drei Oberstufenschüler warfen hastig ihre Zigarettenkippen ins Harnbecken und schlenderten zur anderen Tür hinaus. Der Gestank von Urin, schalem Zigarettenrauch und starken Desinfektionsmitteln stieg Mr. Devine in die Nase. Angewidert sah er an den Kabinentüren entlang. Niemand drin. Wo stand es also?

Die Stille wurde vom jähen Rauschen zulaufenden Wassers unterbrochen, als die selbsttätige Spülung der Urinbecken einsetzte. Die Wände hier sahen aus wie alte Wandtafeln, bedeckt mit sinnlosem Gekritzel, eingeritzten Initialen und Rostflecken von tropfenden Wasserrohren.

»Es ist hinter Ihnen«, sagte Goehegan leise.

So war es. Wie hatte er das übersehen können? Es war auf einer relativ freien Fläche gleich neben dem Eingang. Drei mit Tinte gemalte Strichmännchen. Zwei trugen Barette und hatten Rohrstöcke. Das dritte hatte einen kegelförmigen Unterbau, um es als weiblich auszuweisen. Darunter stand: UNA.

Woher kannten sie ihren Namen?

Unter das Bild war ein Knittelvers gekritzelt. Er trat heran, um ihn sich genauer anzusehen.

Hört, ihr Jungen,
laßt euch sagen,
was der Wind uns zugetragen –
Dev und Knuffo haben Krach,
weil Knuffos kleine Nichte, hach,
heut nacht in ihrem Bett nicht lag –
Es heißt, sie war bei Dev zu Haus,
und Dev zog ihr das Höschen aus –
Drum ist jetzt Knuffo aus dem Gleis,
und Dev rinnt heiß der kalte Schweiß.

P. S. SIE HEISST UNA CLARKE.

Der Nachsatz war von anderer Hand in Großbuchstaben hinzugefügt. Mr. Devine hob den Ärmel seines Talars, spuckte an die Wand und versuchte die letzten beiden

Wörter auszuwischen. Zwar verlief die Tinte, aber die Wörter blieben lesbar.

»So hat das keinen Zweck«, sagte Goehegan. »Warten Sie hier, ich hole Wasser und Seife. Bin im Nu wieder da.«

»Beeilen Sie sich, alter Knabe.«

Aber Goehegan war schon weg. Wieder wurde das Pissoir gespült. Wasser flutete in die stinkenden Becken. Er ging hinüber, tränkte den Saum seines Talars im Wasser und machte sich gequält wieder ans Werk. Wenigstens ihr Name mußte verschwinden. Aber es war zwecklos. Er ging nicht ab.

Es kam jemand. Er hörte Jungenstimmen draußen. Schnell lief er an der WC-Reihe entlang. Er hörte die Jungen von der anderen Seite hereinkommen. Vorsichtig öffnete er eine Tür und hoffte, sie würde nicht quietschen. Als er drin war, wurde ihm klar, daß man seine Füße sehen konnte. Wenn sie nachschauten, würden sie sehen, daß ein Lehrer da war. Er stieg auf den Rand der stinkenden Klosettschüssel und hockte sich auf die Fersen. Er hörte die Jungen pfeifen und reden, noch keine drei Meter entfernt. Wenn Goehegan sich doch nur beeilte.

Die Jungen gingen. Das Pissoir rauschte wieder. Er wollte gerade vom Becken heruntersteigen, da hörte er neue Stimmen.

»Ist es das?«

»Ach du heiliger Bimbam!«

»Junge, wenn *das* Pater Mac sieht, sind wir dran!«

»Eilt euch, Jungs, Phil, du hältst Wache.«

»Mach schnell, Jimmy.«

»Es geht nicht ab, so leid mir's tut. Das ist Kuli.«

»Ach, du gibst dir keine Mühe. Schrubb doch, verfluchte Hacke.«

»Phil, du sollst doch an die Tür gehen.«

»Zisch ab, Phil!«

Unendlich vorsichtig schob Mr. Devine sich aus der Hocke hoch, bis er aufrecht auf dem Toilettenbecken stand. Indem er sich vorbeugte und die Türkante mit den Fingerspitzen faßte, konnte er über den Rand sehen. Zwei Jungen standen vor der Wand. Sie hatten einen Eimer Wasser und tränkten Erdklumpen darin. Während er zusah, fingen sie an, die Wandschmierereien mit der nassen Erde zu bearbeiten, und brachten die Strichbeine von ihm und Heron allmählich zum Verschwinden. Das war eine gute Idee, Erde und Wasser, überlegte Mr. Devine, darauf hätte er selbst kommen sollen. Er seufzte und spürte eine schmerzhafte Belastung in den ausgestreckten Armen. Die Anstrengung, sein ganzes Gewicht mit den Fingerspitzen zu halten, dazu noch vorgebeugt wie einer, der zum Kopfsprung ansetzt, ließ ihn langsam zittern und in Schweiß geraten.

»Kommt jemand?« fragte einer von den Jungen.

Ein dritter Junge war als Späher an der Tür postiert. »Nein«, sagte er.

Alle Lehrer hatten ihre Lieblinge: Egal, was man von den kleinen Scheusalen hielt, einige waren weniger abscheulich als andere. Bessergestellte Schüler zum Beispiel benahmen sich gewöhnlich auch besser. Aber die drei Jungen hier waren – sieh an, dachte er – Coogan, Devlin und Glover. Drei ganz unauffällige junge Schüler, glatter Durchschnitt. Warum tun die das für mich? Oder tun sie es für Heron? Das war nicht anzunehmen. Tim Heron war verhaßt: seit jeher verhaßt. Also tun sie's wohl für mich. Schön, daß es noch ein bißchen Loyalität gibt auf der Welt, daß drei Jungen dafür ihre Mittagspause opfern; rührend war das, ja, es rührte ihn; er schämte sich der weinerlichen Stimmung nicht, die in ihm hochstieg. Wirklich schön, daß sie noch ein bißchen zu einem hielten. Daß sie ein wenig Rücksicht nahmen, daß sie noch fähig waren, mit einer kleinen Geste ihre Wertschätzung zu zeigen.

Aber dann kam ihm ein anderer Gedanke. Vielleicht waren das die Jungen, von denen die Kritzelei stammte.

»Wenn Pater Mac das gesehen hätte, wären wir vertrimmt worden.«

»Ich«, sagte Coogan darauf. »Mir hätte er die Schuld gegeben.«

Der Knittelvers war inzwischen schwarz verschmiert und kaum noch zu entziffern. Was hatte Pater McSwiney mit der Sache zu tun? Warum hätte er es Coogan anlasten sollen? War Coogan bekannt für so etwas?

Entschlossen sprang er vom Toilettensitz herunter und riß so heftig die Tür auf, daß sie gegen die Wand knallte. Mit verrutschtem Talar stürzte er hinaus. Corny Coogan und Jimmy Devlin ließen ihre Erdklumpen fallen. Phil Glover machte sich davon.

»Wart ihr das?« brüllte Mr. Devine und zeigte auf die Wand.

»Nein, Sir.«

»Doch, ihr wart das!«

»Nein, Sir, wir wollten es nur abwischen, Sir. Bitte, Sir.«

»Warum wolltet ihr es wegwischen?« rief Mr. Devine. »Antwortet mir, warum?«

Corny schaute Jimmy an. Sah das eigene Entsetzen in Jimmys Augen gespiegelt.

»Antwortet!« brüllte Mr. Devine. »Warum wolltet ihr es abwischen?«

Sie konnten nicht antworten.

»Wer war das? Heraus damit!«

»Ein paar aus der Oberstufe, Sir.«

»Und was hat es dann mit Pater McSwiney zu tun?«

»Gar nichts, Sir, bittte, Sir. Aber er würde uns die Schuld geben.«

Was sie sagten, ergab keinen Sinn, aber inzwischen war er ebenso verwirrt wie sie. Das Pissoir rauschte wieder. Er merkte, daß ein paar andere Schüler zur Tür herein spähten und sie beobachteten.

»Weg mit euch«, brüllte er. Die Gesichter verschwanden.

»Also«, sagte er zu den beiden, die vor ihm standen. »Wollt ihr den Stock, oder wollt ihr die Wahrheit sagen?«

Er hakte seinen Stock los, den er wie immer unter dem Ärmel des Talars trug. Aber im gleichen Moment kam Goehegan herein, bewaffnet mit Seife, Scheuerbürste und einem Eimer dampfenden Wassers.

»Raus hier«, befahl Mr. Devine den Jungen. »Seht, daß ihr Land gewinnt.«

Er hob den Rohrstock wie ein Viehtreiber: Die Jungen flüchteten. Die verschrammte Holztür knallte zu, als sie über den Schulhof davonrannten.

»Okay«, sagte Goehegan und stellte den Eimer ab. »Sie halten Wache, und ich mach mich dran.«

Er zog sein schäbiges Sportsakko aus und reichte es Mr. Devine, krempelte sich die Hemdsärmel hoch und entblößte straffe Muskelpakete. Sein rechter Arm, bemerkte Mr. Devine, war tätowiert: ein verblaßtes irisches Kleeblatt mit einer Harfe, das Ganze eingerahmt von schwarzen Tierhaaren.

»Dann wollen wir mal«, sagte Goehegan und ergriff die Scheuerbürste. Mr. Devine nickte. Er hakte seinen Stock an und ging hinaus auf den Schulhof. Gerade setzte ein Schauer ein, und der Hof war verlassen. Er zog sich wieder zum Eingang der Toilette zurück, und dabei hörte er etwas zu Boden fallen. Es war einer von Goehegans billigen Füllhaltern, er war aus der Brusttasche des Sakkos gefallen, das Mr. Devine in der Hand hielt. Er hob ihn auf und steckte ihn sorgfältig zurück, während er daran dachte, daß er sich vor noch nicht einer Stunde über die Bildung seines Eigentümers mokiert hatte. Sergeant Goehegan, der ordinäre kleine Goehegan. Und jetzt war eben dieser kleine Mann sein Retter.

»Haben Sie den Dreck darauf geschmiert?« rief Goehegan zu ihm hinaus.

»Nein.«

»Dadurch geht es noch schlechter ab.«

Regentropfen klatschten in die Pfützen auf dem verlassenen Hof. Hinter ihm wurden wieder die Urinbecken gespült. Er schaute hinein und sah, wie Goehegan die letzte Zeile des Knittelverses unter dem Bild entfernte. Kein Priester würde davon erfahren, kein Lehrer würde den Vers in der Stille des Lehrerzimmers einem anderen zuflüstern. Aber trotzdem – bekannt war er schon. Als er wieder über den regennassen Hof schaute, meinte er dreihundert Jungenstimmen in einem gespenstischen Chor singen zu hören: …*Höschen aus, Höschen aus.*

Una durfte nie davon erfahren. Niemals. Er mußte Goehegan sofort zur Geheimhaltung verpflichten. Aber sie kannten ihren Namen. Hatte Heron heute morgen ihren Namen genannt? Er konnte sich nicht erinnern – aber ihm fiel ein, daß Heron einen Sohn in der Abschlußklasse hatte. Galle stieg ihm in den Mund, doch er drängte sie zurück. Er konnte sich doch vor Goehegan nicht bekotzen. Wurde der nie fertig da drin, wofür brauchte er so lange?

»Kommen Sie zurecht, alter Knabe?«

»Hab's gleich.«

Die Klingel erschütterte jäh, ohrenbetäubend das Hauptgebäude und erfüllte mit ihrem elektrischen Kreischen den Hof. Mr. Devine ging in Deckung, als hätte man auf ihn geschossen. Die Wand war Gott sei Dank sauber. Goehegan war fast fertig.

»Ich möchte Sie nicht von Ihrem Unterricht abhalten, Goehegan, alter Knabe.«

»Schon gut. Alles wieder tipptopp hier.« Goehegan warf die Bürste in den dampfenden Eimer. »Ich bringe bloß das Zeug noch zurück in die Küche«, sagte er. »Meine Jungs kommen eh immer zu spät. Aber *Sie* sollten sich beeilen.«

»Jaja. Und... also ich meine, ich weiß gar nicht, wie ich Ihnen danken soll, alter Knabe. Ich meine, ich...«

»Schon in Ordnung«, sagte Goehegan. Er trocknete sich die Hände an einem blauen Taschentuch ab. Demütig hielt Mr. Devine das schäbige Sportsakko bereit, um Goehegan hineinzuhelfen.

»Das vergesse ich Ihnen nie«, sagte er mit bebender Stimme. »Es war sehr anständig von Ihnen, Goehegan.«

»Ich werfe auch mal einen Blick in das Klo im Neubau«, sagte Goehegan. »Bietet sich ja an, wo ich schon den Eimer habe.«

»Würden Sie das tun?« Mr. Devine versagte die Stimme. »Ich weiß nicht, wie ich... Das ist verdammt anständig, verdammt nett ist das von Ihnen. Besten Dank. Vielen herzlichen Dank.«

Goehegan sah ihn mit einem merkwürdigen, verlegenen Ausdruck an. Er bückte sich, um den Eimer aufzuheben. »Gehen Sie«, sagte er. »Sie kommen zu spät zum Unterricht.«

12

Wenn sich ein Lehrer im St. Michan's die Arbeit leicht machen wollte, begann er den Unterricht damit, daß er verschiedene Fragen an die Tafel schrieb. Dann wurde liniertes Schreibpapier an die Schüler verteilt, die sich in den verbleibenden vierzig Minuten der ausführlichen schriftlichen Beantwortung der einzelnen Fragen widmeten. Übungsarbeit nannte sich das. Die Jungen schrieben stetig und hielten von Zeit zu Zeit inne, um Denkanstrengung vorzuschützen; und kurz vor Schluß der Stunde sammelte der Lehrer die Arbeiten ein und schaffte sie alsbald ins Lehrerzimmer, wo sie in den Karton wanderten, der das Material zum Feueranzünden enthielt. An diesem Nachmittag teilte Mr. Devine in allen seinen Klassen liniertes Papier aus.

Seine Übelkeit war einer ängstlichen Besorgnis gewichen, wie Kinder sie kennen, wenn es Scherben gegeben hat und klar ist, daß jemand petzen wird. Die Ereignisse des Tages brachten sich als Folge häßlicher Bilder in Erinnerung: Mrs. Dempseys Tochter Annie schließt eine Tür; Tim Heron hastet, bei der Wahrheitssuche irregeführt, einen Flur entlang; ein haariger, mit einem Kleeblatt tätowierter Arm schrubbt eine stinkende Wand. Und vielleicht entstand gerade in diesem Augenblick ein weiteres Bild: Ein Priester, der in der Toilette nach Anzeichen für geringfügige Verfehlungen sucht, steht stumm vor neuen Hinweisen auf schwerste Frevel.

Aber jetzt mußte er erst noch die letzte Stunde durchstehen. Die Hände unter dem zerschlissenen Talar gefaltet, ging er zwischen den Bänken auf und ab. Vielleicht war es seine letzte Stunde überhaupt. Schwer, sich das vorzustellen nach zehn Jahren, aber es war möglich. Er erinnerte sich an Paley, den Zeichenlehrer, der immer so gern Bier trank. Eines Tages war Dr. Keogh in seinen Unterricht geplatzt und hatte zwei große Flaschen India Ale in einem Eimer unter Paleys Pult erblickt. Eine der Flaschen war halb ausgetrunken. Nach diesem Tag wurde Paley nicht mehr gesehen. Die Überlieferung, von Klasse zu Klasse weiter ausgeschmückt, besagte, Paley sei blau gewesen und habe, eine Buddel Whisky in jeder Hand, im Unterricht einen Jig getanzt. Betrunken im Dienst. Nun, das war harmlos im Vergleich mit einem Lehrer, der die Nacht mit der Nichte eines anderen Lehrers verbracht hatte. Daraus konnten sie eine große Geschichte basteln. *Was Menschen Böses tun, das überlebt sie.* Der alte Shakespeare hatte es wieder einmal genau erfaßt.

Er blieb stehen und schaute über die Reihen gebeugter Köpfe hinweg auf das regenbeschlagene Fenster. Die ironische Betonung lag auf dem »Bösen«. Erfahrene Lüstlinge hätten alle Spuren der letzten Nacht zu vertuschen gewußt, sie hätten unentdeckt gesündigt. Aber sie und ich, wir beiden Unschuldigen, werden beim ersten Anlauf ertappt. Und wer würde uns glauben, wenn wir die Wahrheit sagten? Ich habe die Nacht mit ihr verbracht, Tim, aber es ist nichts passiert. Wie bitte, – wie soll mir das jemand abnehmen?

Der Instinkt sagte ihm, daß es Zeit war, Schluß zu machen. Er sah auf seine Uhr.

»So. Zwei Minuten noch. Geben Sie die Arbeiten zum Rand jeder Bankreihe durch. Und leise bitte.«

Im Tempo eines Sargträgers schritt er den Gang entlang und sammelte die Bögen ein. Er legte sie auf sein Pult und ordnete sie zu einem akkuraten Stapel. Dann läutete es zum Schulschluß. Er verließ den Raum, bevor das Schellen aufhörte.

Ein paar Minuten Fußweg vom St. Michan's entfernt, in einer winkligen Vorstadtwildnis aus Häuserreihen, Einfahrten und Alleen, wartete Mr. Devine in einer Telefonzelle, den Finger auf dem Zahlknopf.

»Hallo?« sagte eine Frauenstimme.

Es war nicht Una. Vielleicht war es Maeve Heron. Er drückte den Knopf. »Ist Miss Clarke zu sprechen, bitte?«

»Mit wem spreche ich?«

»Hier ist, ehm, Diarmuid Devine.«

»Sie ist nicht da«, sagte Maeve Heron in einem anderen, kälteren Ton.

»Nun, ehm, wissen Sie, wann sie wiederkommt?«

Sie antwortete nicht. Das Weinen eines Kindes, trostlos und nervtötend, ertönte irgendwo im Hintergrund.

»Hallo?« hakte er nach. »Können Sie mir sagen, wann sie wiederkommt?«

»Nein! Ich weiß auch gar nicht, was Sie von ihr wollen. Hat mein Mann nicht heute morgen mit Ihnen gesprochen?«

»Doch. Aber –«

»Und Sie haben gesagt, Sie wissen nicht, wo Una vorige Nacht war?«

»Ja, stimmt, das habe ich gesagt –«

»Mein Mann mag Ihnen glauben, aber *ich* bin mir da

nicht so sicher«, erwiderte die ärgerliche Stimme. »Mein Mann ist oft zu gutgläubig. Mir scheint, Diarmuid Devine, Sie haben unverantwortlich gehandelt. Ein Mann in Ihrer Stellung! Und dabei war Tim immer gut zu Ihnen. Er hat Ihnen wer weiß wie oft geholfen.«

»Was, ehm – also Maeve, ich verstehe nicht ganz –«

»Er ist krank heute, der arme Tim, wissen Sie das? Krank vor Kummer. Jetzt ist er gerade unterwegs zum Doktor.«

»Ach so – tut mir leid, das zu hören. Wann, ehm, wann erwarten Sie ihn zurück?«

»Frühestens um sechs. Er hat einen langen Weg. Quer durch die Stadt. Ach, ich finde, Sie sollten sich was schämen, Diarmuid Devine!«

»Also bitte, ich –«

»Keiner ist so blind wie einer, der nicht sehen will«, sagte Mrs. Heron. »Jedenfalls verbinde ich Sie nicht mit Una. Ich kann ja offen reden, ich finde, Sie haben schon genug Schaden angerichtet. Das Mädchen ist erst zwanzig. Sie sind älter, Sie sollten vernünftig sein!«

»Nun mal langsam, ich muß doch sehr –«

Aber er hörte den schnarrenden Signalton, der besagte, daß die Verbindung abgebrochen war. Sie hatte aufgelegt. Maeve Heron, eine Frau, die er immer zu ignorieren geneigt war, eine dicke, mütterliche Person, stets höflich und voller Gemeinplätze. Er konnte seine Erinnerungen an sie nicht mit dieser Stimme in Einklang bringen, die ihn anfuhr, als wäre er ein Hund, den es aus ihren Blumenbeeten zu verscheuchen galt. Warum war sie auf einmal so wütend? Was wußte sie?

Als er aus der Telefonzelle trat, stieß ihn die zuschnappende Tür unsanft auf die anonyme Straße.

Es war ein beängstigender Gedanke, daß sich vielleicht in diesem Augenblick Leute, die er nicht kannte, an Orten, die ihm nicht eingefallen wären, über sein Verhalten ausließen und es verurteilten. Überall in der Stadt waren jetzt die externen Schüler auf dem Heimweg – kleine sprechende Zeitungen, ausgerüstet mit Klatsch. Ja, unsere Lehrer haben sich heute gezankt. Welche Lehrer? Ach, das Kind quasselt doch nur. Vielleicht auch nicht – was meintest du? Zwei Lehrer von uns haben sich heute wegen eines Mädchens gezankt.

Er entschloß sich, nach Hause zu fahren. Ihm fiel ein, daß Una ja versprochen hatte, ihn an diesem Nachmittag anzurufen; das war, bevor der ganze Ärger anfing. Er sah den Fragen, die sie vielleicht stellen würde, nicht gerade freudig entgegen. Wie sollte er ihr erklären, daß er sie nicht *absichtlich* im Stich gelassen hatte, daß er nur nicht gewußt hatte, was er sagen sollte? Nein, es würde keine sonderlich angenehme Unterhaltung werden.

Als er aber in seiner Straße ankam, fing er an zu laufen, weil er plötzlich überzeugt war, sie würde in seiner Wohnung auf ihn warten. Zwei Kinderwagen schiebende Hausfrauen blieben gaffend stehen, als er vorüberrannte. Was ist denn so sonderbar daran, wenn einer läuft? hätte er sie gern gefragt. Als er vor seiner Souterraintür anhielt, um nach dem Schlüssel zu kramen, hatte er Seitenstechen. Am Garderobenständer im Flur steckten zwei Briefe, aber verdammt, sie waren nicht von ihr. Ohne erst seinen Mantel auszuziehen, eilte er durch den Flur zum Treppenaufgang und rief zur Küche hinauf.

»Mrs. Dempsey! Mrs. Dempsey!«

Die Küchentür wurde sofort geöffnet, als hätte sich Mrs. Dempsey schon dahinter bereit gehalten. Riesengroß stand sie im Türrahmen und schaute mit der heiteren Gelassenheit einer Mutterschaftsallegorie auf ihn herunter.

»Haben Sie eine Nachricht für mich, Mrs. Dempsey? Hat jemand angerufen?«

Ohne etwas zu erwidern, hielt Mrs. Dempsey einen Brief hoch. Ungeduldig setzte er die Treppe hinauf, doch sie kam langsam, majestätisch, feierlich bereits nach unten. Er wich wieder zurück und nickte dankend, als Mrs. Dempsey ihm den Umschlag hinhielt. Sie hob einen dicken, mehlweißen Arm, um ihren grauen Haarknoten zurechtzurücken, und sagte:

»Eine junge Frau hat ihn abgegeben.«

Er riß den Umschlag auf. Drinnen lag ein Blatt aus einem Schreibheft mit einer bleistiftgeschriebenen Nachricht:

Lieber Dev,
ich weiß nicht, was für eine Geschichte Du Onkel Tim erzählt hast, aber hier ist schrecklich dicke Luft. Sie haben mich erwischt, als ich heute morgen heimkam, und jetzt hängt der Haussegen schief. Du hast auch nichts zur Besserung beigetragen, wenn es stimmt, was Onkel Tim sagt. Ich zieh Dich da ungern rein, aber ich sitze schwer in der Tinte, weil Onkel Tim gedroht hat, meine Mutter zu verständigen, damit sie mich abholt. Mami und ich haben uns schon genug gestritten, das würde ihr jetzt wirklich das Herz brechen.
Darum brauche ich Deine Hilfe, Dev. Wir müssen den Herons zur Abwechslung mal was erzählen, was sich plausibel anhört. Und dabei mußt Du mich unterstützen. Ich schlage vor, wir sagen, ich war angedudelt und bin bei Dir eingeschlafen, und Du hattest Angst, mich

in dem Zustand nach Haus zu bringen. Das würden sie vielleicht schon glauben, wenn Du es ihnen sagst. Schließlich bist Du ein Freund der Familie. Ich verlange das ungern von Dir, aber glaub mir, Dev, es muß sein. Könntest Du heute nachmittag vorbeikommen, wenn Du den Brief gelesen hast? Ich halte am Fenster nach Dir Ausschau.

Una

»Wann hat sie das abgegeben?« fragte er.

»Heute morgen. Nach elf.«

Er las den Brief noch einmal. Als er aufblickte und sie immer noch da stehen sah, stieg ein wenig Ärger in ihm hoch. Verdammt, er hatte keine Zeit, mit ihr zu reden, warum verschwand sie nicht? Wieder sah er auf den Brief.

»Könnte ich Sie mal kurz sprechen, Mr. Devine?«

»Ja, Mrs. Dempsey, was gibt's?«

Sie trug ihre Schürze nicht, fiel ihm auf. Ohne die Schürze, in ihrem besten schwarzen Baumwollsamt, wirkte sie unangezogen wie ein Soldat in Zivil. Weiter beunruhigte ihn, daß sie nun den mächtigen Turm ihres Leibes in Richtung seiner Bude schob und sagte: »Könnten wir bitte zu Ihnen hineingehen? Meine Tochter ist nämlich in der Küche.«

Was meinte sie damit – was durfte ihre Tochter nicht hören? Aber sowie er sich die Frage stellte, war die Antwort klar. Sie stand Mrs. Dempsey überdeutlich im Gesicht geschrieben. Eine fleckige Röte überzog die käsigen Wangen und lief an dem in Stufen abfallenden Kinn hinunter. Verlegen steckte Mr. Devine den Brief in seine Jackentasche und folgte der Wirtin in die warme, muffige Stille seiner Wohnung.

»Ehm, nehmen Sie bitte Platz, Mrs. Dempsey.«

»Danke, Mr. Devine, ich bleibe nur kurz.«

Aber sie setzte sich doch. Einen halben Schritt zurücktretend, ließ sie das schwere baumwollsamtene Hinterteil auf die Kante des Sessels sinken wie ein Flugzeug, das langsam sein Fahrgestell ausfährt. Sie blickte auf, wobei sich die Wülste ihres Doppelkinns glätteten. Sie räusperte sich leise. Dann richtete sie ihre großen, schwerlidrigen Augen auf einen Punkt etliche Zentimeter seitlich hinter Mr. Devines linker Schulter und sagte: »Es tut mir leid, aber ich werde die kleine Wohnung hier bald brauchen. Sie müssen sich leider etwas anderes suchen, Mr. Devine.«

Mr. Devine legte die Hände über dem Magen zusammen, und seine Finger suchten Trost in der Berührung des väterlichen Ringes. »Nun, das ist ja eine schlechte Nachricht«, sagte er. »Ich meine, wo ich doch schon so lange hier bin. Aber so geht wohl alles Gute einmal zu Ende.«

»Ja«, sagte Mrs. Dempsey.

»Nun, ehm, wann brauchen Sie die Wohnung denn?«

»Ich kann sie Ihnen leider nur noch bis Ende der Woche überlassen.«

»Verstehe.«

Einige Sekunden lang war das einzige Geräusch im Zimmer das leise Puffen und Absacken des erlöschenden Feuers. Mrs. Dempseys Gesicht sah jetzt aus, als hätte sie ein paar tüchtige Ohrfeigen erhalten: Zwei rote Striemen verunzierten ihre Wangen. Er dachte an ihr lupenreines karitatives Engagement und überlegte, wie peinlich ihr so ein Gespräch sein mußte. Freiwillig nachzugeben, fand er, war das mindeste, was er tun konnte.

»Nun, ich ziehe sehr ungern weg. Aber Sie brauchen den Platz, und damit hat sich das. Geht in Ordnung.«

Mrs. Dempseys große Augen blinzelten rasch, blieben aber auf den neutralen Punkt hinter seiner Schulter fixiert.

»Nun, ich bedaure das auch, Mr. Devine. Sehr sogar. Aber Sie verstehen, ich muß an meine...«

Sie rang nach Luft und fuhr in einer beängstigend hohen Tonlage fort:

»...Ich muß an meine Töchter denken. Ich habe junge Mädchen im Haus, mein eigen Fleisch und Blut, und auch wenn Sie so lange schon hier sind und wenn auch das Geld mir fehlen wird, ich muß schließlich an ihre Sittlichkeit denken.«

Sie schnappte wieder nach Luft, und Mr. Devine sagte schnell: »Jaja, natürlich. Ich will sehen, daß ich sofort ausziehe. Meine Sachen könnte ich ja später holen lassen, wenn Sie nichts dagegen haben?«

Es war furchtbar, furchtbar, aber er wußte, ohne hinzusehen, daß sie zu weinen anfing. Ihr großer Busen hob und senkte sich, ihr Gesicht erzitterte von der Nase bis zum letzten kleinen Kinn. Wie durch Zauberei hielt sie plötzlich ein winziges Spitzentüchlein in der Hand und drückte es an ihren aufsässigen Mund. Schluchzend erhob sie sich, wogte an ihm vorbei und verschwand im Dunkel des Flurs. Sollte er etwas sagen? Hinter ihr hergehen und ihr auf den breiten, sich hebenden Rücken klopfen? Aber sie stieg bereits die Treppe hinauf. Er hörte ein gargantueskes Schniefen, als sie an der Schwelle zur Küche innehielt und sich sammelte, um dem neugierigen, auseinanderstrebenden Blick ihrer Ältesten gegenüberzutreten.

Mr. Devine setzte sich in seinen Sessel. Er hatte nicht das Gefühl, daß ihm Unrecht geschah. Er mochte Mrs. Dempsey eigentlich sehr gern; sie war ihm all die Jahre eine gute Wirtin gewesen, und es war rücksichtslos, sie in diese Lage gebracht zu haben. Das mit dem Umziehen… nun ja… Er blickte sich in dem Zimmer um, wo jedes Buch seinen angestammten Platz hatte, jedes Ding so untergebracht war, daß man leicht drankam. Seit dem Krieg waren gute Wohnungen Mangelware. Aber er hatte jetzt keine Zeit, sich um eine Wohnung zu sorgen. Da war der Brief in seiner Tasche. Er öffnete ihn und las ihn noch einmal. Sie wartete bei Herons auf ihn. Sie wollte, daß er sagte… O Gott, wie sollte er dem alten Tim so etwas verklickern! …Es war fast so schlimm wie die Wahrheit. Und Tim hatte eine solche Wut, er war zu allem fähig, vielleicht brachte er die ganze Angelegenheit sogar vor den… Nein, nein… Aber wenn die Schüler tratschten, würde es Tim früher oder später zu Ohren kommen, und dann war er imstande und… Ja. Er würde damit zum Direktor gehen. O barmherziger Gott, wie bin ich nur in so etwas hineingeraten?

Aber er mußte sich zusammenreißen; er durfte nicht den Kopf verlieren. Es mußte einen Ausweg geben, sagte er sich. Tim Heron würde vor sechs nicht zu Hause sein; er war beim Arzt. Und Una wartete schon. Wenn er sofort zu ihr ging, konnte er sie vielleicht noch umstimmen und sie zu einer anderen Geschichte überreden. Sicher gab es irgendeine andere Version, die sie erzählen konnten. Aber er mußte sich beeilen. In ihrem Brief stand, sie würde am Fenster warten.

Doch das Erkerfenster hatte eine Netzgardine: unmöglich zu erkennen, ob jemand dahinter stand. Mr. Devine ging vor dem Haus der Herons auf und ab. Die Netzgardine bewegte sich nicht. Kein Zeichen von Una. Er konnte wohl nur klingeln und das Beste hoffen. Zögernd öffnete er das Tor, ging über den kurzen, mit Platten belegten Eingangsweg und zog an der altmodischen Klingelschnur. Es war Viertel vor fünf. Tim Heron war bestimmt noch nicht zu Hause.

Langsam öffnete sich die Tür. An der Klinke hing, wie ein Fisch an der Angel, Frank, der jüngste Sohn der Herons.

»Ist Miss Clarke da?«

»Wer?«

»Una, ist sie da?«

»Ja.«

»Sagst du ihr dann mal, daß hier Besuch für sie ist?«

Der kleine Frank schaukelte an der Klinke hin und her. Es sah nicht so aus, als hätte er verstanden.

»Sagst du ihr mal, daß Besuch für sie da ist?« sagte Mr. Devine leise, aber eindringlich. »Lauf, sei ein braver Junge.«

Der kleine Frank ließ die Klinke los. Er drehte sich zur Diele um und rief: »Pa-pi! Pa-pi! Hier ist einer an der Tür.«

»Nein, nein, laß deinen Vater. Ich will zu Una Clarke. Una!«

»Ma-mi, Ma-mi, hier ist einer –«

Irgendwo in dem dunklen Innern öffnete sich eine Tür, und eine Frauenstimme sagte: »Wer ist da?« Mr. Devine kannte die Stimme nicht. Er streckte die Hand aus und schloß die Tür, um nicht gesehen zu werden. Danach blieb ihm nichts anderes mehr übrig, als sich dünnzumachen. Zunächst ging er rückwärts die Stufen hinunter, um, falls die Tür sich öffnete, vielleicht noch so tun zu können, als hätte er gewartet. Aber als er am Tor anlangte und sich niemand hatte blicken lassen, drehte er sich um, ging raschen Schrittes die Allee hinunter und fing an zu laufen, als die Cavehill Road in Sicht kam. Gleich hinter der Ecke blieb er stehen. Vielleicht hatte Maeve Heron ja den kleinen Jungen nicht beachtet. Er hoffte es. Er überquerte die Straße und blieb wieder stehen; er kam sich lächerlich vor. Wenn ihn nun jemand vom Fenster aus beobachtet hatte, wenn einer von den Herons ihn hatte davonschleichen sehen? Er drückte die Stirn an die kühlen Eisenstäbe der Umzäunung eines Spielplatzes. Abzuhauen war sicher besser gewesen, als Maeve Heron in ihrer gegenwärtigen Mißstimmung zu begegnen, oder?

Aber in dem Moment hörte er jemanden über die Straße laufen. Auf ihn zu. Er wagte nicht, sich umzuschauen. Es mußte der kleine Junge sein, der ihm da nachkam. Er war es nicht.

»Dev!«

Sie legte ihm die Hand auf die Schulter, und als er sich zu ihr umdrehte, sagte sie: »Ist dir nicht gut? Was ist los? Du siehst schrecklich aus.«

Er versuchte zu lächeln, aber sein Mund machte nicht mit. »Tag, Una.«

»Komm«, sagte sie, ergriff seinen Arm und ging mit ihm an der Umzäunung entlang. »Wieso bist du bloß weggegangen? Ich war schon auf dem Weg zur Tür.«

»Ich, ehm, ich dachte, das wäre jemand anders. Das Kind hat so geschrien, verstehst du?«

»Onkel Tim ist nicht da«, sagte sie. »Es bestand kein Grund zur Sorge. Tante Maeve war oben.«

»Ach so.«

»Komm, wir gehen hier rein«, sagte sie vor dem Eingang zum Spielplatz. »Setzen wir uns. Wir haben zu reden.«

Der Spielplatz war verlassen, doch als Mr. Devine und Una hineingingen, folgten ihnen vier Kinder. Das älteste, ein Junge, der aus seiner kurzen Hose herausgewachsen war, sprang auf ein Karussell und setzte es in Schwung. Seine drei kleinen Schwestern, mit Teespuren noch rings um den Mund, sausten an Mr. Devine vorbei und kletterten auf die sich drehende Plattform. Der Junge sprang verärgert über die billige Nachahmung ab, lief über den Schotter und schwang sich an ein Paar hoch hängende Eisenringe. Er machte einen Überschlag und landete, als die Erwachsenen vorbeikamen, auf dem Boden, während die Ringe nutzlos in der Luft baumelten und ihre Ketten sich ineinanderschlangen.

»Die Schaukeln«, rief er. »Peggy! Eily! Alles auf die Schaukeln!«

Mr. Devine und Una blieben stehen, um die drei flink den Befehlen ihres Anführers gehorchenden Mädchen vorbeizulassen. Da die Schutzhütte auf dem Spielplatz abgeschlossen war, führte er Una zu einer nahen Bank, die, bedeckt mit eingeritzten Initialen, mit dem Rücken zur Umzäunung und zum kalten Wind aus Richtung Klärteich stand. Von ihrem Platz aus blickten sie auf einen zu dieser Jahreszeit unbenutzten Tennisplatz ohne Netze, mit verschlossenen Toren. Una drängte sich näher an ihn heran und zog ihre übliche verbeulte Zehnerpackung Zigaretten heraus. Sie beugte sich vor, um eine anzuzünden, und schirmte das Streichholz gegen den kalten Herbstwind ab.

»Wir sitzen ganz schön in der Tinte«, sagte sie. »Wie dumm die Leute sind.«

Er war dankbar. Kein Wort über die vergangene Nacht, nicht ein Vorwurf wegen seines Verhaltens. Sie hatte immerhin Takt. »Dein Onkel scheint sich sehr darüber aufzuregen«, sagte er. »Wirklich sehr.«

»Er regt sich nicht nur wegen vergangener Nacht auf«, sagte sie. »Er kennt ja auch die Geschichte von Michael und mir in Dublin. Da hat er Angst, daß hier was Ähnliches passiert. Deshalb will er's meiner Mutter sagen.«

»Das ist doch Unsinn. Ich meine, es ist ja nichts passiert.«

»Aber wer würde uns das glauben? Wer würde es mir glauben? Verstehst du, in Mamis Augen habe ich mir schon schwer geschadet. Wenn sie jetzt das noch hört, schleift sie mich in Ketten nach Dublin zurück.«

Und wer konnte es ihrer Mutter verdenken? dachte Mr. Devine. Aber er erinnerte sich auch, was Una gestern abend gesagt hatte. Allem Anschein zum Trotz war sie ein braves Mädchen. Er wünschte, er hätte das ihrer Mutter irgendwie beibringen können. Aber sie hatte ja recht, wer würde ihm glauben?

»Deswegen wäre die Geschichte von meinem Schwips vielleicht ganz gut, Dev. Ich war schon ein paarmal blau – nach dem Tanzen. Und Mami weiß das. Wenn wir Onkel Tim überzeugen könnten, daß ich bei dir zu Hause eingepennt bin, sagt er Mami vielleicht gar nichts. Schließlich konntest du mich ja nicht heimbringen, wenn ich völlig weg war. Da mußtest du mich bei dir übernachten lassen.«

Konnte sie in dem Zustand ja nicht gut heimschicken. Tim... Und wie ist sie in den Zustand gekommen? würde Tim fragen. Und Maeve Heron, die ohnehin schon das Schlimmste von mir denkt, was würde sie davon halten? Nein, wirklich. Nein!

»Also so etwas könnte ich nicht sagen, Una.«

»Warum nicht? Was willst du denn sagen? Du hättest mit mir geschlafen?«

Mr. Devine tastete nach seinem Ring, drehte ihn wieder und wieder. »Aber verdammt, so was macht doch einen ganz üblen Eindruck«, sagte er. »Es sieht doch fast genauso schlimm aus, begreifst du das nicht?«

»Es ist *nicht* so schlimm. Er denkt, ich hab mit einem Mann geschlafen, den er nicht kennt. Er hat Angst, ich sei schwanger.«

Mr. Devine starrte auf den Kiesweg, auf ihre Schuhe neben den seinen, auf ihre Fußgelenke, auf das erloschene Streichholz, das sie zu Boden geworfen hatte. Was in aller Welt sollte er sagen? Er konnte ihr nicht ins Gesicht sehen.

»Ich habe ihm gesagt, er soll mich zum Arzt schicken, wenn er so mißtrauisch ist«, fuhr sie fort. »Ach, ist das ein furchtbarer Schlamassel, furchtbar! Er und Tante Maeve führen sich auf wie zwei rasende Irre.«

»Also jetzt übertreibst du doch wohl.«

»Ich übertreibe kein bißchen. Ich stecke in der Klemme, Dev, geht dir das nicht ein? Wenn Mami dahinterkommt, bin ich geliefert. Geliefert!«

Seine Augen suchten die Hüttenwand neben ihm ab, als hoffte er auf ein Zeichen, *J. L. liebt M. B.*, las er, und weiter schweifte sein Blick über die dunklen Kratzer, die Kreidegrüße, die vergessenen Verabredungen an der Wand. Widerstrebend erinnerte er sich an jene andere Wand, den zotigen Knittelvers, ausgewischt von einem haarigen, tätowierten Arm. *Es heißt, sie war bei Dev zu Haus…* »Es heißt« – so *hieß* es, so wurde es jetzt überall in der Stadt herumerzählt… *und Dev zog ihr das Höschen aus.* Gott, was würde sie wohl sagen, wenn sie diese Kritzelei gesehen hätte? Schrecklich, schrecklich.

»Verstehst du nicht, Dev«, sagte sie und legte ihm die Hand auf den Arm, »die glauben das schon deshalb, weil es schockierend ist. Die rechnen mit so was. Und wenn *du* es ihnen sagst, zweifelt keiner dran.«

Er sah sie heimlich von der Seite an, wie er es manchmal bei Frauen tat, die im Kino neben ihm saßen. Als wäre sie eine Fremde und könnte ihm übelnehmen, daß er sie ansah. Für ein junges Mädchen war sie unangenehm clever, fand er. Tim Heron *könnte* mir so eine Geschichte glauben. Wenn sie sich mit anderen Leuten aber so gut auskennt, wie beurteilt sie dann mich? Kaltes Mißtrauen erfüllte ihn. Er kannte sie überhaupt nicht: Sie war ihm fremd.

»Es hat keinen Sinn, wenn *ich* damit komme«, sagte sie. »Seit ich Onkel Tim heute morgen den Bären aufgebunden habe, glaubt er mir kein Wort mehr.«

»Ich weiß aber auch nicht, ob er *mir* das abnimmt«, sagte Mr. Devine verlegen. »So was kann ich nicht besonders gut.«

Genervt warf sie ihre Zigarette weg. Sie kullerte den Schotter entlang, traf gegen den Zaun, ein Windstoß hob sie hindurch, und sie rollte weiter und landete in der Hecke vor dem Klärteich. Una sagte – mit schriller, hysterischer Stimme: »Was soll ich denn machen, Dev? Soll ich vor dir auf die Knie fallen?«

»Nein, nein, aber… ehm…«

»Aber was? Was muß ich tun, damit du dich moralisch verpflichtet fühlst, mir zu helfen?«

Und zu seiner Bestürzung… *O mein Gott, man wird sie sehen, in aller Öffentlichkeit, steh auf, verdammt!* …kniete sie sich neben ihn auf den Schotter, umfaßte seine Knie mit den Händen, und ihr blasses Gesicht schaute zu ihm hoch. »Ist es das, was du willst?« rief sie. »Muß ich betteln?«

»Una, steh um Himmels willen auf. Bitte! Steh jetzt auf, und wir überlegen uns etwas. Es wird alles wieder gut.«

Aber sie rührte sich nicht. Schweigend starrte sie ihn an. Er faßte sie an den Ellbogen und zog sie auf die Füße. »Bitte«, sagte er leise. »Ich mag das nicht.«

»Es gefällt mir so wenig wie dir. Aber du mußt mir helfen, Dev. Du mußt!«

Sie war vor ihm auf die Knie gefallen; sie hielt ihn für egoistisch und rücksichtslos. Wußte sie nicht, daß er alles für sie tun würde, daß er ihr zuliebe seinen rechten Arm hergäbe? Aber dem alten Tim so eine Geschichte erzählen, sich vor ihn hinstellen und sagen, er habe seine zwanzigjährige Nichte so betrunken gemacht, daß sie die Besinnung verloren hatte – also das konnte er sich einfach nicht vorstellen, das war menschenunmöglich.

Sie versteht nicht, dachte er. Sie ist zu jung, um das zu verstehen. Tim konnte so eine Geschichte nicht auf sich beruhen lassen; Tim ist für Gerechtigkeit, für Recht und Ordnung; er würde es als seine Pflicht ansehen, dafür zu sorgen, daß ich entlassen werde.

»Ich könnte es versuchen«, sagte er. »Aber vielleicht ließe sich die Sache ja etwas abschwächen, hm? Vielleicht fällt uns noch was anderes ein.«

Als Antwort stand sie auf und ging davon. Vögel stürzten aus der dunklen Luft, bremsten ab, glitten über den Spielplatzzaun hin, entschwebten zu fernen Dächern.

»Warte«, sagte er. Sie blieb stehen. Ihr Zorn war wie eine greifbare Gefahr. Sie hatte wirklich keine Scheu, an Dinge zu rühren, an die sich sonst niemand heranwagte... Ja, dachte er, das ist der Unterschied zwischen uns.

»Sagst du es ihm, Dev?«

»Na ja, könnten wir nicht –«

»Etwas anderes kommt nicht in Frage«, sagte sie. »Ich habe alles durchgespielt. Dann muß ich's ihm eben selber sagen.«

»Das bringt doch nichts, Una! Dann kommt er zu mir und will wissen, was ich mir dabei gedacht habe.«

»So ein Pech aber auch«, sagte sie. »Das hättest du dir überlegen sollen, als du mich heute morgen im Stich gelassen hast.«

Sie wußte also Bescheid. Heron mußte ihr erzählt haben, was er gesagt hatte. Aber was hätte er denn ihrer Meinung nach sagen sollen? Woher sollte er wissen, welche Lüge sie ihrem Onkel aufgetischt hatte?

»Stimmt schon«, begann er. »Besonders mutig war ich nicht, das gebe ich zu. Aber ich wußte nun mal nicht, was ich ihm sagen sollte. Schau, Una, du bist nicht katholisch. Für uns ist Trunkenheit eine Todsünde; ein Mann, der zuläßt, daß sich ein von ihm ausgeführtes Mädchen sinnlos besäuft, ist fast so schlimm wie einer, der Unzucht treibt.«

»Ein Mann«, sagte sie bitter. »Ein *Mann*. Denkst du überhaupt mal an jemand anders als an dich, Dev?«

»Una, warte doch. Una!«

Aber sie wartete nicht. Sie ging an den verlassenen Schaukeln vorbei, und der Ärger beschleunigte ihre Schritte. Gleich würde sie am Tor sein, bald wieder bei den Herons, rasend vor Wut, bereit, alles mögliche zu erzählen. Panische Angst schoß in ihm hoch. Er setzte ihr nach, und die Kinder unterbrachen ihr Spiel, um sich das anzusehen. Der Mann lief hinter der Frau her.

»Una, warte, Una, laß mich erklären. Una!«

Aber sie ging weiter, auch als er sie einholte. Sie wandte nicht den Kopf. »Du verschwendest deinen Atem«, sagte sie. »Ich will jetzt nur eins hören. Sag, daß du mitkommst und mit Onkel Tim redest.«

»Warte, Una, ich möchte dir was sagen.«

»Bestimmt etwas, das mich besänftigen soll. Ist das nicht deine Spezialität, Dev? Jedermanns Freund zu sein?«

»Das ist nicht fair, Una.« Oder doch? Es klang nach der Wahrheit, stellte er fest; es war der unausgesprochene Vorwurf, den er sein Leben lang gefürchtet hatte. Ob ihn alle so durchschauten? Aber zum Donnerwetter, was nahm sie sich heraus? Sie war ja auch nicht ohne Fehler.

»Ich will jedermanns Freund sein, ja? Ich liebe dich; ist das für dich nur ein Witz? Na, und ob das ein Witz ist. Bloß ein alberner Schullehrer, noch dazu ein Katholik, der nicht küssen und lieben kann, die reine Lachnummer. Kein großartiger konzessionierter Buchhalter, der wieder heim zu seiner Frau rennt.«

»Hör auf! Hör auf!«

Er zog den Kopf zu spät weg. Seine Wange brannte, als wären ihre Finger Nesseln gewesen. Die Brille hing ihm schief über dem Ohr. Er rückte das Gestell zurecht und sah, daß sie weinte.

»Ach, Una, es tut mir leid. Ich weiß nicht, was über mich gekommen ist.« Er ergriff ihren Arm und brachte sie noch einmal zum Stehen.

»Nein, ich hatte es verdient.«

»Ach was. Ich bin ein Feigling«, sagte er. »Du wärst verrückt, wenn du einen wie mich heiraten würdest.«

»Heiraten? Wer redet denn von Heiraten?«

Er hob die Hand, wie um sich vor einem zweiten Schlag

zu schützen. »Nein, entschuldige. Auch das hätte ich nicht sagen sollen. Ich habe ja noch nicht mal den richtigen Glauben für dich. Ich würde keinen Katholiken heiraten, wenn ich du wäre.«

»Soll das ein Antrag sein, Dev?«

»Nein, ich habe nur... ich will sagen, ich führe nur die Vor- und Nachteile auf. Und Nachteile, die gibt es reichlich. Du liebst mich nicht – wie könntest du auch, nach der vergangenen Nacht? Ich bin ein Versager. Ich schäme mich dafür. Ich schäme mich.«

»Moment mal«, sagte sie. »Was heißt das, du bist ein Versager?«

Sein kummervolles Gesicht suchte die Straße ab aus Angst, es könnte jemand mithören. »Na ja, es stimmt«, murmelte er. »Ich konnte nicht... du weißt schon.«

»Aber ich dachte, das läge an mir«, sagte sie. »Ich dachte, es läge an mir.«

»An dir? Aber woher denn? Ich meine, du warst... Du denkst doch wohl nicht...«

»Aber was sollte ich denn sonst denken, Dev? Du hast mich ja nicht mal angefaßt. Ich hab dein Gesicht gesehen, du sahst angewidert aus. Als wäre ich häßlich und hätte was an mir.«

»Nein, Una, nein! Um die Wahrheit zu sagen, es war – also es war das erste Mal für mich. Ich war noch nie mit einem Mädchen zusammen, verstehst du...?«

»Bist du ein Homo oder so was? Es heißt ja, daß viele Leute, die es zum Theater zieht, Homos sind. Du kannst es mir sagen, Dev; das schockt mich nicht.«

»Ein Homo?« Seine Stimme hob sich zu einem empörten, schrillen Schreien. Es war absurd, aber in dem Moment, wo sie es ihm vorhielt, redete und benahm er sich wie einer. »Natürlich nicht«, fuhr er bewußt in einer tieferen Tonlage fort. »Verdammt, ich bin einfach, na ja, noch Jungfrau, verstehst du? Das sind eine Menge Leute. Eine Unmenge Leute sogar.«

»O Gott«, sagte sie. »Wenn es einen nicht so jammern würde, wäre es direkt komisch. Urkomisch!«

»Freut mich, daß es dich so, ehm, so amüsiert. Und daß du den falschen Eindruck hattest, tut mir leid. Mir war nicht klar, daß du dachtest, es sei deine Schuld.«

»Was sollte ich denn um Himmels willen sonst denken, Dev?« Sie begann zu lachen, aber das war Spannungsabbau wie beim Weinen, es lag kein Humor darin. »Wie dumm ich bin«, sagte sie. »Was für ein Riesenrindvieh.«

»Das Ganze war ein Mißverständnis«, sagte Mr. Devine nervös. »Wir waren beide unschuldig. Das bedeutet... nun, es bedeutet...«

Aber er konnte die Bedeutung nicht in Worte fassen. Es hatte wieder angefangen zu regnen, und sie gingen die Cavehill Road entlang, machten an der Ecke wie in beiderseitigem Einvernehmen kehrt und gingen wieder zurück, die Köpfe vorgebeugt, die Augen auf dem Gehsteig, wie Konferenzteilnehmer, die ein Problem wälzen.

»Ich bin nicht gut genug für dich«, setzte er wieder an. »Verstehst du, ich war noch nie verliebt, ich wußte nicht, was ich tun sollte. Von Jugend an war ich zuviel allein, das wird mir jetzt klar. Ich kenne mich mit Mädchen überhaupt nicht aus, Liebe und so, das gab's für mich nur theoretisch. In der Phantasie.«

»Aber warum erzählst du mir das jetzt erst?« sagte sie. »Warum hast du mir nicht gesagt, daß du genauso unschuldig bist wie ich?«

»Ja, ich, ehm, es ist mir immer schon schwergefallen,

mit anderen über meine intimen Gefühle zu sprechen. Etwas zuzugeben, verstehst du? Ich hab dann immer Angst, daß jemand drüber lacht. Ich hatte Angst, du lachst mich aus, wenn ich's dir sage.«

»Hätte ich nicht getan, das weißt du.«

»Ja, aber das hilft einem nicht, wenn man vor etwas Angst hat. Dann ist man unvernünftig. Wer Angst hat, geht selten nach der Vernunft.«

Er war jetzt stehengeblieben und hatte sich ihr zugewandt, die Augen vergrößert hinter beschlagenen Gläsern, das kummervolle Gesicht regennaß. Sie standen bei einer Bushaltestelle, und ein ankommender Bus verlangsamte und wartete darauf, daß sie einstiegen. Als Mr. Devine das begriff, schüttelte er den Kopf zum Schaffner hin. Der Bus fuhr vom Bordstein ab, und als er ihm nachschaute, begegnete sein Blick plötzlich dem eines Fahrgastes, einer beleibten Frau, die ihr Gesicht gegen die regenverwaschene Scheibe drückte und ihn ansah, als sei es zu beanstanden, daß er auf offener Straße über so etwas sprach.

Una ging weiter, und er folgte ihr. Ihre Hände steckten tief in den Manteltaschen, ihre Haare waren naß vom Regen. Er sah zu, wie sie absichtlich in die kleinen Pfützen auf dem Gehsteig trat und das in ihnen schwimmende Spiegelbild ihres Gesichts wieder und wieder zerstörte. An der Straßenecke hielt sie an und wartete, daß auch er stehenblieb.

»Ich könnte dich nicht heiraten, Dev«, sagte sie. »Tut mir leid.«

»Natürlich, vielleicht ist es für dich noch zu früh, um ans Heiraten zu denken«, sagte er – wie immer darauf bedacht, die Ablehnung des anderen gerechtfertigt erscheinen zu lassen.

»Das ist nicht der Grund.«

»Tja, du magst recht haben, Una. Ich weiß, daß ich kein großer Fang bin.«

»Dev, hörst du mal um Himmels willen auf, mir beizustimmen. Dadurch machst du es nicht leichter.«

»Entschuldige«, sagte er demütig.

»Ich war furchtbar egoistisch, Dev. Es hat mir geschmeichelt, daß du sagtest, du seist in mich verliebt, daß du mich wirklich zu mögen schienst. Nach Michaels Benehmen hat mir das wieder Selbstvertrauen gegeben.«

»Du müßtest ja nicht in mich verliebt sein, Una«, sagte er in dem Bemühen, das Endgültige ihrer Worte abzuwehren.

»Doch, Dev, genau da liegst du falsch. Ich *müßte* in dich verliebt sein. Wir sind völlig verschiedene Typen. Ich will kämpfen gegen das, was mir das Leben antut, und genau davor hast du Angst. Dein Motto ist leben und leben lassen.«

»Aber du verstehst nicht«, sagte er verzweifelt. »Ich könnte mich ändern. Wenn ich für dich kämpfen müßte, könnte ich vielleicht auch anders. Ganz anders. Ohne Rücksicht auf Verluste.«

Sie schüttelte den Kopf. »Nein... das ist aussichtslos, Dev. Ich will nicht noch mal einen Schwächling. Ich brauche jemanden, der stark ist, der mir hilft. Außerdem heirate ich doch keinen, bloß weil er mir leid tut.«

Er merkte, wie er die Hände aufeinanderlegte und den Ring seines Vaters preßte, als wollte er ihn zerbrechen. *Ihr leid tun.* Das kam davon, man mußte sich nur blöd genug anstellen. *Ich tu ihr leid,* sagt sie. Hätte sie überhaupt etwas Brutaleres sagen können? *Ich tu ihr leid.* Wie kommt sie dazu, mich zu bedauern?

Sie konnte es nicht einmal genug sein lassen, stellte er fest. Sie redete weiter und machte es mit jedem Wort schlimmer. »Du bist ja nett, Dev, und du würdest keiner Fliege was zuleide tun. Aber gerade hast du wieder bewiesen, daß du deine eigene Mutter verraten würdest, um Streit zu vermeiden. Weiß Gott, wieso du glaubst, mit einer wie mir leben zu können. Ich würde dich bloß unglücklich machen. Und das Schreckliche ist, du würdest dich nie trauen, es mir zu sagen.«

»Na schön«, sagte er und hörte, wie seine Stimme in einen hohen, brüchigen Ton überkippte. »Dann entschuldige, daß ich dir zu nahe gekommen bin.«

»Sag das nicht, Dev. Ich entschuldige mich auch, ich hätte nicht ärgerlich werden dürfen. Bitte vergiß, was ich gerade gesagt habe.«

Vergessen. Wie sollte er das vergessen; wofür hielt sie sich? »Ich fühle mich nicht gekränkt«, sagte er, bemüht, nicht zu schreien. »Ich fühle mich keineswegs gekränkt.«

»Es tut mir trotzdem leid.«

Sie setzte sich wieder in Bewegung, und diesmal ging sie weiter auf die Straße zu, in der sie wohnte. »Also«, sagte sie, »unsere Alkoholgeschichte kann ich Onkel Tim dann nicht erzählen. Ich muß wohl still sein und ihn das Schlimmste annehmen lassen. Dafür schickt er mich zurück nach Dublin, damit du's weißt.«

Er antwortete nicht. Er schien gar nicht zuzuhören. Sie versuchte es noch einmal, als sie die kleine Straße erreichten. »Ich gehe jetzt rein; ich werde ihnen nichts sagen. Dein Geheimnis bleibt gewahrt, Dev.«

Sie war erstaunt, daß er auch noch mit in die Seitenstraße einbog. Einen Augenblick hoffte sie schon, er werde wirklich mit ihr zu den Herons gehen. Vielleicht fühlte er sich nun doch moralisch verpflichtet. Jetzt, wo sie ihn abgewiesen hatte, wollte er ihr vielleicht beweisen, daß er keinen Groll gegen sie hegte. Aber am Tor der Herons blieb er stehen. Ganz förmlich nahm er seinen Hut ab, so daß der Regen ihm auf das schüttere sandfarbene Haar tropfte.

»Ich hoffe, wir sind noch Freunde«, sagte sie. »Du nimmst mir hoffentlich nicht übel, was ich gesagt habe.«

»Natürlich nicht. Entschuldige, daß ich mich so blöd benommen habe.«

Er stand da und hielt den Hut über seinen Kopf wie auf dem komischen Schnappschuß eines Straßenfotografen. Er schien noch etwas zu erwarten, ein Wort, ein Zeichen. Ein Gefühl von Zärtlichkeit brachte ihre Entschlossenheit ins Wanken: Es war so schlimm, zurückgewiesen zu werden. Sie wußte es: Sie dachte an sich selbst, zurückgewiesen von Michael. Doch dann dachte sie an Michael und an Michaels schwachen Charakter. Auch Dev war schwach. Entsetzlich schwach. Und doch fand sie hinter all dem etwas Liebenswertes an der traurigen Gestalt, die da ihren Hut zum Abschied in die Luft hielt. Sie ging zu ihm hin, und obwohl sie wußte, daß Tante Maeve sie beobachten konnte, hob sie ihm ihr Gesicht entgegen, um geküßt zu werden.

Aber er küßte sie nicht.

»Dann auf Wiedersehen«, sagte sie.

»Auf Wiedersehen.«

Er setzte seinen Hut wieder auf, als sie die Haustür der Herons erreichte. Es war nicht abgeschlossen, und sie ging hinein, ohne sich umzuschauen. Er spürte sein nasses Haar unter dem Hut. Er wartete, als rechnete er damit, daß sie noch einmal herauskäme. Der Regen hörte auf. Es wurde dunkel. Nach einer Weile ging er davon.

13

Hochwürden Daniel Keogh hatte eine große Vorliebe für Tee. Den ganzen Tag und weit in die Nacht hinein brachten Schuldiener ihm frische Kannen in das Direktorenzimmer und stellten sie unter das helle Licht einer Lampe, die sechzehn von vierundzwanzig Stunden brannte. Der Direktor, unablässig vertieft in die Durchsicht eines Berges von Schriftstücken, goß sich hin und wieder eine frische Tasse ein. Tee, er ernährt sich von Tee, meinte das Küchenpersonal.

Er war alt, er hatte wenig Appetit, er hatte viel zu tun. So viele Papiere, so viele Aufgaben: Die Ärmel seiner Soutane glänzten, und Federhalter legten sich ganz natürlich an den schwieligen Zeigefinger an. Aber diese äußeren Anzeichen ließen allenfalls ahnen, welch vielfältige Arbeiten Dr. Keogh andauernd zum Schutz gegen die Eintönigkeit seines Amtes auf sich lud: Eine Geschichte der katholischen Diözesan-Organisationen war neu durchzusehen; Notizen für ein Buch über Kardinal Celina warteten; Predigten für besondere Einkehrtage, Reden für Gemeindefeiern, Anmerkungen zu bestimmten Aspekten des kanonischen Rechts. All das aber wurde wild und krebsartig überwuchert von Notizen, Entwürfen und Zeitschriftenmaterialien für sein Hauptwerk: eine Chronik der Pilgerreisen irischer Geistlicher zum Vatikan im neunzehnten Jahrhundert, unter Berücksichtigung ihrer Gründe und ihrer Ergebnisse. Außerdem erforderte der Schulbetrieb jährlich mehr Korrespondenz. Ja, es gab viel zu tun. Zuviel, nach Meinung einiger. Manche ließen durchblicken, der Direktor verwende zuviel kostbare Zeit auf die Enträtselung von Dingen, die ihn in seiner Stellung als Leiter vom St. Michan's nur am Rande beschäftigen sollten. Andere meinten, die Flut neuer Bestimmungen und Formalitäten im Wohlfahrtszeitalter sei von einem Mann in seinen Jahren nicht mehr zu bewältigen: Man solle ihn entlasten. Dieser Meinung war Dr. Keogh jedoch nicht. Er hatte schon immer eine Vorliebe für wissenschaftliche Forschung, für Verwaltungskorrespondenz, für Mehrarbeit gehabt. Er bündelte seine Pflichten, er klebte an seinen Aufgaben. Sie waren Vorrechte für ihn. Er gab sie nicht her.

Die Büroarbeit genügte ihm nicht. Allmorgendlich verließ der Direktor seinen Schreibtisch und unternahm einen Rundgang durch die Klassenzimmer, unterhielt sich kurz mit den Lehrern, gab in der obersten Klasse eine Stunde Griechisch und führte die Aufsicht über das Mittagessen im Speisesaal. Abends folgten eingehende Gespräche mit Schülern, die sich berufen fühlten. Zweimal die Woche leitete er einen Studienkreis mit älteren Schülern, die bald für das Priesteramt ausgebildet werden sollten. Diese Studienkreise waren ein vorzügliches Mittel, um immer wieder die Stimmung unter den Schülern zu ergründen. Abends fand er oft auch Zeit für einen Plausch mit dem alten John Harbinson, dem schwerhörigen Pförtner, dem es oblag, ihm seinen Tee zu bringen. Der alte John setzte die Teekanne dann auf den Platz, von dem er deren Vorgängerin soeben entfernt hatte, und wartete ehrerbietig im Schatten der Schreibtischlampe, bis Dr. Keogh Gelegenheit fand, aufzuschauen und zu sagen:

»Was hört man heute, John?«

Dies war kein gefühlloser Scherz. Der alte John, ob er auf den Gängen herumlungerte oder mit seinen gummibesohlten Schlappen durch Lehrerzimmer und Lesesaal schlurfte, war ein Teil der College-Einrichtung, kaum auch nur wahrgenommen von Lehrern wie Schülern. Schwerhörig, schwachsinnig, alt: Ein Akt reiner Nächstenliebe, daß man ihn überhaupt behielt, meinte der Dekan. Der Direktor sah das anders. Auch ihn hatte man für gebrechlich, alt, unaufmerksam erklärt. Er und John hatten ein kleines Abkommen. Johns Stellung war gesichert.

Als jetzt die Glocke der Kapelle dreimal schlug, rührte Dr. Keogh seinen Tee um. Die frische Kanne war schon kalt, weil Johns Erzählungen länger gedauert hatten als sonst und ungewöhnlich interessant gewesen waren. Ein wenig zitternd – die alte Malaria mal wieder – hob der Direktor sein großes graues Haupt und horchte auf den Lärm der Jungen im Hof unten. In wenigen Minuten würde die Glocke schweigen, die Jungen würden in der Kapelle sein und mit der Abendandacht beginnen. Eine Stunde seliger Stille, eine Stunde Rast. Dr. Keogh erschauerte und beugte sich tief über den Schreibtisch, als ihn erneut das alte Fieber packte. Er hielt den Teelöffel ans Licht und leckte mit der Zungenspitze wie ein kleines Kind einen Rest Zucker von der konkaven Oberfläche. Er zitterte wieder: die Strafe für Rom nannte er das.

Jahre voll Sonnenschein, zufriedenen Arbeitens und Studierens am Irischen Kolleg, Jahre unter Männern mit scharfem Verstand und regem Forschungsdrang. Und dann, wie nach den Freuden der Sünde, das Fegefeuer der Verbannung, die Abschiebung in seine kalte Heimat, ins Alter und ins Niemandsland der kleinen intriganten Seelen.

Der Direktor hob den Kopf wieder, die Augen geschlossen, das welke Gesicht dem warmen Sonnenschein der Lampe zugewandt. Seine Gedanken kehrten zu der Geschichte zurück, die ihm der alte John erzählt hatte; eine Fortsetzungsgeschichte war das, und zwar eine, die in den letzten acht Tagen manche seltsame und beunruhigende Wendung genommen hatte. Eine Fortsetzungsgeschichte, die vielleicht sogar Monsignore Sullivan (ein sehr fähiger Mann) und Domherrn McAuliffe betraf, ein wichtiges Mitglied des Kuratoriums. Die geschlossenen Augen vom Lampenlicht gerötet, dachte Dr. Keogh auch an seinen Dekan für Disziplin, Pater Alphonsus McSwiney, groß, rothaarig, die geistlichen Gewänder stets von feinster Machart. Aufsteiger McSwiney, wie er seine Kreise zog, ein Wort zum Monsignore, ein Wort zum Domherrn. Ein Wort hier, ein Wort da. Ja, dem alten John zufolge war die Geschichte weithin bekannt, da ihre skandalösen Aspekte die Gemüter der Schüler erregten. Ja, es war nur noch eine Frage der Zeit, bis die ersten Eltern jetzt Briefe schrieben, bis der Vater irgendeines Jungen anrief, um schüchtern eine diskret formulierte Frage vorzubringen. Die Sache konnte ernst sein. Wirklich ernst.

Der Direktor griff in die zerschlissenen Schöße seiner Soutane und zog zwei Chinintabletten hervor. Er nahm sie in die hohle Hand, bereit, sie zu schlucken. McSwiney als Dekan für Disziplin, das war mehr als passend, überlegte er. McSwiney hielt zu sehr auf körperliche Züchtigung. Der Rohrstock war gut und schön, er war eine altbewährte Methode, um ungehobelten Jungen ein paar Grundsätze einzubleuen. Aber der Stock wie auch McSwiney hatten ihre Grenzen, dachte er mitunter. Mäßigung war in der Philosophie des Dekans nicht vorgesehen. McSwiney glaubte an die eiserne Hand, ohne Handschuhe.

Der Mund des Direktors formte sich bei dem Gedanken zu einem kleinen belustigten Bogen. Jedes Anzeichen von Gnade oder Nachsicht würde einen Angriff des Dekans zur Folge haben, und Dr. Keogh glaubte genau zu wissen, wie der Dekan dann vorgehen würde: ein blutig der Schulaufsicht dargebrachtes Opfer, dem, feierlich versprochen, weitere Opfer folgen würden, wenn – ja wenn das Kuratorium sich entschließen könnte, einen neuen Besen einzusetzen und den alten rauszuwerfen, damit er in irgendeiner Landpfarre verrotte. Der Direktor wog die Tabletten in seiner Hand. Ja, bei der geringsten Schwäche seinerseits würde Pater McSwiney jetzt zum Monsignore gehen, berichten, verdammen, Ansprüche anmelden.

Andererseits, dachte der Direktor, dürften der Monsignore und das Kuratorium wissen, was ich wert bin. Zur Verwaltungsarbeit braucht es mehr als neue Soutanen und theatralische Opfergaben. Ja. Sein graues Gesicht zitterte im warmen Lampenlicht, seine Verachtung mischte sich mit dem Wechselfieber, das ein Vermächtnis der Wärme war.

Er schluckte die Tabletten.

Als die Internen nach der Abendandacht in den Lesesaal kamen, wartete der Dekan für Disziplin an der Tür, und seine Anwesenheit war die Gewähr für ordentliches Benehmen. Pater Creely, der die Aufsicht hatte, ging den hinteren Gang hinauf und las in seinem Gebetbuch. Er bestieg das Podium, setzte sich und blätterte eine Seite im Brevier um. Untätigkeit gab es nicht. Die Schüler hatten nur drei Stunden Zeit, die zahlreichen Aufgaben für den nächsten Tag zu erledigen. Bummler, die am Abend nicht fertig wurden, mußten um sechs Uhr aufstehen und bis zum Frühstück arbeiten.

Den eleganten Schulterkragen zurückgeschlagen, damit das glänzende Futter zur Geltung kam, bewegte der Dekan sich durch den Saal wie jemand, der Schafe hütet. Am Podium hielt er inne, lehnte sich gegen das Lesepult und sah zu, wie die Schüler ihre Plätze einnahmen. Pater Creely hob die Augen vom Brevier und wartete darauf, daß der Dekan sprach. Vorsorglich legte er ein kleines Bildnis der Schmerzensmutter als Lesezeichen zwischen die Seiten. Aber Pater McSwiney sagte nichts. Er nahm seinen Gang durch die Reihen der fleißigen Schüler wieder auf. Pater Creely, ein Mann von ausgesprochen neugierigem Wesen, hätte zu gern gewußt, was da vorging. Der Dekan schien nach einem Indiz, einem verräterischen Zeichen zu suchen unter den gebeugten Jungenköpfen, in den pflichtschuldig konzentrierten Gesichtern. Pater Creely klappte sein Brevier zu und stieg vom Podium herunter. Er sah, wie der Dekan zur Tür des Lesesaals ging. Er folgte ihm.

Auf dem Gang drehte Pater McSwiney sich um und wartete auf Pater Creely. Er hatte einen nachdenklichen Ausdruck in seinem großen, blassen Gesicht. »Da ist was im Busch«, sagte er.

Pater Creely blickte durch die offene Tür auf seine Schützlinge. Alles hatte seine Ordnung. »Wie kommen Sie darauf?« sagte er höflich. »Mir ist nichts Ungewöhnliches aufgefallen.«

»Ich kenne die Jungen«, sagte der Dekan. »Und ich halte die Ohren offen. Erinnern Sie sich an den Streit zwischen Heron und Devine vorige Woche?«

»Sogar sehr gut, Pater. Hat sich da was Neues ergeben?«

»Herons Sohn, Eamon, hatte vor der Abendandacht heute großen Zulauf«, sagte der Dekan. »Ich habe gehört, wie ein Junge ihn nach seiner Dubliner Kusine gefragt hat. In scherzhaftem Ton. Dann sahen sie mich, und natürlich...«

»Meinen Sie, unser Trio von neulich hat doch geredet?«

»Das weiß ich nicht, Pater. Ich denke mir, daß mehr dahinter steckt.«

»Daß Heron und Devine sich noch einmal gestritten haben?«

»So was in der Richtung«, sagte der Dekan. »Das wäre eine Möglichkeit.«

Beide Geistlichen starrten schweigend auf den mondhellen Gang hinunter. Pater Creely warf einen kurzen Blick auf die Szene im Lesesaal hinter sich. Alles war ruhig. Federn tanzten auf Papier, als wären die Schüler Reporter, die einen lautlosen Vortrag mitschrieben.

»Tja, halten Sie die Ohren offen, Pater«, sagte der Dekan schließlich. »Lassen Sie mich wissen, wenn Sie auf irgend etwas stoßen.«

»Ja, Pater.«

»Und schicken Sie mir doch mal den jungen Coogan raus.«

»Gern, Pater.«

Der Dekan verschränkte die Arme und ging ein paar Schritte fort vom Eingang des Lesesaals. Wenn der Wirbel sich um Herons Nichte drehte, hatte er sich fein abgesichert, als er den Monsignore neulich darauf hinwies. Und natürlich spielte das Mädchen in dem Stück auch nicht mehr mit, die Aufführung war also nicht betroffen. Um so besser, wenn Heron und Devine sich stritten – zwei verzankte Laienlehrer, und der Direktor weiß von nichts. Eine Schande, sagte der Dekan zu sich selbst. Unerhört. Man sollte sofort das Kuratorium verständigen.

Wenn der Direktor die Angelegenheit in der gewohnten Weise handhabte, dann würde er die Augen zumachen und weitertapern. Und das, sagte sich der Dekan, ist einfach nicht gut genug. Nein, es war die Pflicht des Dekans, das Kuratorium darauf hinzuweisen. Ihnen klarzumachen, daß eine feste Hand gebraucht wurde. Ein neuer Besen sozusagen.

Durch die Fenster des Ganges warf ein fahler Mond schräge Lichtrechtecke auf den Fliesenboden. In eines dieser Rechtecke trat ein Schüler, blasser im Gesicht als das blasse Nachtlicht. Der Dekan fuhr, als er die Schritte hörte, mit raschelnden Rockschößen herum.

»Pater McSwiney? Sie wollten mich sprechen, Sir?«

»Ja, Coogan. Komm mit.« Der Dekan legte dem Jungen die große weiße Hand auf die Schulter und spürte, wie seine Muskeln krampfhaft zuckten, als hätte er ein verängstigtes junges Tier angefaßt. Sanft lenkte er den Jungen vom Lesesaal fort in den verlassenen, vom Mond beleuchteten Gang.

»Ich halte dich für einen ehrlichen Jungen«, sagte der Dekan und blieb unter einem mondhellen Rechteck stehen. »Ja, ich halte dich für einen braven Jungen, Coogan. Nun möchte ich eine ehrliche Antwort.«

»Ja, Pater.«

»Wohlgemerkt, ich weiß genau Bescheid«, sagte der Dekan. »Ich möchte nur deine Version hören, Coogan.«

Seine kräftigen Finger gruben sich fest in den billigen Stoff von Coogans Jacke. »Also, Coogan«, sagte er leise.

»Über, äh, über was denn, Pater?«

»Komm mir bitte nicht so, Coogan. Du weißt schon, worüber. Wir wissen doch wohl alle, was los ist? Ich habe heute ein paar komische Geschichten gehört. Jetzt möchte ich von dir hören, was du damit zu tun hast. Und bitte von Anfang an.«

Pater McSwiney war zuversichtlich. St. Michan's war keine englische Schule, Gott sei Dank, sie war irisch und katholisch. Hier gab es den Unsinn nicht, daß man die Jungen ehrenwörtlich verpflichtete, sich zu ihren Missetaten zu bekennen. Sie taten nun mal Unrecht. Um herauszufinden, was sie ausgefressen hatten, griff man sich einen vormaligen Missetäter und drohte ihm. Kein Junge war so dumm, für die Verfehlungen eines anderen zu leiden. Sagte der Junge nichts, machte man ihn fertig. Pater McSwineys Erfahrung nach war kein Schüler stärker als ein guter Stock.

»Ich habe nichts getan, Pater«, sagte Coogan mit jäh aufsteigender Angst. »Ich war es nicht. Ich wußte überhaupt nichts davon.«

»Das habe ich aber anders gehört, Coogan. Du warst mit von der Partie.«

»Ehrlich, Pater, ich hab nur versucht, es auszuwischen.«

Die Hand des Dekans spannte sich fester um Coogans Schulter. Er blickte den mondhellen Gang hinauf und hinunter und stieß Coogan dann gegen die Wand. Er wußte nicht, wovon Coogan redete. Er hatte keine Geduld. Er wollte klarsehen.

»Du hast es also ausgewischt, ja?« sagte er in sarkastischem Ton. Seine dicken Finger schlossen sich um die kurzen Haare in Coogans Genick. Mit einem grimmig vergnügten Lächeln zog er Coogan langsam in die Höhe wie ein Mann, der einen Welpen hochhebt. Das war sehr schmerzhaft. Coogan japste, wußte aber, daß er nicht schreien durfte.

»Was hast du denn ausgewischt, du kleiner Lügenbold? Heraus damit!«

Verwirrt und gepeinigt versuchte Coogan sich zu erinnern, was eigentlich gelaufen war. Seine Gedanken drehten sich unstet im Kreis, während er einen Ausweg aus dieser Tortur suchte. Über ihm wartete Pater McSwiney, das große blasse Gesicht zu einem zornigen Grinsen verzerrt, auf das Geständnis. Coogan hatte das Gefühl, der Dekan würde ihm die Haare ausreißen.

»Es war ein Gedicht«, wimmerte er. »Das haben ein paar ältere Schüler geschrieben, Pater. Ich nicht, Pater.«

»Welche älteren Schüler?«

»Kelly und Magowan, Pater.«

»Was haben sie geschrieben, Coogan?«

»Ich, ehm, ich weiß nicht mehr, Pater.«

»Lüg mich nicht an«, sagte der Dekan. Er verstärkte seinen Griff. »Erzähl mal der Reihe nach. Was war los, warum und wie ist es dazu gekommen? Aber schnell, mein Sohn, sonst wird es dir leid tun.«

»Es waren ein paar Leute aus der dritten Unterstufenklasse«, wimmerte Coogan. »Die haben heute morgen ein Gespräch zwischen Mr. Devine und Mr. Heron gehört. Die hatten Streit oder jedenfalls so was Ähnliches.«

»Braver Junge«, sagte der Dekan. »So ist das schon besser. Sei unbesorgt; ich glaube dir, du hattest bestimmt nichts mit all dem zu tun. Um was ging es denn bei dem Streit zwischen Mr. Devine und Mr. Heron, was haben die gehört?«

Coogan sagte es ihm.

14

Das ungleichmäßige Heulen von Mrs. Dempseys elektrischem Teppichkehrer wanderte auf dem Boden über ihm hin und her. Er öffnete die Augen und konnte sehen. Brille auf? Nanu, die trug er doch nie im Bett. Aber er war nicht im Bett, er saß im Sessel, und der Rücken tat ihm weh. Er setzte sich auf und sah das erloschene Feuer. Das gelbe Auge der Lampe rügte ihn im Morgenlicht. Er knipste sie aus. Wie spät war es?

Seine Uhr war stehengeblieben. Er steckte sie unaufgezogen wieder in die Tasche. Ein schlechtes Omen, daß sie so stehengeblieben war. Seit der Beerdigung seines Vaters hatte er noch nie vergessen, sie abends aufzuziehen, und nur wenn sie gereinigt werden mußte, hatte er sie auslaufen lassen. Aber jetzt war das ein Omen. Alles stand still. Er hatte nicht das Übliche getan, er war gestern abend nicht einmal ins Bett gegangen. Er nahm die Brille ab und rieb sich die Augen. Es war, als hätte er im Fieber phantasiert und die Krise überstanden, geschwächt zwar, aber wach, durch den Anblick unerledigter Dinge an die verlorene Zeit erinnert. Wie spät war es? *Sehr spät!*

Er eilte in den Flur, um auf die Wanduhr zu sehen. Erleichtert atmete er auf. Die Zeiger standen auf Viertel vor acht, und das Pendel schwang. War es nicht seltsam, daß sein Körper sich so verhielt, als wäre es ein ganz gewöhnlicher Morgen? Er wachte immer um Viertel vor auf.

Er ging in sein Schlafzimmer, wo ihn die Ordnung wie

ein Vorwurf traf, die säuberlich festgesteckten Decken, das umgeschlagene Laken, bereit, ihn zu empfangen. Er hatte das Bett nicht benutzt, seit sie darauf gelegen hatte. Er hatte es nicht gekonnt. Jetzt zerwühlte er die Kissen und zog die Decken raus. Er mußte sich ausziehen. Normalerweise ging er in Morgenmantel und Pantoffeln zum Rasieren hinauf, und er mußte durch die Küche, wo Mrs. Dempsey sein Frühstück bereitete. Er zog seine Sachen aus, das Sportsakko, die neue Hose, das neue Hemd. Und ihm fiel ein, weshalb er sie gekauft hatte. Er setzte sich aufs Bett, das Hemd noch in der Hand. Im Frisierspiegel sah er sein Gesicht.

Es war ein Gesicht, das einmal einen Schnurrbart getragen hatte, ein Gesicht, das einmal lächelnd in den Spiegel geschaut hatte, um vielleicht das Lächeln erwidert zu sehen, ein Gesicht, das einmal eine gewisse Unsicherheit ausgedrückt hatte. Aber es hatte sich verändert: Es fragte und begehrte nicht mehr. Es wußte Bescheid: Es hatte Angst.

Er stand auf und griff nach seinem Schlafanzug. Wenn er nicht in Schlafanzug und Morgenmantel zum Rasieren heraufkam, würde Mrs. Dempsey das komisch finden. Aber was war eigentlich dabei, wenn sie es komisch fand? Hatte sie ihn nicht vor die Tür gesetzt? Bis Ende der Woche sollte er draußen sein, hatte sie gesagt. Wozu mit Mrs. Dempsey noch auf gutem Fuß bleiben? Sie konnte zur Hölle gehen.

Trotzdem klopfte er wie gewohnt an, ehe er die Küche betrat, und sagte wie üblich »guten Morgen«. Mrs. Dempsey antwortete nicht. Sie wußte, daß er nicht gut war, der Morgen. Über das Spülbecken gebeugt, präsentierte sie ihren mächtigen Rücken als Grußabwehr und strafte seine

Normalitätsmanöver mit der gebührenden Verachtung. Vor einer Woche hätte ihm das Kummer bereitet. Jetzt war es ihm egal. Er trug sich mit anderen, schwerwiegenderen Sorgen.

Neue Kritzeleien auf stinkenden Toilettenwänden, ein Vater am Telefon, der wissen wollte, ob um Himmels willen an der Sache etwas dran sei. Dr. Keogh und der Dekan in einem Vieraugengespräch. Ein Schuldiener, eine Aufforderung, zum Direktor zu kommen… Mr. Devine, du meine Güte, was hören wir denn da? Verdammt, er konnte sich weigern, mit ihnen darüber zu sprechen, es ging sie nichts an. Nun, in dem Fall, Mr. Devine, müssen wir Sie bitten…

Warum denn überhaupt noch in die Schule gehen? Warum wartete er nicht hier, bis der Brief kam: Auf Grund gewisser Ereignisse… und in Anbetracht verschiedener uns bekannter Einzelheiten, zu denen wir Mr. Heron befragt und in zureichendem Maße gehört haben, müssen wir Ihnen leider nahelegen, unverzüglich… da wir uns sonst gezwungen sähen, das Dienstverhältnis… und verbleibe, mit den besten Wünschen für Ihren weiteren Weg, Ihr sehr ergebener Daniel Keogh, Doktor der Theologie.

Aber immerhin hatte Una ja versprochen, er werde aus der Sache herausgehalten. Wie schön von ihr! Sankt Una, die Märtyrerin: in Schande nach Dublin zurückgeschickt. Natürlich erwartete sie, daß er es zugab; war es nicht klar, daß sie hoffte, er werde sich moralisch dazu verpflichtet fühlen? Aber warum sollte er? *Ich kann nicht jemand heiraten, bloß weil er mir leid tut*, hatte sie gesagt. In Ordnung, dachte er. Und ich kann meine Laufbahn nicht für ein Mädchen ruinieren, bloß weil sie mir leid tut.

Gewissen? Warum nur verspürte er diesen scharfen, stechenden Schmerz? Er hatte sie in den vergangenen Wochen an so vielen Orten erlebt, er hatte eine Fülle von Bildern im Kopf, alle klar und deutlich, immer wieder ihr Gesicht, und jedes hielt ihm spöttisch vor, was er sich hatte entgehen lassen.

Gelb leuchtend ihr Haar im sich drehenden Scheinwerferlicht; flackernde Schatten im Feuerschein, sie mit glänzenden Augen unter ihm auf dem Teppich; auf dem Bett dann Mondlicht und ihr weißer Körper nah dem seinen, wie in Erwartung einer Operation, einer Operation, die er nicht ausführen konnte. Und das letzte Bild von allen, unter einem dunkel werdenden Himmel, ihr Gesicht im Regen, zum Kuß erhoben. Einem Kuß, den er ihr nicht gab.

Der scharfe, stechende Schmerz war der Schmerz des Verlustes. Er hatte gesündigt, indem er sie verlor. Sünde mußte bestraft werden. Amen. So sei es.

Im Morgenmantel, frisch rasiert, das Handtuch wie eine priesterliche Manipel über dem linken Arm, ging Mr. Devine zum Frühstücken nach unten.

»Rourke. Wisch die Tafel ab.«

Danny Rourke ergriff den Staubwedel aus Filz und Holz und wirbelte eine Wolke von Kreidestaub auf, die das Morgenlicht trübte. Die dritte Unterstufenklasse wartete, während Mr. Devine Platz nahm und seinen Rohrstock vor sich legte, um für die erste Unterrichtsstunde bereit zu sein.

»›An eine Lerche‹, nicht wahr?«

»Ja, Sir«, antworteten mehrere Stimmen.

Das ist die dritte Unterstufenklasse. Das sind die Jungen, die mich und Heron gestern morgen gehört haben.

Das sind die Jungen, denen ich die Schmiererei auf der Toilette zu verdanken habe.

»Na schön. Erhebe dich, Halloran. In welchem Jahr wurde Shelley geboren?«

»Äh – aber Sir – das haben Sie uns nicht aufgegeben.«

»Raustreten. Halloran. Der nächste. Wann wurde Shelley geboren?«

Schweigen. Er witterte Panik. Keiner wußte die Antwort. Sie hatten nicht gesagt bekommen, daß sie das Datum lernen sollten. »Raustreten. Der nächste?«

Als sieben Schüler auf Bestrafung warteten, stand Mr. Devine auf. Jeder zwei. So fest er nur konnte. Er setzte sich wieder hin, aber er hatte erst angefangen. Weitere Fragen. Heraustreten! Der nächste? Heraustreten! Der nächste? Er züchtigte. Er züchtigte noch einmal. Als die Stunde vorüber war, hatten die Schüler der dritten Unterstufenklasse gelitten. Endlich erlöst, sagten sie es weiter.

Dev hat eine Stinkwut.

Coogan ist von Dev beim Sprücheschreiben auf dem Klo erwischt worden, meinte einer.

Dev hat die Wut.

Nicht Coogan, widersprach jemand, sondern drei höhere Semester hätten die Sprüche geschrieben.

Dev hat eine Stinkwut.

Dev und der Sergeant hätten die Sprüche selbst abgewaschen, sagte jemand.

Dev hat die Wut.

Hauer Heron sagte, Dev und seine Kusine Una waren zusammen bei ihnen im Hinterhof.

Dev hat eine Stinkwut.

Der alte Knuffo Heron weiß Bescheid über Dev und seine Nichte, meinte jemand.

Dev hat die Wut.

Sie ist aus Dublin. Sie ist heiß. Knuffo tobt wegen der Geschichte.

Dev gab in dieser ersten Stunde des Tages sechzehn Schülern Schläge auf die Finger.

Dev hatte die Wut.

Mit schiefem Klappkragen, die grimmigen blauen Augen zusammengekniffen, das dünne graue Haar mit Wasser an den Schädel geklatscht, wartete Tim Heron vor der dritten Unterstufenklasse. Er wartete auf das Ende von Mr. Devines erster Unterrichtsstunde. Ein Blick genügte, um zu wissen, daß er Blut sehen wollte.

Er nahm Mr. Devine beim Arm und drängte ihn durch die herumstehenden Schüler hinaus in den nebelverhangenen Pausenhof.

»Hast du meine Nachricht nicht bekommen?« sagte er.

»Was für eine Nachricht, Tim?«

»Herrgott, ich habe gestern abend dreimal bei dir daheim angerufen. Ich habe eine Nachricht hinterlassen.«

»Ich, ehm, die habe ich leider nicht bekommen.«

Tim Heron zog die Schultern hoch und wandte sich ab, um über den verlassenen Hof zu schauen. Sein schwarzer Talar war hinten aufgerissen wie ein zerlumpter Frack. Er sagte:

»Weißt du, was passiert ist? Weißt du, daß die ganze Schule unser Gespräch gestern mit angehört hat?«

»Ich, ehm, ich habe so was munkeln hören. Ich war mir nicht sicher.«

»Schmutziger Schweinekram oben in der Toilette. Über dich und meine Nichte!«

»Wann?«

»Da steht etwas«, sagte Tim Heron. »Der Dekan persönlich hat sich die Mühe gemacht, mich davon zu unterrichten.«

»O Gott!«

»Ja. Ein für allemal jetzt, Dev, was ist passiert? Hast du mich gestern angelogen?«

»Nein, Tim, nein.«

»Ich bin Unas Mutter für das Mädchen verantwortlich. Ich muß der Sache auf den Grund kommen, bevor sie unser aller Leben ruiniert.«

»Ich weiß aber nicht mehr, als ich dir gesagt habe, Tim.«

»Du warst an dem Abend mit ihr aus. Das hast du selbst zugegeben. Was ist da passiert?«

»Nichts, Tim. Wirklich.«

»Devine, ich kenne dich jetzt schon sehr lange. Ich habe dir zu dieser Stellung verholfen, wie du dich vielleicht erinnerst. Ich habe dich immer als Freund betrachtet.«

»Natürlich, Tim. Du warst sehr gut zu mir.«

»Also schön. Ich sage dir die Wahrheit, Dev, es hat ja keinen Sinn, weiter Versteck zu spielen. Meine kleine Nichte ist nicht so unschuldig, wie sie aussieht. Sie hatte sich in Dublin in einen verheirateten Mann vergafft, bevor sie herkam. Sie hat ihre Mutter damit fast in den Wahnsinn getrieben. Deshalb habe ich mich bereit erklärt, sie zu mir zu nehmen und sie als Krankenschwester unterzubringen. Ich habe ihrer Mutter versprochen, auf sie aufzupassen. Verstehst du? Und jetzt will sie mir nicht sagen, wo sie die Nacht zum Sonntag verbracht hat. Ich habe ihr erklärt, daß ich, wenn sie mir bis heute morgen nicht die Wahrheit sagt, mit ihrer Mutter reden muß. Das will ich aber nicht, Dev. Ihre Mutter hat ein schwaches Herz, es könnte effektiv ihr Tod sein.«

»Dann laß es doch«, sagte Mr. Devin. »Warum willst du die Mutter beunruhigen? Vielleicht regst du dich ganz umsonst auf.«

»Und wenn das Mädchen schwanger ist, Dev? Was sage ich dann?«

»Also jetzt übertreibst du ja wohl. Schwanger!«

»So? Übertreibe ich, Dev? Das frage ich dich.«

»Na hör mal, Tim, ich habe dir doch gesagt, daß ich nichts damit zu tun habe.«

»Ja«, versetzte Tim Heron. »Ja, klar. Das würde vielleicht jeder junge Kerl sagen. Es ist auch schwer, so was zuzugeben, besonders gegenüber einem Verwandten des bewußten Mädchens. Aber man muß schließlich an Unas Zukunft denken. Wenn du dafür verantwortlich bist, daß sie ihren Ruf ruiniert, gehörst du erschossen, aber wirklich.«

»Bin ich aber nicht!« rief Mr. Devine.

»Um ehrlich zu sein, das glaube ich dir nicht. Und ich weiß auch nicht, ob die Priester dir glauben.«

»Jetzt mal langsam, Tim, langsam! Du willst doch mit der Geschichte nicht zum Direktor gehen? Willst du mich im Ernst ohne jeden Beweis an den Pranger stellen?«

»Da stehst du schon!« rief Tim Heron. »Jeder Schüler kann das Dreckzeug lesen, das über euch beide verzapft worden ist. Was meinst du wohl, wie lange es dauert, bis der Dekan damit zum Alten geht und der sich dich vorknöpft?«

»Dank dir, Tim. Weil du deine Privatangelegenheiten so laut rausbrüllst, daß eine ganze Schulklasse sie mitkriegt.«

»Wenn du nur mit ihr tanzen gegangen wärst, hätte ich nicht zu brüllen brauchen, Devine!«

Sie standen sich jetzt Auge in Auge gegenüber, mit angespannten Armen, entflammt von der Hitze des Zorns. In diesem Augenblick hochgepeitschter Wut sah es aus, als würden sie einander schlagen. Aber die Spannung hielt sich nicht. Ihre Körper erschlafften, die Angriffslust schwand. Verwirrt versuchte sich Mr. Devine an den Grund für seine Rage zu erinnern, stellte aber fest, daß er ihn vergessen hatte. Er wußte nur, daß Heron ihn haßte; daß Heron ihn verabscheute. Und das mit Recht: Er hatte Heron angelogen, um seine Würde zu wahren. Jetzt konnte er dem alten Freund nicht mehr ins Gesicht sehen.

»Du zwingst mich also, ihre Mutter anzurufen und ihr das Ganze beizubringen«, sagte Heron bitter. »Du zwingst mich zu drastischen Maßnahmen, weil du nicht Manns genug bist, Farbe zu bekennen.«

»Niemand zwingt dich. Das ist nur deine schmutzige Phantasie, Tim Heron.«

Herons dichte, buschige Augenbrauen furchten sich, als hätte ein Schüler ihn zu schlagen gewagt. Bei Gott, das sah Dev nicht ähnlich, so zu reden. So zurückzubrüllen, ausgerechnet Dev, dieser Ausbund an Höflichkeit. Überspieltes Schuldbewußtsein, dachte Heron. Was sollte es sonst sein? O ja, Maeve hat recht, sie sagt, es muß Devine gewesen sein, und sie hat recht.

Seine Augen teilten Devine sofort mit, zu welchem Schluß er gekommen war. Er wandte sich ab, als wäre die Unterhaltung beendet, als hätte Devine sich durch die Beleidigung selbst verurteilt. Mit fliegenden, wie ein doppeltes Band hinter ihm herflatternden Schößen eilte er in das Schulgebäude. Wenn Devine einem jungen Mädchen so etwas antat, hatte er alles verdient, was er kriegte. Und er kriegt sein Fett, entschied Tim Heron mit zornig blinzelndem rechtem Auge. Er kriegt sein Fett.

Er hörte eine Tür zuschlagen, als er in seine Klasse kam. Das mußte Devine in der Oberstufe sein. Dieser Lump.

Zwölf großgewachsene Schüler saßen an ihren Pulten, als Mr. Devine die erste Oberstufenklasse betrat. Sie waren still. Sie hatten gehört, daß er in Fahrt war.

»Collins. Wischen Sie die Tafel ab.«

»Sie ist sauber, Sir.«

»Das entscheide ich. Wischen Sie sie noch mal ab.«

Er setzte sich an sein Pult und legte feierlich den Rohrstock vor sich auf die Schreibschale. *Deine eigene Mutter verraten*; ja, sie hatte recht, vor noch nicht zehn Minuten habe ich einen Verrat begangen. Und sie hat mich nicht verraten, sie hat kein Wort gesagt. Trotzdem denkt Tim Heron das Schlimmste von mir. Oh, ich wollte ihm die Wahrheit sagen, wollte ich wirklich, aber ich konnte nicht. Ich hatte Angst.

Er beugte sich vor und stützte sein Gesicht in die geöffneten Hände. Die Beklemmung in seiner Brust war schlimmer denn je. Ein Gefühl beinah, als ob er weinen wollte. Na, dachte er, das wäre ja hier ein schöner Ort zum Weinen, mit zwölf Schülern als Publikum. Er sagte leise und rauh:

»›An eine Lerche‹, nicht wahr?«

»Nein, Sir.« Die Stimmen waren überrascht.

»So? Ach ja, wir hatten ›Die Dame von Shalott‹.«

»Nein, Sir. Die kommt im ersten Jahr, Sir«, informierte ihn ein frecher Hinterbänkler. Er blickte zur hinteren Bank. Klar, das war die Oberstufe. Was haben wir da gestern durchgenommen? Ich könnte sie ja eine Arbeit schreiben lassen, aber ich habe kein Papier dabei. Ob ich ihnen sagen soll, mir sei nicht gut und sie möchten bitte etwas lesen und sich still verhalten? Aber nein, als er ihre

Gesichter sah, wußte er, daß es so nicht ging. Die Jungen hier würden sich bald rasieren, sie hatten häßliche, von der Pubertät gezeichnete Gesichter. In dem Alter waren sie gefährlich.

»Also schön«, sagte er. »Meine Herren, wo waren wir?«

»*Julius Cäsar*, Sir.«

»Danke, Gray. Sie haben ein besseres Gedächtnis als Ihr Lehrer, wie es scheint. Stehen Sie bitte mal auf, damit wir uns darüber Gewißheit verschaffen können. Versetzen Sie sich zurück in die erste Szene des ersten Akts. Als Flavius vorschlägt, die Bildsäulen ihres Schmuckes zu entkleiden, erwidert Marullus: ›Ist das erlaubt? Ihr wißt, es ist das Luperkalienfest.‹ Würden Sie mir sagen, Gray, warum das einen Unterschied macht?«

Sie hatten den ersten Akt vor vierzehn Tagen durchgenommen. Gray wartete auf ein Stichwort, das nicht kam.

»Heraustreten, Gray. Der nächste?«

Die ganze Schule wußte es also; die Wände der Toilette waren wieder vollgekritzelt.

»Heraustreten, Donlan. Der nächste?«

Du könntest keiner Fliege was zuleide tun, hat sie gesagt, aber du würdest deine eigene Mutter verraten, um Streit zu vermeiden… Sie hat mich nicht verraten.

»Heraustreten, McKenna. Der nächste?«

Der nächste Schüler, ein Siebzehnjähriger aus Larne, stand ein wenig trotzig auf. »War es nicht aus religiösen Gründen verboten, die Bildsäulen zu entkleiden?«

»Sie sollen antworten, nicht fragen«, sagte Mr. Devine. »Was waren die Luperkalien für ein Fest?«

Schweigen.

»Heraustreten. Der nächste?«

Jemand klopfte an die Tür des Klassenzimmers. Der

nächste Junge zögerte. Zur großen Erleichterung seiner Schüler stieg Mr. Devine vom Katheder und öffnete die Tür. Auf dem Korridor stand, das greise Gesicht voller Mitteilungsdrang, der Pförtner John.

»Mr. Devine, Sir, werden am Telefon verlangt.«

»So?« Das Telefon war am anderen Ende des College, über den Hof und durch das Hauptgebäude. Dahinzukommen dauerte einige Zeit. Verdammt ungünstig. »Wer ist denn dran? Kann er nicht später noch mal anrufen?«

Doch der alte John lächelte und nickte, ohne zu verstehen. »Ja, Sir, das Telefon.«

Mr. Devine drehte sich zu seiner Klasse um. »Ich bin in ein paar Minuten wieder da«, sagte er. »Wenn sich einer hier muckst, bekommt die Klasse den Stock.«

Sie nahmen das schweigend auf. Er schloß die Tür und folgte dem alten John, als dieser über den Hof schlurfte und dabei die Arme schwang, als wären es Gewichte, die er brauchte, um seinen alten Körper in der Balance zu halten. Mr. Devine blickte auf die Klassenfenster des Hauptgebäudes und betete zu Gott, daß niemand herausschaute. Es war zwecklos, den alten Zerberus zu fragen, wer am Apparat war. Man hätte zu laut schreien müssen. Und wozu auch fragen? Es mußte sie sein.

In der Pförtnerloge wies John auf das Telefon, das an seiner Schnur baumelte und sich langsam im Kreis drehte wie ein Köder an der Angel. Als er den Hörer ergriff, hörte Mr. Devine, wie der Pförtner sich hinsetzte.

»Mr. Devine hier.«

»Dev. Hier ist Una Clarke.«

Es war seltsam, wieder ihre Stimme zu hören. Sie sprach leise, als ob auch sie befürchtete, es könnte jemand mithören.

»Hast du heute morgen mit Onkel Tim gesprochen? Er sagte, er wolle mit dir reden.«

»Ja.«

»Und wie ist es gegangen?«

Er schwieg und sann auf eine Antwort, die ihn nicht beschämen würde. Er sah sie im Geiste vor sich, wie sie in irgendeinem dunklen Flur stand, den Hörer an die blasse Wange gedrückt, das Haar zerzaust, die Augen voll Angst. Was konnte er ihr sagen, das nicht allzu schmerzlich die Wahrheit traf?

»Er meinte, er müsse es deiner Mutter erzählen«, sagte er.

»Und du hast es ihm nicht erklärt? Du hast überhaupt nichts gesagt?«

»Nein, Una, ehm, das konnte ich doch schlecht...«

»In Ordnung«, sagte sie kalt. »Ich wollte es nur wissen. Meinst du, er hat sich schon mit meiner Mutter in Verbindung gesetzt?«

»Nein, da bin ich ziemlich sicher«, sagte Mr. Devine schwach. »Er sagte aber, er wollte es.«

»Wann?«

»Tja, jetzt gibt er Unterricht. Frühestens in der Mittagspause, würde ich sagen.«

»Ist gut. Wiedersehen, Dev.«

»Warte mal. Laß dir doch –«

Aber aus dem Hörer kam ein sinnloses Summen. Er hängte ein. Der alte John nickte freundlich, als Mr. Devine aus der Loge eilte. Er beobachtete, wie der Lehrer durch den Gang lief. Er lächelte.

Mr. Devine hoffte, nicht gesehen zu werden, und gestattete sich nicht, an das am Telefon Gesagte zu denken. Seine Sorge war vielmehr, wieder in die Klasse zu gelangen, bevor seine Abwesenheit bemerkt wurde. Als er ankam, war die erste Oberstufenklasse noch still. Zwölf Schüler schauten ihn an. Vier standen zwischen den Bänken und warteten auf ihre Züchtigung. Wofür? Er konnte sich nicht erinnern. Er bedeutete ihnen, sich wieder zu setzen, und betrachtete die Bücher auf seinem Pult. Die Bücher waren nicht aufgeschlagen. Wie hieß das Thema?

»Wo waren wir?« fragte er.

Er sah ihre Verwunderung. Was wußten sie, was starrten sie ihn so an? Hatten sie getratscht, während er telefonierte? Einen nach dem anderen forderte er sie heraus und maß sie gebieterisch und ernst mit einem Blick, der besagte: *Unterwirf dich*. Aber es lag etwas Ungewohntes in ihren Augen. War es Verachtung? Er sah einen der ältesten Schüler an: Der Schüler erwiderte seinen Blick. Der Junge verachtet mich. Ach was, das bildest du dir ein, sieh noch mal hin, sieh auf die anderen.

Seine nicht mehr gebieterischen Augen suchten der Reihe nach die Gesichter ab. Kannten sie, glaubten sie die Gerüchte? Der Stock half jetzt nicht. Der Stock schwieg: ein angespanntes Schweigen.

»Wir waren bei *Cäsar*, Sir«, sagte einer der Schüler.

»Ah ja. Die Luperkalien.« Er schlug sein Buch auf und begann zu lesen:

»Die Luperkalien waren ein am 15. Februar zu Ehren Lupercus', des Gottes der Fruchtbarkeit, begangenes Versöhnungsfest, bei dem eine beachtliche Anzahl von alten Riten praktiziert wurde. Wichtigster Ritus war der Lauf der Luperci, der Lupercuspriester also, die, nachdem sie in der heiligen Grotte des Gottes auf dem Palatin ihr Opfer dargebracht hatten, durch die Straßen Roms strömten, mit nichts bekleidet als einem Schurz aus dem Fell der geschlachteten Tiere. Sie schlugen jeden, der ihnen begegnete, mit Riemen aus ebendiesem blutbefleckten Fell. Unfruchtbare Frauen…«

Jemand hatte gekichert. Einer von den zwölf Jungen hatte ein anzügliches Lachen unterdrückt. Welcher? Er starrte sie der Reihe nach an. Alle warteten mit sorgsam unbewegten Mienen. Heiser fuhr er fort:

»Unfruchtbare Frauen warfen sich den geißelnden Priestern in den Weg, da sie glaubten, die Schande der Unfruchtbarkeit werde durch die Schläge von ihnen genommen. Als Tag der Reinigung, der Entsühnung…«

Da war es wieder. Er hob den Blick, doch die Gesichter der Jungen waren wie zwölf Wachsmasken.

»…als Tag der Reinigung, der Entsühnung wurde dieser Tag *Dies Februatus* genannt.«

Er blickte von seinem Buch auf. »Die Frage wird manchmal von den Prüfern gestellt«, sagte er mit heiserer Stimme.

Aber sie hörten nicht zu. Sein Privatleben war ein schmutziger Witz. Sie hörten nicht zu.

Er war nicht mehr der Herr der Klasse.

Gegen Mittag hatte der Regen aufgehört, und Nebel stieg vom Belfast Lough herauf. Über dem St. Michan's war der Himmel fahl, als hätte der Tag seine Kräfte schon verbraucht. Hinten auf dem Handballplatz trafen sich Externe heimlich in kleinen Gruppen, um Aufgaben abzuschreiben, die sie am Abend vorher hätten erledigen sollen. Für die Internen gab es im Speisesaal Brot und Irish Stew zu Mittag. Die Lehrer aßen Hühnerpastete und Rosenkohl. Am anderen Ende des großen Sportplatzes ging ein Lehrer für sich an der Seitenlinie entlang und näherte sich langsam dem Gaelic-Football-Tor, wo zwei Rowdys mit dem Essenspaket eines jüngeren Schülers Torwürfe übten. Sie pfefferten das Päckchen durch die Luft, fingen es im Lauf und kümmerten sich nicht um den verzweifelt hin und her rennenden Knirps, um sein schrilles Friedensgesuch. Als der Lehrer herankam, türmten die Rowdys und warfen das Päckchen in eine Pfütze. Der kleine Junge hob den Tränen nah sein Mittagsbrot auf, das jedoch nicht mehr zu gebrauchen war. Der Lehrer nahm keine Notiz. Er war hierhergekommen, weil an einem Regentag kein vernünftiger Mensch auf dem großen Platz herumlaufen würde: Niemand würde sich die Schuhe im schlammigen Gras versauen. Er wollte weder sehen noch gesehen werden: Es gab wieder schmutzige Reime, schmutziger Klatsch machte die Runde. Ein Lehrer mit menschlichen Schwächen wurde allen zum Gespött. Der Direktor und Tim Heron hielten wahrscheinlich gerade eine geheime Sitzung ab. Was konnten sie aber schon tun, solange Una schwieg? Nichts. Und wenn er bei seiner Geschichte blieb, gab es ja keinen Gegenbeweis. Dr. Keogh ging immer den Weg des geringsten Widerstandes. Er konnte einen Lehrer nicht wegen eines Gerüchts, eines unbegründeten Gerüchts, entlassen. Nein, es wird Gras drüber wachsen. Es wird in Vergessenheit geraten. In den Weihnachtsferien würde er eine Wandertour durch Wicklow machen, sich das Ganze von den Hacken laufen. In der Zwischenzeit würde er sich damit beschäftigen, daß er Kevin Cooke bei der Vorbereitung des Festspielbeitrags half.

An der Ecke des Spielfeldrands blieb er stehen und sah zu der grauen Steinfassade des Priesterhauses hinüber. In diesem Augenblick stand vielleicht im Zimmer des Direktors sein Fall zur Diskussion. Heron wird ihnen sagen, daß das Mädchen zurück nach Dublin geht.

Muß ich vor dir auf die Knie fallen? hatte sie gefragt.

Es war ihm gleichgültig. Den quälenden Kummer empfand er nicht mehr. Statt dessen fühlte er sich matt, aber klar im Kopf, als hätte er zuviel getrunken und sich durch Erbrechen gereinigt. Er ging den Weg zurück, den er gekommen war, und hob das blasse Gesicht, um in den Himmel zu schauen. In der Ferne schob sich ein grauer Wolkenkranz gegen die kahle Stirn von Cave Hill. Er fühlte sich von seinem Schicksal losgelöst: All das widerfuhr jemand anderem, einem unklugen jungen Mann, den er einmal gekannt hatte. Er hatte diesen Mann noch als Jungen im Kopf; ein Junge, der sonntags oft über Cave Hill spazierenging und vom jähen Felssturz des McArt's Fort auf Belfast hinabschaute. Ein Junge, der davon träumte, die Filmschauspielerin Madelaine Carroll zu heiraten und sie an die Riviera zu entführen, um dort mit ihr die ungeahnten Fleischessünden zu begehen, vor denen die Priester in den Predigten warnten. War es erstaunlich, daß dieser Junge jetzt, als Mann von siebenunddreißig, in der Tinte saß? Er hatte nicht wirklich gelebt, er hatte geträumt.

Die graue Wolke verdichtete sich, und Cave Hill wurde entzweigeschnitten. Jeder Träumer mußte irgendwann aufwachen. Bis vor ein paar Tagen hatte er gut von sich gedacht. Natürlich hatte es Augenblicke gegeben, Augenblicke, wie sie wohl jeder kennt, wo ein Leben nach dem Tod nicht glaubwürdig erscheint, wo Himmel und Hölle nur sinnlose Wörter sind gegenüber der Tatsache, daß die Atmung aufhört, das Herz stehenbleibt. Er war solchen Momenten ausgewichen; wenn sie auf ihn eindrangen, hatte er Träume in Gang gesetzt. Er gaukelte sich zum Beispiel vor, daß er zwar noch nicht geprüft worden sei, aber daß er, wenn die Prüfung kam, den Anforderungen dieser Welt genügen werde. Liebe und Redlichkeit. Vor einer Woche hätte er gesagt, er sei zu beidem fähig. Vor einer Woche waren es nur Wörter. Jetzt hatte er in beidem versagt. Warum habe ich es noch nicht einmal fertiggebracht zu sündigen? fragte er sich. Nicht sündigen zu können, vielleicht liegt darin meine Sünde.

Aber auch das war eine Illusion, eine Ausflucht. Wieder ein Vorbeidrücken an der Realität. Schweigen, aus Angst die Wahrheit nicht eingestehen, das war die eigentliche Sünde. Wenn er schwieg, würde niemand Bescheid wissen, nur Una. Eines Tages heiratete sie dann vielleicht und erzählte es ihrem Mann, einem Protestanten gleich ihr. Protestanten hatten eine lockere Einstellung zu diesen Dingen. Wäre ich Protestant, wäre all das nie passiert, dachte er. Dann hätte ich von Mädchen inzwischen genug, ich hätte mich nie wegen der Beichte sorgen müssen. Die Beichte taugt nichts für Leute wie mich, die es hassen, vor anderen ihre Sünden zu bekennen, sei es auch vor einem Priester im Dunkeln. Wir fürchten dieses Sakrament, die Absolution ist uns kein Trost. Und doch werde ich eines Tages das alles wohl erzählen müssen. Segne mich, Vater, denn ich habe gesündigt. Und er wird sagen: »Versprich mir, daß du diese Sünde nicht noch einmal begehst, mein Sohn.« Vater, dazu bin ich vielleicht gar nicht in der Lage. Und das stimmt. Wie könnte ich es mit einer anderen versuchen, wie sollte ich das anfangen, ohne dabei an Una zu denken und mir Sorgen zu machen, daß ich wiederum versage? Seien Sie also beruhigt, Vater, was diese Sünde angeht. Hab ich einmal probiert und hat mir nicht gefallen.

Er blieb stehen und drehte sich nach der grauen Steinfassade des Priesterhauses um, nach den dunklen Bäumen am Priesterweg, die eine Doppelreihe bis hin zum Hauptgebäude hinter den Spielfeldern bildeten. Das müde Echo seiner ›Beichte‹ ging ihm noch im Kopf herum. Verstand man das unter Versagen: Waren alle gescheiterten Liebhaber falsche Zyniker? Er hatte schon oft die säuischen Reden in Bars gehört, Männerwitze über Frauen, mit denen die Sprücheklopfer geschlafen hatten. Waren all diese Angeber Feiglinge wie er selbst, waren die obszönen Witze nur ängstliches Gehabe, um die schlappe Wahrheit zu verbergen? War er einer von vielen, Teil einer geheimen Heerschar, einer von Tausenden heimlicher Nullen?

Ein Mann eilte den Priesterweg entlang, eine Gestalt, die sich ruckartig hinter der nur unvollkommen abschirmenden Baumreihe bewegte und die Schöße ihres zerrissenen Talars wie gebrochene Flügel hinter sich herschleppte. Tim Heron! Bestimmt ging er zum Priesterhaus. Er mußte auf dem Weg zum Direktor sein.

Unwillkürlich begann Mr. Devine über das nasse Spielfeld zu laufen und machte dabei einen Schwenk wie ein Mittelstürmer, um Tim den Weg abzuschneiden.

»Tim!« rief er. »Tim!«

Auf dem Weg zwischen den Bäumen blieb Tim Heron abrupt stehen wie ein Pferd, das unverhofft auf einen Graben stößt. Er spähte zwischen den Baumstämmen durch und beobachtete den Läufer auf dem Sportplatz. Und der Läufer war, als er näher kam, beunruhigt. Der vertraute zornig-verschwörerische Gesichtsausdruck war verschwunden, die grimmigen blauen Augen waren trüb und müde. Wie er da geduldig wartend unter den tropfenden

Ästen stand, wirkte Tim Heron erschöpft, besiegt, als ob er sich verlaufen hätte.

»Bist du das?« fragte er.

Mr. Devine blieb auf dem Weg stehen, die Hand gegen die schmerzhaft stechende Seite gepreßt. »Tim, ich wollte kurz mit dir reden.«

»Ja?«

»Gehst du zum Direktor? Hat er dich rufen lassen?«

»Ja. Ich habe gerade Bescheid bekommen.«

»Du warst also zu Hause. Hast du Una gesehen?«

Tim Heron betrachtete ihn mit Mißfallen. »Was geht dich das an?«

»Hast du ihr gesagt, du würdest ihre Mutter kommen lassen?«

»Noch nicht.«

»Hör mal, Tim, ich möchte mit dir reden. Ich möchte etwas erklären.«

Tim Heron wich zurück und verzog spöttisch den Mund, als wäre Mr. Devine ein aufdringlicher Bettler. »Was denn?« sagte er. »Ich hab's eilig.«

Aber Mr. Devine kümmerte sich nicht um den schroffen Ton. Er legte Heron die Hand auf die Schulter und lenkte ihn in die dem Priesterhaus entgegengesetzte Richtung, während er nach links und rechts sah, als befürchtete er, ein Feind könne hinter den Bäumen, die den Weg säumten, hervorstürzen. Als er sprach, war seine Stimme ein vertrauliches Flüstern.

»Ich, ehm, ich werde dich nicht lange aufhalten, Tim. Aber ich muß dir etwas, ehm, sehr Heikles erzählen. Bitte versprich mir, mich nicht zu unterbrechen, bis ich fertig bin. Dann kannst du tun und sagen, was du willst. Versprichst du mir das?«

»Na schön.« Das Flüstern, die Einsamkeit, die Heimlichkeit: All das reizte den Verschwörer in Heron. Auch er schaute sich um, ob sie allein waren, und ging dann festen Schrittes weiter, die Augen auf dem Boden. Er spürte Devines Nervosität. Es war besser, ihn nicht anzusehen. Ihm zu überlassen, wie er seine Geschichte erzählte.

»Tim, ich habe dir bisher nicht die Wahrheit gesagt. Ich – ehm – ich habe Una sehr gern, sie ist ein fabelhaftes Mädchen, Tim. Mit anderen Worten, ich bin in sie verliebt, ich schäme mich nicht, das zu sagen.«

»Ach nein?« Tim Heron benutzte seinen Klassenzimmerton. »Mir scheint, so vor einer Stunde hast du dich noch geschämt.«

»Warte, Tim, du hast versprochen, mich bis zum Ende anzuhören.«

»Dann komm zur Sache, Devine. Der Direktor erwartet mich.«

»Ja, Tim, es tut mir leid. Aber sieh mal, Tim –« Plötzlich zog Mr. Devine den Älteren am Arm und zwang ihn, sich umzudrehen und ihn anzuschauen. Sein kummervolles Gesicht war blaß und gespannt, die Augen geweitet hinter der Brille. »Also, Una war neulich in der Nacht bei mir zu Hause.«

»Ahh!« Tim Heron stieß den Laut hervor, als hätte er einen Schlag in den Magen erhalten.

»Warte, Tim. Warte! Es war meine Schuld, daß sie geblieben ist. *Meine Schuld*. Ich habe sie überredet, kurz mit reinzukommen. Und dann habe ich ihr zu trinken gegeben, Tim. Ich habe sie blau gemacht.«

Er schwieg und sah zu, wie die Wut von Herons Gesicht Besitz ergriff, wie das Auge plötzlich zu zwinkern anfing und die Hände zitterten. »Verstehst du, Tim?« sagte er.

»Ich hatte nichts Gutes im Sinn. Aber es ist nichts passiert, Tim, der Herr ist mein Zeuge. Es ist nichts passiert!«

»Ha!« knurrte Tim Heron.

»Ich weiß, du glaubst mir nicht, Tim. Aber es gibt zwei Gründe, warum nichts passiert ist – zwei Gründe. Wenn du die hörst, glaubst du mir, Tim.«

»Das müssen ja wundersame Gründe sein!«

»Hör zu, Tim. Der erste ist, daß Una noch Jungfrau ist. Hast du verstanden, Tim? Jungfrau. Sie hat es mir selbst gesagt.«

Aber Heron stieß ein Lachen aus wie einen Hahnenschrei. »Jungfrau!« Er kräuselte verächtlich die dünnen Lippen. »Hat man schon jemals von einer Jungfrau gehört, die sich mitten in der Nacht bei einem Mann zu Hause vollaufen läßt?«

»Warte doch, das erkläre ich ja. Ich habe sie nämlich nicht gehen lassen. Ich habe sie gegen ihren Willen festgehalten. Ihr Avancen gemacht. Und damit du's weißt, sie hat geweint, Tim. Geweint! Sie hat mir hoch und heilig versichert, daß sie noch unberührt ist.«

»Sprich leise, Mann«, brummte Heron. »Es besteht kein Grund zu schreien.«

»Tut mir leid, Tim. Hör zu. Hör bitte!« Mr. Devine unterbrach sich, und sein Gesicht war verzerrt, als kämpfte er gegen den Drang zu niesen an. Aber es war kein Niesen. Die Augen verschwammen ihm hinter der Brille. »Glaubst du mir?« fragte er mit einem spitzen, nervösen Schreien.

»Wer wäre denn so blöd, dir zu glauben?« sagte Heron. »Du gibst zu, du hast sie unter Alkohol gesetzt. Woher soll ich wissen, was du dann gemacht hast? Ein Lügner wie du erzählt seine Geschichte, wie er's gerade braucht.«

»Aber –« Die Tränen waren jetzt deutlich sichtbar, wenn auch Mr. Devine sie nicht zu bemerken schien. »Ich sage dir, warum du mir glauben kannst«, rief er. »Weil ich selber noch Jungfrau bin! Gott steh mir bei, es war das erstemal, daß ich's überhaupt versucht habe.«

»Das wird ja immer besser. Wen willst du hier eigentlich verkohlen, Devine?«

»Ich meine es ernst. Und weißt du, warum? Als ich es nämlich machen wollte, konnte ich nicht. Ich konnte nicht! Ich habe keine Erregung gespürt!«

»Wie weit bist du gegangen?« fragte Tim Heron rauh.

»Ich, ehm, ich war nicht erregt. Ich konnte nichts machen, verstehst du nicht?«

»Wie weit bist du gegangen?«

»Ich habe sie nur geküßt, und dann sagte sie, sie hätte es noch nie im Leben getan. Aber schon vorher wußte ich, daß ich's nicht konnte. Ich bin nicht normal, Tim, ich war nicht erregt, ich wollte gar nicht.«

»Warum hast du es dann versucht? Das ergibt doch keinen Sinn, Mensch.«

»Weil ich's wissen wollte, verstehst du nicht? Ich wollte wissen, ob ich's kann!«

»Und da hast du dir meine Nichte zum Probieren ausgesucht. Bei Gott, du hast Nerven, mir so was zu erzählen.«

»Gerade darum sag ich's dir ja! Weil du mir glauben mußt. Sie ist ein anständiges Mädchen, die Una. Ein anständiges Mädchen.«

»Daß ich nicht lache! Warum ist sie dann die Nacht geblieben?«

»Ich hab sie nicht aus der Wohnung gelassen, Tim. Ich hab gebettelt, daß sie bleibt. Und sie hatte Angst vor mir, ich habe in einer Tour geredet, und schließlich ist sie in meiner Bude eingeschlafen.«

»Sie hat also bei dir geschlafen, ja? Und was hast du gemacht, während sie schlief?«

»Sorgen habe ich mir gemacht«, sagte Mr. Devine. »Sorgen um mich und darüber, daß ich nicht normal bin.«

Trotz seines Zorns schien das letzte Eingeständnis Tim Heron peinlich zu sein. Er wandte den Blick ab und sah auf die Bäume. »Warum hat Una mir das dann nicht gesagt?« fragte er.

»Um meinetwillen. Sie hat sich für mich geschämt. Wahrscheinlich habe ich ihr leid getan.«

»Ihr leid getan!« Herons Gesicht lief rot an, als wäre er in Atemnot. »Dir werde ich helfen, du jämmerlicher, unnützer Lügner, du –«

»Warte, Tim, warte. Ich wollte, daß sie mich heiratet, ja? Sie hat mich abgewiesen. Aber ich hatte es ehrlich gemeint, Tim!«

»Du lieber Gott!«

»Ich sage dir das jetzt, Tim, damit du ihrer Mutter nichts erzählst. Du darfst Una nicht nach Hause schicken; laß sie ruhig hier wohnen und als Krankenschwester arbeiten. Ich treffe mich nicht mehr mit ihr. Du darfst ihre Mutter nicht beunruhigen, verstehst du?«

»Zu spät«, sagte Heron rauh. »Ich habe meine Schwester vor einer Stunde angerufen.«

»Aber nein, dann ruf sie noch mal an und sag ihr, es war ein Irrtum. Ein Irrtum. Ich habe dir das alles doch nur erzählt, um dich davon abzuhalten.«

»Du elender, unnützer Feigling!« rief Heron. »Du kommst zu spät, Devine, zu spät! Jetzt ist es schon passiert. Nachdem wir sie so beunruhigt haben, läßt Peg sie doch nicht mehr bei uns. Ach, Leute wie dich sollte man erschießen, widerlicher Abschaum, der du bist!«

Er brachte die Worte kaum noch heraus, und seine Augen zwinkerten in unbändigem Zorn. Wie vom Instinkt getrieben, fingerte er unter dem Ärmel seines abgetragenen Talars und zog den langen Rohrstock heraus. Mit lautlos zuckenden Lippen trat er vor und schwang den Stock in einem weiten Bogen. Der Schlag traf Devine auf die Wange, und seine Brille flog, in winzige Stücke zersprungen, auf den Weg. Geblendet kniete er sich hin und tastete nach ihr, so daß er dem rasenden Heron seinen langen Rücken in Demutshaltung präsentierte. Wieder hob Heron den Stock und schlug auf die vor ihm kniende Gestalt ein. Die Stirn am Boden, die Hände vor dem zerschrammten Gesicht, schrie das Opfer nicht einmal auf. Der einzige Laut auf dem stillen Weg war das Pfeifen des Rohrstocks, das dumpfe Trommeln niedergehender Schläge, der rauhe, fliegende Atem des Strafenden. Immer wieder schlug Heron zu, traf Genick, Schultern, Oberschenkel.

Ein Priester kam den Weg heraufgelaufen, und er hielt die Schöße der Soutane über den schwarzen Hosenbeinen hoch, um sich besser bewegen zu können. Unter seinen schweren Schuhen spritzte der Kies weg.

»Aufhören! Aufhören!«

Aber Heron konnte nicht aufhören. Er drosch und drosch mit sturer Beharrlichkeit.

Der Priester war jetzt bei ihnen. Sein Arm schnellte vor, drehte die Hand des älteren Mannes in einem Bogen zurück und entwand den Rohrstock seinem Griff. Verwirrt, mit stumpfer Miene von der Lust des Strafens, taumelte Heron zum Wegrand und setzte sich benommen ins Gras. Der Stock lag herrenlos auf dem Kies.

Pater Creely bückte sich und zog Mr. Devine auf die Füße.

»Stehen Sie auf! Stehen Sie auf!« sagte er erschrocken flüsternd. »Wenn das die Schüler sehen!«

Er drehte sich langsam im Kreis, überblickte den Weg und die Sportplätze dahinter. Keine Menschenseele. Er lief zwischen den Bäumen hindurch und tauchte beruhigt wieder auf.

»Es ist ein Wunder«, sagte er. »Ein Wunder! Das ganze College hätte zuschauen können. Wir haben Sie dort von den Fenstern aus gesehen.«

Er deutete zum Priesterhaus. Heron, der im Gras saß, starrte dumpf hinauf. An einem Fenster ganz oben drückten sich zwei weiße Gesichter die Nasen platt. Das eine war der Direktor. Mr. Devine, halb blind und geschunden, konnte nichts sehen. Auf seiner geschwollenen Backe war ein dicker rotweißer Striemen, sein Ohr war blutig aufgerissen. Er kramte ein Taschentuch hervor und wischte sich das Gesicht ab.

»Nun kommen Sie«, sagte Pater Creely. »Der Direktor möchte sofort mit Ihnen beiden reden.«

Er nahm Devine beim Arm und drehte ihn herum. Mit dem anderen Arm hakte er Heron unter. Wie ein Polizist, dem eine doppelte Festnahme geglückt ist, führte er sie den Weg entlang und über die Eingangsstufen ins Priesterhaus. Er scheuchte sie die Haupttreppe hinauf. Im Gang oben wartete der Direktor, klein, zerrupft, beunruhigt.

»Ich spreche zuerst mit Mr. Heron«, sagte er. »Pater, würden Sie Mr. Devine auf Ihr Zimmer bringen und ihm das Gesicht waschen? Ich lasse ihn in Kürze rufen.«

Die mit grünem Filz überzogene Tür stand offen. Niedergeschlagen, die dünnen grauen Haare in der Stirn, den zerrissenen Talar schief um die Schultern, ließ Mr. Heron sich vom Direktor hineinführen. Die grüne Tür schloß sich mit einem dumpfen Schlag.

»Hier entlang«, sagte Pater Creely. »Und bitte beeilen Sie sich.«

An der Treppe blieben sie stehen, während sich Pater Creely überzeugte, daß die Luft rein war. Dann führte ihn Pater Creely die Treppe hinauf und in ein großes Zimmer. Wie angewiesen, setzte er sich auf ein eisernes schwarzes Bettgestell mit einer weißen Tagesdecke. Einen Augenblick später hörte er Wasser aus einem Hahn laufen.

»Hier. Halten Sie sich das an die Backe, dann geht vielleicht die Schwellung zurück.«

Ein feuchtkaltes Tuch berührte schmerzhaft die verletzte Wange. In seinem geschwollenen Ohr klopfte es gleichmäßig wie ein Metronom.

»Haben Sie eine Ersatzbrille?« fragte Pater Creelys Stimme.

»Nur zu Hause.«

»Weiß Ihre Wirtin, wo die ist?«

»Ja, ich glaube.«

»Ich schicke einen Externen mit dem Fahrrad hin. Warten Sie einen Moment.«

Die Tür schloß sich, und er war allein. Er stand auf und ging unsicher zum Waschbecken. Als er aus nächster Nähe in den Spiegel schaute, konnte er sein Gesicht halbwegs klar erkennen. Der Striemen auf der Wange ging vom Ohr bis zur Nase. Der weiße Kamm mit der rot entzündeten Haut drumherum war ihm vertraut. Es sah aus wie so mancher Stockschlag, den er seinen Schülern verabreicht hatte. Er betupfte sein blutendes Ohr. Durch das

Wasser blutete es noch stärker. Sein Kragen war blutbefleckt.

Er tastete sich zu einem Stuhl am Küchentisch vor, auf dem von Pater Creely korrigierte Schularbeiten lagen. An der Wand hingen Bilder von einem alten Mann und einer alten Frau. Die Eltern des Priesters? Ein Öldruck der Sixtinischen Madonna lächelte über dem Bett. Er schloß die Augen, beugte sich vor, wiegte sich mit dem Schmerz. Die weiche Haut über den Rippen war geschwollen und wund. Gezüchtigt. Außer uns hat es niemand gesehen, hat Pater Creely gesagt. Und jetzt ist Heron beim Direktor. Erklärt. Rechtfertigt sich. Erzählt die ganze Geschichte.

Er linste auf die Heilige Jungfrau an der Wand. Er war noch nie in der Unterkunft eines Priesters gewesen. Unsere Heilige Mutter also wachte über Pater Creelys Schlaf. Er dachte an eine andere Mutter, die an diesem Morgen eine schlechte Nachricht erhalten hatte, eine Mutter, die kommen würde, um ihre Tochter abzuholen. Ich habe es umsonst erzählt: Es war schon passiert.

Ein Geräusch kam von der Tür. Pater Creelys Soutane schwamm ins Blickfeld. Kleine blankgewetzte Knöpfe, schwarze Männerschuhe unter dem schwarzen Rock.

»Geht's Ihnen besser? Ich habe einen Jungen geschickt. Er müßte in einer halben Stunde mit Ihrer Brille hiersein.«

»Danke.«

Der Rock entfernte sich. Er fixierte den Boden mit seinem durchgetretenen gemusterten Teppich. Er hörte, wie sich der Priester auf das Bett setzte.

»Was ist denn bloß passiert, Devine? Sind Sie beide übergeschnappt?«

»Es war meine Schuld«, sagte Mr. Devine.

»Tja, wenn er es mit Recht getan hat… Auf jeden Fall

haben Sie beide Ihre Stellung hier aufs Spiel gesetzt. Stellen Sie sich vor, man hätte Sie gesehen!«

Mr. Devine drückte sich das nasse Taschentuch auf die verletzte Wange. Das Blut an seinem Ohr war geronnen. Er berührte das Ohrläppchen mit dem Finger. Es tat weh. Er hörte den Priester hüsteln.

»Verzeihen Sie die Frage, aber hatte das etwas mit Herons Nichte zu tun?«

»Ja.«

»Ich dachte es mir. Unter den Schülern geht eine schockierende Geschichte herum. Schockierend!«

Mr. Devine schloß die Augen. Saurer Mageninhalt kam ihm hoch und wurde zurückgedrängt. Sie wußten Bescheid, alle wußten es, die Priester, die Schüler, alle miteinander. Tim Heron besprach es gerade mit Dr. Keogh. Es ging in der ganzen Schule um. Ausgeschlossen, daß er nach all dem noch hierbleiben konnte. Ausgeschlossen.

Pater Creely sagte eben: »...habe es vor ein paar Tagen selbst gehört und natürlich kein Wort geglaubt, aber wie die Dinge jetzt liegen, sehe ich keine andere Möglichkeit. Das ist nicht wiedergutzumachen.«

»Ja, ich weiß.«

Der Priester hustete erneut. Seine Mißbilligung gab der Stille etwas Unheilvolles. Er rechnete offensichtlich mit dem Schlimmsten.

Nach einiger Zeit klopfte jemand an die Tür. Pater Creely ging auf den Flur. Der Neuankömmling schien Pater McSwiney zu sein. Er und Pater Creely waren dick befreundet, erinnerte sich Mr. Devine. Er hörte, wie sich die Schritte des Dekans entfernten. Pater Creely kam zurück und setzte sich aufs Bett. »Dr. Keogh läßt sich viel Zeit«, sagte er. »Wir werden zu spät zum Unterricht kommen.«

Sie schon, dachte Mr. Devine. Für mich gibt es keinen Unterricht mehr. Er stillte seine Wunden, bis die Schritte wiederkamen. Der Dekan betrat den Raum. Er sah auf Mr. Devine und sagte dann zu Pater Creely: »Er will ihn jetzt sprechen. Mich auch.«

»Sicher, um die Arbeit neu zu verteilen«, meinte Pater Creely. »Die Stundenpläne müssen geändert werden.«

»Ja. Gehen Sie mit Devines Klasse in den Lesesaal, ja, Pater? Beschäftigen Sie sie irgendwie. Das Weitere erzähle ich Ihnen, sobald wir fertig sind.«

»Geht in Ordnung, Pater.«

Der Dekan legte Mr. Devine die Hand auf die Schulter.

»Kommen Sie«, sagte er. »Dr. Keogh wartet auf Sie.«

15

Die große Lampe über dem Schreibtisch des Direktors warf ihren gelben Kreis in die Raummitte und ließ das übrige Zimmer im Halbdunkel des schwachen Tageslichts. Von der Tür aus konnte Mr. Devine die Oberseite eines mit grauen Stoppeln bedeckten Schädels ausmachen, der sich hinter einer Barrikade aus Schriftstücken und Büchern bewegte. Als er dann ins Lampenlicht trat, wurde einer der Aktenstapel entfernt, und durch die so entstandene Lücke lugte Dr. Keogh mit der ängstlichen Miene eines kleinen Mannes am Rand einer Menschenansammlung.

»Chrm. Setzen Sie sich. Hier bitte.«

Ein freier Stuhl stand vor dem Schreibtisch, und der Zeigefinger des Direktors wies, während er sprach, darauf, um Mr. Devine dort hinein zu zwingen. Der Stuhl stand am Rand des Lichtkreises, und als er sich hinsetzte, wurde Mr. Devine von dem grellen Schein geblendet. Er kniff die Augen zusammen und sah auf den Teppich. Zwei lange schwarze Beine ragten aus dem nahen Sessel, in dem Pater McSwiney Platz genommen hatte. Tim Heron, der ebenfalls zu Boden schaute, saß dem Direktor zur Linken.

»Chrm, chrm«, machte der Direktor, sich künstlich räuspernd, um die Runde zur Ordnung zu rufen. »Ich habe Pater McSwiney um seine Anwesenheit ersucht. Es gibt hoffentlich keine Einwände dagegen.«

Niemand sagte etwas, aber Mr. Devine mit seinem

wunden Gesicht und dem schmerzhaft pochenden Ohr hatte den Eindruck, daß ihn alle drei anstarrten. Er legte die Hände im Schoß zusammen und versuchte sich auf die Initialen im Siegelring seines Vaters zu konzentrieren.

»Chrm. Mr. Herons Bericht über diese unselige Angelegenheit habe ich mir bereits angehört. Was sich da heute zugetragen hat, ist bedauerlich. Höchst bedauerlich! Ein Wunder, daß Sie beide nicht von der ganzen Schule gesehen worden sind.«

»Unglaublich«, warf der Dekan ein.

»Leider handelt es sich hierbei nicht bloß um eine private Auseinandersetzung zwischen zwei Lehrern«, sagte der Direktor. »Es geht uns alle an.«

»In der Tat«, warf der Dekan ein.

Der Direktor lehnte sich in seinem Sessel zurück. Er legte die Fingerspitzen zusammen, als wollte er beten. Er hob die betenden Hände und benutzte die vereinten Zeigefinger, um sein stählernes Brillengestell höher auf die Hakennase hinaufzuschieben. Die Bedeutung dieser Geste entging seinem Publikum nicht, handelte es sich doch um seine liebste Einleitung zu einer Kanzelrede. Der Direktor war im Begriff, sein Thema anzukünden.

»Wehe dem, der Ärgernis erregt«, sagte er. »Chrm.«

Er bog den Kopf zurück, und seine Hakennase schnupperte im warmen Lampenlicht. »Die Reinheit junger Seelen wurde in Gefahr gebracht«, sagte er. »Ärgerlich – wehe dem, der Ärgernis erregt! Besser, daß ein Mühlstein an seinen Hals gehänget würde… und so weiter. Chrm.«

Mr. Devine, der mit verengten Augen das Gesicht des Direktors zu fixieren suchte, wich zurück, als hätten die wütenden Schläge wieder eingesetzt. Es lag nicht in Dr. Keoghs Natur, irgendein Vergehen abzuhandeln, ohne

Blitz und Donner herbeizubeschwören. Erst die Predigt, dann die Strafe. Aber als Mr. Devine beschämt und schmerzgeplagt den Kopf neigte, hörte er den Dekan neben sich unbehaglich mit den Füßen scharren. Pater McSwiney hielt nichts von Predigten. Er wollte Ergebnisse sehen.

»Ganz recht, Doktor«, sagte er. »Da muß etwas passieren.«

»Chrm.« Der große Kopf des Direktors wandte sich in die Richtung des Dekans. »Nun gut, Pater. Kehren wir zu den Anfängen dieser schändlichen Geschichte zurück. Zu einem Tag der vorigen Woche, an dem ein Unterstufenschüler eine Unterhaltung zwischen diesen beiden Herren mit angehört hat.«

Mr. Devine, die Augen gegen das helle Lampenlicht geschlossen, spürte die verdutzten Blicke sowohl des Dekans wie auch Tim Herons. *Welche Unterhaltung meinte der Direktor?*

»Anscheinend wollte Mr. Heron nicht, daß seine Nichte an einer Theateraufführung mitwirkte, die wohl in Ihrem Auftrag vorbereitet wird, Pater McSwiney.«

Der Dekan sagte: »Ja, ich erinnere mich. Ich habe Sie damals nicht davon unterrichtet, Dr. Keogh. Es war eine Nebensache.«

»Chrm. Probleme dieser Art sind wie läßliche Sünden, Pater. Werden sie nicht korrigiert, führen sie zu schwereren Sünden.«

Die Stimme des Dekans war feindselig. »Ich fand nicht gerade, daß das Theaterstück Sache der Schule sei.«

»Sie haben diesen Schüler und zwei andere dafür bestraft, daß sie über die Angelegenheit geklatscht haben, nicht wahr?«

»Ja.«

»Dann war es auch ›Sache der Schule‹, wie Sie es nennen. Haben Sie die Gerüchte gehört, die in den letzten Tagen hier umgegangen sind, Pater McSwiney?«

»Ja, davon habe ich gehört.«

»Verstehe. Sie hielten es sicher nicht für wert, das zu erwähnen. Eine Nebensache.«

Mr. Devine hörte mit gesenktem Kopf und geschlossenen Augen die kalte Stimme des Dekans: »Verzeihen Sie, Dr. Keogh, aber ich habe das nicht als nebensächlich angesehen. Ich bin diesen Gerüchten nachgegangen. Ich wollte niemanden zu Unrecht beschuldigen.«

»Sehr vernünftig, Pater, sehr vernünftig. Ich glaube indessen nicht, daß Mr. Devine zu Unrecht beschuldigt worden ist, sich für Mr. Herons Nichte zu interessieren. Sie waren der besagten jungen Dame doch sehr zugetan, nicht wahr, Devine?«

Das fortgelassene »Mr.« verhieß nichts Gutes. Die Inquisition hatte begonnen. Mr. Devine hob sein geschundenes Gesicht ins grelle Licht. Wenn er die Augen zusammenkniff, konnte er Stahl und Stoppeln im unscharfen Umriß von Dr. Keoghs Gesicht ausmachen. Warum feuerten sie ihn nicht und ließen es gut sein? Warum mußte er sich eine Strafpredigt anhören wie ein Erstsemester?

»Also, Devine. Waren Sie der jungen Dame zugetan?«

»Ja.«

»Und vorgestern abend waren Sie – chrm – mit ihr tanzen. Ist das richtig?«

»Ja.«

»Sie ist dann erst um sieben Uhr früh zu Mr. Heron nach Hause gekommen. Sie konnte keine Rechenschaft darüber geben, wo und wie sie die Nacht zugebracht hatte.

Mr. Heron, ihr Vormund für die Dauer ihres Aufenthalts in unserer Stadt, war verständlicherweise beunruhigt. Und als er von Ihnen eine Erklärung verlangte, haben Sie behauptet, nicht zu wissen, wo sie gewesen war?«

Mr. Devine blinzelte mehrmals schnell. Als er den Mund öffnete, um zu sprechen, erstaunte ihn der ärgerlich laute Ton seiner Entgegnung. »Wozu fragen Sie mich, Doktor, wenn Sie es doch schon wissen?«

»Würden Sie bitte meine Frage beantworten, Devine.«

»Ja.«

»Und später – genau gesagt heute – haben Sie Mr. Heron gestanden, daß Sie nicht die Wahrheit gesagt hatten. Daß Sie die fragliche Nacht in Gesellschaft seiner Nichte verbracht hatten.«

»Ja.«

Die Brille des Direktors blitzte, als er sich in die Richtung des Dekans drehte. »Eindeutiges Geständnis, finden Sie nicht auch, Pater McSwiney? Unter diesen Umständen kann man Mr. Heron kaum zum Vorwurf machen, daß er mit einem Wutausbruch reagiert hat.«

»Ich würde Tim überhaupt keinen Vorwurf machen«, sagte der Dekan. »Er hätte lediglich bedenken sollen, welche Auswirkungen es haben könnte, wenn jemand sieht, wie er Devine öffentlich verprügelt. Da glaubt doch dann jeder die schlimmsten Gerüchte. Und die scheinen ja auch leider zu stimmen, muß ich sagen.«

»Ganz recht, Pater. Unsere Sorge bei all dem ist nun, ob und inwiefern es dem College und der Moral der Schülerschaft schadet. Die ersten Schäden sind bereits zu beklagen. Heute morgen erhielt ich zwei Telefonanrufe von aufgebrachten Eltern. Weitere werden folgen. Wissen Sie, was eine Mutter zu mir gesagt hat?«

»Die Eltern haben also schon Wind davon bekommen?« fragte der Dekan mit einem bestürzten Unterton.

»So ist es. Diese Mutter ging so weit, Devine als einen ›heuchlerischen Pharisäer‹ zu bezeichnen.«

»Treffend«, meinte der Dekan. »Allzu treffend.«

Ohne zu überlegen, war Mr. Devine plötzlich aufgesprungen. Aus der leeren Kammer seines Schädels hörte er die eigene Stimme schallen.

»Das brauche ich mir nicht bieten zu lassen, Dr. Keogh. Werfen Sie mich raus, wenn Sie wollen, aber zum Donnerwetter, ich stehe hier nicht –«

»Setzen Sie sich, Devine«, sagte der Direktor. »Ich bin noch nicht fertig.«

»Sie werden kein Schuldbekenntnis von mir hören«, schrie Mr. Devine. »Ich stehe hier nicht vor Gericht.«

»Setzen Sie sich!« rief der Dekan. »Setzen Sie sich, wenn man es Ihnen sagt!«

»Das werde ich nicht tun«, versetzte Mr. Devine. Er drehte sich um, und der Haß in seinen Augen richtete sich flackernd auf den weißen Fleck, der das Gesicht des Dekans war. Er konnte ihre Verblüffung spüren; schweigend starrten ihn seine Feinde an.

In diesem Moment ging eine Explosion (Steinbruch? Übungsschießen?) über den Hängen von Cave Hill los, erschütterte das Priesterhaus und donnerte über die Sportplätze hin, um in der Stadt unten hohl zu verhallen. Es war, als hätte der Himmel über seine Unverschämtheit gegrollt. Durch den Trotz eines Augenblicks hatte er Jahre des Gehorsams und der Ehrerbietung weggefegt. Aber die Wunden in seinem Gesicht schmerzten; das Echo zorniger Priesterstimmen klang ihm noch in den Ohren; er entsann sich, wer er war, wo er war und weshalb er da war.

Fast schreiend vor Nervosität wiederholte er: »Verdammt, ich setze mich nicht, Dr. Keogh. Ich bin ein erwachsener Mann, ich lasse mich nicht wie ein Schuljunge behandeln. Sie reden hier über mein Privatleben.«

»Genau«, sagte der Direktor. »Sie stehen nicht vor Gericht. Deshalb wäre ich Ihnen dankbar, wenn Sie mir ein klein wenig Höflichkeit erweisen würden.«

»Ich beantworte keine Fragen mehr.«

»Sie scheinen der Auffassung zu sein, daß ich Ihnen zu nahe getreten bin, Devine. Wenn dem so ist, entschuldige ich mich.«

Der Dekan und Tim Heron starrten den Direktor an. *Sich bei Devine entschuldigen?* Nachdem er sich so respektlos gegenüber einem Priester verhalten hatte? War denn der alte Knabe schon völlig verkalkt?

»Ich entschuldige mich«, wiederholte der Direktor. »Ich wollte nur klarstellen, welche Gefahr für uns alle in diesen Gerüchten liegt. Würden Sie jetzt bitte noch eine Frage beantworten, Devine?«

»Nein, Dr. Keogh. Das ist mein Privatleben. Mein *Privat*leben, verstehen Sie?«

Der Direktor beugte sich vor, ohne den schadenfrohen Blick des Dekans zu beachten. Er sah nur Mr. Devine an, und als er sprach, war seine Stimme sanft. »Im Interesse von Miss Clarke«, sagte er, »möchte ich gerne von Ihnen bestätigt haben, daß die Geschichte, die Sie Mr. Heron heute erzählt haben, stimmt.«

»Ja, sie stimmt. Meinen Sie, ich würde ihm das sonst – meinen Sie, ich hätte ihm das gern erzählt?«

»Einen Augenblick, Mr. Devine! Dann ist also vorgestern nacht nichts Unmoralisches passiert?«

»Nein.«

»Ich glaube Ihnen«, sagte der Direktor. »Und für das Mädchen wie auch für Sie freut es mich sehr, das zu hören.«

»Nun mal langsam, Dr. Keogh –«, fuhr die zornige Stimme des Dekans energisch dazwischen. »Sie wollen uns doch wohl nicht sagen, daß Sie Devines Version der Geschichte gelten lassen?«

»Mr. Herons Version, Pater. Bedenken Sie bitte, daß wir über Mr. Herons Nichte sprechen.«

»Die ja nun auch keine Heilige ist, wenn es stimmt, was man so hört«, sagte der Dekan. »Noch nicht mal katholisch.«

»Nachsicht, Pater, Nachsicht. Ich denke, Sie sollten sich bei Mr. Heron für die letzte Bemerkung entschuldigen.«

»Er hat mir das doch selbst gesagt«, fuhr der Dekan auf.

»Aber, aber, Pater. Ich bin sicher, daß Mr. Heron große Stücke auf seine Nichte hält. Stimmt es, Mr. Heron?«

Heron, der die ganze Zeit kein Wort gesagt hatte, hob den Kopf und antwortete mit zittriger Stimme. »Sie ist ein anständiges Mädchen. Ja, ich war ungerecht, sehr ungerecht.«

»Wieso haben hier auf einmal alle ihre Meinung geändert?« fragte der Dekan erbost. »Was wird denn hier gespielt?«

«Setzen Sie sich bitte hin, Pater McSwiney. Darf ich Sie daran erinnern, daß dies kein Debattierclub ist?«

»Nun, ich wünsche mir ja nur ein wenig Achtung vor der Wahrheit. Ich meine –« Der Dekan geriet ins Stocken und brach ab, sein großes, blasses Gesicht ein Inbild der Frustration.

»Setzen Sie sich, Pater. Und Sie, Mr. Devine, wollen Sie sich nicht auch setzen? Sie sehen gar nicht gut aus.«

Mit klopfendem Ohr, brennender Wange, die Augen überanstrengt vom konzentrierten Schauen, tastete Mr. Devine nach dem Stuhl hinter sich und nahm wieder Platz. Er hatte sich in den Abgrund gestürzt, doch durch irgendein Wunder hing er noch an einer Felskante des Steilhangs. Dieser Fels war der Direktor. Er hatte die Beleidigungen nicht beachtet. Man konnte schlecht einen alten Mann schlagen, der einem die andere Wange hinhielt.

»Mr. Herons Nichte ist das bedauernswerte Opfer böswilligen, schmutzigen Klatsches«, sagte der Direktor. »Das gleiche gilt in großem Maße für Mr. Devine.«

»Er war doch die ganze Nacht mit ihr weg!« brüllte der Dekan. »Also hören Sie mal, Doktor, das Mädchen hat ein Verhältnis mit einem verheirateten Mann gehabt, bevor sie nach Belfast kam! Das ist kein Klatsch, denn Heron hat's mir selbst erzählt. Ich finde, jetzt sind wir aber viel zu nachsichtig.«

»Chrm. Es ist nichts Unmoralisches geschehen, Pater. Obwohl ich vielleicht anfügen könnte, daß Mr. Heron gut daran getan hat, seine Nichte wieder nach Dublin zurückzuschicken.«

»Aber es ist doch unerhört, jemandem wie Devine zu glauben!« rief der Dekan. »Einem Mann, der vor noch nicht fünf Minuten Ihren Stand beleidigt hat.«

»Also gut, Pater«, sagte der Direktor ruhig. »Da Sie mir scheinbar unbedingt Ratschläge erteilen möchten – was schlagen Sie vor?«

Die harte, zornige Stimme erwiderte: »Ich würde Devine nahelegen, umgehend zu kündigen.«

»Warum, Pater?«

»Weil man nicht zulassen sollte, daß so jemand an einem katholischen College unterrichtet. Ein nachweislich verlogener und meiner Meinung nach möglicherweise moralisch degenerierter Mensch. War er nicht die ganze Nacht mit dem Mädchen weg?«

»Verstehe. Nun erlauben Sie mir noch eine weitere Frage, Pater. Was erreichen wir, wenn wir Devine entlassen?«

»Wir würden uns von dem Verdacht befreien, daß wir hier lasterhaftes Treiben dulden.«

»Es ist Ihnen doch sicher klar, daß wir das Gerede bestätigen, wenn wir Devine entlassen. Das Gerücht, daß einer unserer Lehrer sich unmoralisch verhalten hätte.«

»Alle Menschen sind menschlich«, sagte der Dekan. »Aber deshalb müssen wir nicht gleich so tun, als ob wir das uneingeschränkt hinnehmen.«

»Ein interessanter Standpunkt, Pater. Alle Menschen sind menschlich. Wohl wahr. Also –«

Der Direktor rieb sich das stoppelige Kinn und sah Mr. Devine an. »Möchten Sie Ihr Lehramt aufgeben?«

Mr. Devine warf den Kopf zurück, als ob er einen Schlag parierte. Ohne die gewohnte Brille seltsam nackt, spähten seine Augen in den grellen Lampenschein. Er fühlte sich jetzt schwach und ausgeliefert. Aber er würde nicht betteln. Er sagte rauh und leise:

»Wenn Sie wollen, bekommen Sie meine Kündigung heute nachmittag.«

»Einen Augenblick, Mr. Devine. Ich habe nicht um Ihre Kündigung gebeten. Ich habe gefragt, ob Sie kündigen möchten. Sind Sie nicht mehr gewillt, hierzubleiben?«

»Machen Sie doch, was Sie wollen«, hörte Mr. Devine sich selber schreien. »Ich rede hier nicht über meine Privatangelegenheiten, verstanden? Ich bin behandelt worden wie ein Schuljunge. Ein Schuljunge!«

Der Direktor hielt seine mit Tinte beschmierte Hand hoch. »Mr. Devine, warten Sie! Meine Frage war, ob Sie kündigen *wollen*.«

»Ich bin hier seit zehn Jahren, Dr. Keogh. Zehn Jahre als Lehrer. Da habe ich doch wohl ein wenig Wertschätzung verdient?«

»Mr. Devine, dann nehme ich also an, Sie möchten nicht kündigen. Und ich habe nicht die Absicht, Ihnen die Kündigung nahezulegen. Ist das klar?«

Empört über so viel Milde, vergaß sich der Dekan schon wieder. »Soll das heißen, Sie tun gar nichts, Doktor?«

»Ja, Pater. Diese Gerüchte sind nicht bewiesen. Es sind gefährliche Verleumdungen, und wir haben die Pflicht, ihnen ein Ende zu bereiten. Hier steht unser Wort gegen Toilettengeschwätz.«

Er schwieg, und sein großer Kopf bewegte sich langsam im Halbkreis, während er der Reihe nach jeden seiner Zuhörer anschaute. »Die Wahrheit vertreibt den Irrtum, ist es nicht so?«

Der Dekan schlug die Beine übereinander. »Wenn es die Wahrheit *ist*.«

»Eben. Ich habe hier das Wort zweier gut katholischer Laien, dort den Klatsch verantwortungsloser Schuljungen. Das genügt mir. Und außerdem, Pater McSwiney, lassen die Gerüchte sich ganz einfach widerlegen. Sie sind auf Grund von Gesprächen zwischen Heron und Devine entstanden. Würden die Gerüchte stimmen, wären die beiden Herren sich bitter feind. Sie stimmen nicht. Und das beweist man, indem man zeigt, daß die Herren keine Feinde sind.

Keine Feinde«, wiederholte er. »Und sie werden es auch

künftig nicht sein. Wenn man sie von jetzt an oft zusammen sieht, wenn sie sich häufig freundlich miteinander unterhalten, wer käme dann auf die Idee, sie könnten etwas anderes als alte Freunde sein? Und wenn man uns nach dem Gerede fragt, wie ließe sich besser beweisen, daß es falsch ist? Propaganda, Pater, Propaganda. Sie zumindest sollten wissen, wo das Wort herkommt. Also, Heron – Devine –, versprechen Sie mir, daß Sie sich vertragen?«

Keiner von beiden sagte etwas.

»Sie müssen den Schaden wiedergutmachen, der durch Ihren gemeinsamen Mangel an Diskretion in der Schülerschaft entstanden ist. Also, Heron, habe ich Ihr Wort?«

»Na ja, ich nehme an, im Interesse der Schule ...«

»Sie brauchen nichts anzunehmen!« Die Stimme des Direktors verblüffte alle durch ihre unerwartete Aggressivität. »Es ist zu Ihrem eigenen Schutz, Heron, und zum Schutz Ihrer Nichte. Also – versprechen Sie's!«

»Ja, Doktor.«

»Sie auch, Devine?«

»Ja, Doktor.«

»Ihr Wort gilt, denken Sie dran. Wenn wir bestes Einvernehmen demonstrieren, können wir diese Unwahrheiten Lügen strafen. Wir können sie links liegenlassen, wie sie es verdienen.«

»Verzeihen Sie, Dr. Keogh«, sagte der Dekan mit einem neuen, deutlich frohlockenden Unterton. »Sie haben vergessen, daß drei Schüler effektiv gehört haben, wie die beiden Herren sich in den Haaren lagen. Nicht zu reden von der Klasse, die sie vorgestern gehört hat, als sie sich auf dem Gang unterhielten.«

»Genau. Sie haben von sich aus diese drei Schüler abgestraft?«

»Ja.«

»Nun, da Sie die Angelegenheit damals für zu unwichtig gehalten haben, um sie mir zu unterbreiten, verstehe ich nicht, wieso Sie jetzt damit kommen. Sie sind für diese Schüler verantwortlich, Pater McSwiney. Ich vertraue darauf, daß Sie wissen, wie man sie zum Stillschweigen verpflichtet.«

Der Dekan sagte mit der Miene eines über alle Maßen gereizten Mannes: »Das Kuratorium wäre vielleicht mit Ihrem laschen Vorgehen hier nicht einverstanden. Es könnte sein, daß die Herrschaften davon erfahren.« Er würde dafür sorgen, besagte sein Tonfall unmißverständlich.

»Chrm. Gut, daß Sie das ansprechen, Pater. Die Verantwortung liegt da ganz allein bei mir. Für die Disziplin des Lehrpersonals sind Sie meines Wissens nicht zuständig. Das habe ich auch Monsignore Sullivan gestern abend gesagt, als wir über die Angelegenheit sprachen. Offenbar haben Sie ja schon von sich aus das Thema mit ihm erörtert – obwohl Sie doch meinen, es sei eine Nebensache.«

»Nun ja, ich habe es beiläufig angesprochen.«

»Sie sagen es. Aber der Monsignore und ich sind uns einig, daß die Angelegenheit diskret behandelt werden muß. Wir finden, und auch das Kuratorium findet, daß in diesen Zeiten so gut wie jede Unannehmlichkeit leichter hinzunehmen ist als der Verlust wertvollen – ich möchte fast sagen, unersetzlichen – Lehrpersonals. Verstehen Sie, was ich meine, Pater?«

Es war offensichtlich, daß der Dekan zu guter Letzt verstand. Er beugte sich in seinem Sessel vor, legte die Hand unters Kinn und nahm die Haltung von Rodins Denker ein.

»Chrm.« Der Direktor kramte in der zerschlissenen Tasche seiner Soutane und zog eine billige Nickeluhr hervor. »Wir kommen leider alle zu spät zum Unterricht. Mr. Devine, Sie sollten sich den Nachmittag lieber freinehmen. Ich hoffe, Ihre Wunden verheilen immerhin so gut, daß Sie morgen früh Ihren Dienst wieder aufnehmen können. Für heute habe ich erst mal ein Taxi bestellt, das Sie zu Ihrer Wohnung bringen wird. Ihre Brille ist, wie ich höre, auf dem Weg hierher.«

»Nun… ich… ehm… vielen Dank«, murmelte Mr. Devine.

»Keine Ursache. Sie und Mr. Heron sollten in den nächsten Tagen nach der Schule immer schön zusammen nach Hause fahren. Und in den Pausen angeregt miteinander plaudern. Kurz, sich zusammen sehen lassen. Mehr Dank verlange ich nicht. Ja, wenn Sie sich an unsere Anweisungen halten, wird alles in Vergessenheit geraten.«

Er stand auf. Seine mit Tinte beschmierte Hand reckte sich neutral Mr. Devine und Mr. Heron entgegen. Dann warf er den ausgefransten Saum seiner Soutane wie eine Brautschleppe hinter sich, hakte sich beim Dekan ein und komplimentierte ihn zur Tür. Dort blieb er stehen und schaute zu dem größeren Mann hoch, während sein Mund sich zu einem spöttischen kleinen Lächeln verzog.

»Fort mit Ihnen, Pater«, sagte er. »Und danke für Ihre freundliche Unterstützung. Ihre Klasse wartet.«

16

Das Ganze wird in Vergessenheit geraten, hatte der Direktor gesagt. Er hatte den Direktor angeschrien, und doch hatte ihn der Direktor nicht entlassen. Er hatte zugegeben, die ganze Nacht mit einem Mädchen verbracht zu haben, und doch hatte ihm der Direktor geglaubt, daß nichts Unmoralisches geschehen war. Morgen früh würde wie gewohnt der Unterricht auf ihn warten. Eine Erleichterung war es schon. Aber es war auch enttäuschend. Schließlich hatte er zum erstenmal im Leben seine Meinung gesagt; wenigstens einmal hatte er ihnen Bescheid gestoßen. Und er hatte auch kein Blatt vor den Mund genommen. Aber sie schickten ihn in einem Taxi nach Hause und bezahlten den Fahrpreis. Es wird in Vergessenheit geraten, meinte der Direktor.

Mrs. Dempsey war sehr diskret gewesen; sie hatte keine Fragen gestellt. Sie hatte ihm eine Tasse Tee hinunterbringen lassen und Elastoplast für die Wunde an seinem Ohr gestiftet. Die Schwellung an der Wange ging zurück.

Er fühlte sich gedemütigt.

Sein Privatleben war jetzt öffentlich, es war etlichen Leuten bekannt. Der alte Heron war nicht diskret, Heron würde es herumerzählen, es war so eine Geschichte, über die man tuscheln und Witze reißen konnte. Er würde nie damit fertig werden. Sie hatten noch nicht einmal zugelassen, daß er in Schimpf und Schande davonlief, daß er nach Australien, nach Kanada oder sonstwohin flüchtete und nie wieder von sich hören ließ, ein Mann, über den man klatschte, ein verpfuschtes Leben. Nein, er hatte dem Direktor versprochen, er werde nicht kündigen. Er mußte das Getuschel und das Lächeln ignorieren; er mußte sogar so tun, als wäre er mit Tim Heron, diesem Irren, befreundet.

»Mr. Devine?«

Erschrocken schnellte er im Sessel nach vorn und umfaßte mit den Händen seine Knie. Von der Tür aus teilte Mr. Dempseys Annie ihren Blick gleichmäßig zwischen ihm und der nahen Wand auf.

»Sind Sie verletzt oder so was?«

»Ich bin gestürzt«, sagte er. »Was gibt's?«

»Oben ist eine junge Dame für Sie. Mama hat sie ins Wohnzimmer geführt.«

»Was denn? Wen denn?«

»Sie sagt, sie heißt Miss Clarke.«

»Oh. Ich komme gleich hoch.«

Er ging ins Schlafzimmer, zog seinen Schlips zurecht und fragte sich, ob die verletzte Backe ihn häßlicher machte. Dann fiel ihm ein, daß es keine Rolle mehr spielte. Nicht bei ihr. Bei keinem Mädchen mehr. Ich bin weg vom Fenster. Er ging nach oben. Mrs. Dempsey saß am Küchentisch.

»Ich habe die Gasheizung im Wohnzimmer angemacht«, sagte sie. »Ich dachte, im Wohnzimmer sei es gemütlicher.«

»Danke.«

»Also Sie können es gern jederzeit benutzen, wenn Sie Besuch haben.«

Er starrte sie an. »Die junge Dame arbeitet ab demnächst als Krankenschwester«, sagte er.

»Ach ja?«

»Und sie wird mich nicht mehr besuchen«, setzte er hinzu. »Das ist vorbei.«

Mrs. Dempsey schaute ihm nach, als er durch die Küche ging und in den dunklen Tunnel des hinteren Flurs trat. Warum hat er mir das nicht früher gesagt, dachte sie, warum hat er mir nicht gesagt, daß er mit ihr Schluß gemacht hat? Na, wenn das so ist… ein Dauermieter… wäre ich da nicht blöd, ihn sausenzulassen? Einen Moment lang dachte sie dran, ihn gleich zurückzurufen, ihm zu sagen, daß sie seine Wohnung doch nicht brauchte, daß er gern bleiben könne. Aber er wollte ja zu dem Mädchen. Nachher, entschied sie. Nachher. Wenn das Mädchen geht, kann ich ins Wohnzimmer und die Heizung abstellen. Ich kann ihn abpassen, bevor er wieder runtergeht.

Seine Schritte waren langsam, als er sich dem Wohnzimmer näherte. Er wußte, warum die Gasheizung angeschaltet, warum ihm die gute Stube angeboten worden war. Die Sünde durfte nicht noch eine Chance bekommen. Aber wieso hatte Una bei Mrs. Dempsey statt bei ihm geklingelt? Warum war sie überhaupt gekommen? Er zögerte einen Augenblick, ehe er das Zimmer betrat.

Sie stand vor der Gasheizung, ihre Schultern berührten die Kante von Mrs. Dempseys Kaminsims, und der feuchte Stoff ihres Tweedmantels, auf den jetzt die aufsteigende Hitze traf, dampfte ein wenig. Sie sah aus, als hätte sie vorher geweint. Sie rauchte eine Zigarette.

»Meine Güte, Dev, was ist denn mit dir passiert? Hast du dich geprügelt?«

»Gewissermaßen.«

»Weswegen denn?« Sie trat zu ihm, als wollte sie ihn trösten. »Onkel Tim ist vor einer halben Stunde heimgekommen. Er sagt, du hast ihm alles erzählt. Ich wollte mich bei dir bedanken, Dev.«

»Schon gut.«

»Setz dich mal«, sagte sie. »Du siehst ja schlimm aus. Du hast dich doch nicht etwa mit Onkel Tim gerauft?«

»Gewissermaßen.«

»Aber er sieht gar nicht –«, setzte sie an. »Hat er dich geschlagen oder so was?«

»Mit dem Rohrstock«, sagte Mr. Devine.

»O nein! Ja warum hast du das denn zugelassen?«

Er machte eine kleine, unnütze Bewegung mit den Händen. Dann setzte er sich auf Mrs. Dempseys geblümtes Sofa und starrte auf die Gasheizung.

»Was wird mit deiner Mutter?« fragte er.

»Davon wollte ich dir erzählen«, sagte sie und setzte sich neben ihn. »Wir haben heute nachmittag Kriegsrat gehalten und Mama dann noch mal angerufen – das heißt, Tante Maeve rief sie an, und dann habe ich auch mit ihr gesprochen. Sie ist natürlich immer noch sauer, aber wenigstens hat sie versprochen, daß sie nicht nach Belfast kommt.«

»Das ist gut.«

»Ich fahre aber trotzdem nach Hause«, sagte sie. »Das ist ein Grund, weshalb Mama zugestimmt hat, nicht herzukommen. Mach dir nichts draus, Dev; es ist schon ganz gut, daß ich gehe.«

»Und deine Schwesternlehre …?«

Sie lächelte ihn an. »Egal. Ich werde mich mal ausführlich mit Mama unterhalten, wenn ich wieder in Dublin bin. Ich glaube, ich kann sie überreden, daß sie mich die Ausbildung in London machen läßt. Wir haben da Verwandte väterlicherseits. Das geht dann schon. Um die Wahrheit zu sagen, London fände ich direkt aufregend.«

Sie stand auf, ging zum Kamin und schnippte ein wenig Asche hinein. »Irgendwie hat das also alles sein Gutes gehabt«, fuhr sie fort. »Wie gesagt, ich weiß nicht, wie ich dir danken soll für das, was du Onkel Tim erzählt hast. Ich weiß, wie schwer das für dich gewesen sein muß. Aber daß er dich mit dem Stock schlägt, wirklich! Was glaubt er denn, wer er ist?«

»Ein Lehrer.«

»Das ist doch keine Entschuldigung!«

Er starrte in das Gasfeuer. Leise sagte er: »Es war eine Art Sühne, nehme ich an. Komisch – darüber haben wir heute in der Schule gesprochen.«

Sie kam rasch zu ihm herüber. Sie setzte sich neben ihn auf Mrs. Dempseys grün und golden geblümtes Sofa. »Sühne?« fragte sie. »Was meinst du damit?«

»Ach, nichts. Ein Scherz.« Er wandte sich von der Betrachtung des Feuers ab, und die Blässe seines Gesichts wurde durch den bläulichen Striemen auf der Wange noch betont. Sie sah ihn mit seinem Ring spielen, ein Tick, der ihr schon früher aufgefallen war.

Dann sagte er: »Du wirst mir fehlen, weißt du.«

»Wirklich, Dev?«

»Ja. Ich, ehm, ich glaube, ich werde dich nie vergessen.«

Es war schwer für sie, darauf zu antworten. Er war so ein hoffnungsloser Fall – und doch... Sie versuchte ihre Verlegenheit zu kaschieren, indem sie das Ganze herunterspielte. »Na ja, London ist ja nicht am Ende der Welt. Wir werden uns schon mal wieder über den Weg laufen.«

Sie dachte, jetzt würde er sie wieder beknien, und sie wünschte, er würde es nicht tun. Armer Dev, sie fragte sich, was sie je an ihm gefunden hatte. Es war die altbekannte Reaktion: Nach einer Enttäuschung, hieß es, lief man immer dem erstbesten Mann in die Arme.

Aber er bekniete sie nicht. Statt dessen starrte er ins Feuer, als hätte sie ihn getadelt. Es war wirklich schlimm, aber es gab nichts, was sie sagen oder tun konnte. Sie versuchte es: Sie warf die halbgerauchte Zigarette in den Kamin und legte ihm tröstend den Arm um die Schulter. »Du wirst mir auch fehlen«, sagte sie. »Du wirst für mich immer jemand ganz Besonderes sein, Dev. Und sag, tust du mir einen Gefallen?«

Er wünschte, sie würde den Arm wegnehmen. Er sah die Zigarettenkippe auf dem Rost kokeln. Es war Mrs. Dempseys Kamin: Er mußte die Kippe nachher aufheben.

»Ja«, sagte er. »Was soll ich tun?«

»Ich habe den Herons gesagt, sie sollen heute abend nicht mit zum Bahnhof kommen. Ich nehme ein Taxi, und der Fahrer kann mein Gepäck in den Zug nach Dublin schaffen. Möchtest du vielleicht hinkommen und noch ein Glas mit mir trinken, bevor ich fahre?«

»Ja«, sagte er.

»Möchtest du nicht? Du brauchst keine Angst zu haben, daß du mich verletzt – wenn du nicht willst, sag es nur.«

»Nein, nein«, sagte er schnell. »Ich komme sehr gern.«

Sie nahm ihren Arm von seiner Schulter und stand auf, ging ans Fenster und zog ihre Handschuhe an. »Es gibt Regen«, sagte sie.

Auf dem Flur gaben sie sich an der offenen Haustür die Hand. »Wir sehen uns um halb sieben unter der Bahnhofsuhr. Abgemacht?«

»Ja. Wiedersehen, Una.«

»Tschüs, Dev. Bis nachher, unter der Uhr.«

Er sah zu, wie sie den Weg hinunterging und das Gartentor öffnete. Sie winkte ihm, schloß das Tor und ging die Allee entlang. Gleich würde sie außer Sicht sein. Er würde sie nie wieder sehen. Wozu noch zum Bahnhof gehen? Sie hatte recht, er konnte sich nicht ändern. Bis ans Ende seiner Tage würde er den Leuten sagen, was sie hören wollten. Sie hatte von ihm hören wollen, daß er kommen werde. Er hatte es gesagt. Aber in wenigen Augenblicken würde sie um die Ecke biegen … er würde sie nie wieder sehen. In jäher, unbeholfener Hast sprang er die Stufen hinunter, zog das Tor auf und lief hinaus auf den Gehsteig.

Neben ihm in der Allee stand ein Pferdekarren, und das Pferd wartete träge auf seinen Besitzer, der an einer Haustür auf der anderen Straßenseite Feuerholz im Sack anbot. Der Kopf des Pferdes bewegte sich wie ein Minensuchgerät am Rinnstein entlang, die Zügel lagen lose auf dem kräftigen Rücken. Mr. Devine streckte, als er Una um die Ecke biegen sah, geistesabwesend die Hand aus und streichelte den Hals des Pferdes. Die schweren Muskeln zuckten unter dieser unerwarteten Berührung, das Pferd warf den Kopf hoch und blickte in der von seinen Scheuklappen begrenzten Bahn wild die Allee hinunter. Pferd und Mann schauten die Straße entlang, und da war niemand. Das Pferd, angeschirrt, abgestumpft, senkte wieder den Kopf. Der Mann ging ins Haus zurück.

Als er an der Wohnzimmertür vorbeikam, richtete Mrs. Dempsey sich gerade auf, und das Gasfeuer erlosch mit einem jähen Husten hinter ihr. Unas mit Lippenstift verschmierte Kippe lag wie eine kleine Sünde in ihrer Hand.

»Mr. Devine? Sie sind hier drin fertig, nehme ich an.«

»Ja«, sagte er.

Brian Moore im Diogenes Verlag

»So unterschiedlich die Handlungsorte und -zeiten seiner Bücher sind, immer beschreibt Moore den Einbruch des Unheimlichen ins Alltagsleben. Mal ist es der Terror der IRA, mal die Konfrontation mit Wertvorstellungen einer ganz anderen Kultur, mal ein Traum, der plötzlich Realität wird. Dafür stand der große Argentinier Jorge Luis Borges Pate, den Moore zu seinen wichtigsten Einflüssen zählt. Und wie bei Borges scheint auch Moores Schreiben die Frage ›Was wäre wenn?‹ zugrunde zu liegen, die klassische Frage des wissenschaftlichen Experiments.«
Denis Scheck/Deutschlandfunk, Köln

Katholiken
Roman. Aus dem Englischen von Elisabeth Schnack

Die Große Viktorianische Sammlung
Roman. Deutsch von Helga und Alexander Schmitz

Schwarzrock – Black Robe
Roman. Deutsch von Otto Bayer

Die einsame Passion der Judith Hearne
Roman. Deutsch von Hermann Stiehl

Die Farbe des Blutes
Roman. Deutsch von Otto Bayer

Die Antwort der Hölle
Roman. Deutsch von Günter Eichel

Ich bin Mary Dunne
Roman. Deutsch von Hermann Stiehl

Dillon
Roman. Deutsch von Otto Bayer

Die Frau des Arztes
Roman. Deutsch von Jürgen Abel

Kalter Himmel
Roman. Deutsch von Otto Bayer

Ginger Coffey sucht sein Glück
Roman. Deutsch von Gur Bland

Es gibt kein anderes Leben
Roman. Deutsch von Otto Bayer

Die Versuchung der Eileen Hughes
Roman. Deutsch von Nikolaus Stingl

Saturnischer Tanz
Roman. Deutsch von Malte Krutzsch

Frank O'Connor im Diogenes Verlag

Frank O'Connor, eigentlich Michael O'Donovan, wählte sein Pseudonym nach dem Mädchennamen seiner Mutter; er wurde 1903 in der südirischen Hafenstadt Cork geboren, nannte seine Schulbildung »unbedeutend« und las und lernte mit der Leidenschaft des Autodidakten; im irischen Bügerkrieg kämpfte er auf republikanischer Seite, weshalb ihn die frisch konstituierte Republik Irland ins Gefängnis steckte; nach seiner Entlassung war er Bibliothekar, gründete ein Laientheater, wurde langjähriger Direktor des Abbey-Theaters – und einer der großen Autoren Irlands; im Alter folgte er einem Ruf an die Harvard-Universität, reiste aber immer wieder nach Irland, wo er 1966 in Dublin starb.

»Frank O'Connor ist einer der wenigen Poeten unter den Meistern der Kurzgeschichte.«
Norddeutscher Rundfunk, Hannover

»Wer seine Heimat so verewigt, der tut für Irland, was Čechov für Rußland tat.« *William Butler Yeats*

»Frank O'Connor verdankt man einige der besten Kurzgeschichten unserer Zeit.« *Die Presse, Wien*

Und freitags Fisch
Erzählungen. Aus dem Englischen von Elisabeth Schnack

Die Reise nach Dublin
Roman. Deutsch von Elisabeth Schnack

Mein Ödipus-Komplex
Erzählungen. Deutsch von Elisabeth Schnack

Don Juans Versuchung
Erzählungen. Deutsch von Elisabeth Schnack

Eine unmögliche Ehe
Erzählungen. Deutsch von Elisabeth Schnack

Eine selbständige Frau
Erzählungen. Deutsch von Elisabeth Schnack

Brautnacht
Erzählungen. Deutsch von Elisabeth Schnack

Meistererzählungen
Deutsch und mit einem Nachwort von Elisabeth Schnack